강경애 중단편선

지하촌

책임 편집·김양선

서강대학교 영어영문학과를 졸업하고 같은 학교 대학원 국어국문학과에서 박사학위를
받았다. 현재 한림대학교 일송자유교양대학에 재직 중이다. 한국여성문학학회 회장과
편집위원장을 역임했다. 지은 책으로 『근대문학의 탈식민성과 젠더정치학』 『경계에 선
여성문학』 『한국 근·현대 여성문학 장의 형성』 『젠더와 사회』(공저) 등이 있다.

한국문학전집 49

지하촌
강경애 중단편선

펴낸날 2023년 9월 13일

지은이 강경애
책임 편집 김양선
펴낸이 이광호
주간 이근혜
편집 유하은 김필균 허단 이주이 방원경 윤소진
마케팅 이가은 최지애 허황 남미리 맹정현
제작 강병석
펴낸곳 ㈜문학과지성사
등록번호 제1993-000098호

주소 04034 서울 마포구 잔다리로7길 18(서교동 377-20)
전화 02)338-7224
팩스 02)323-4180(편집) 02)338-7221(영업)
대표메일 moonji@moonji.com
저작권 문의 copyright@moonji.com
홈페이지 www.moonji.com

ⓒ ㈜문학과지성사, 2023. Printed in Seoul, Korea.

ISBN 978-89-320-4199-5 04810
ISBN 978-89-320-1552-1(세트)

강경애 중단편선
지하촌

김양선 책임 편집

문학과지성사 한국문학전집 49

| 차례 |

| 일러두기 |

1. 이 책에 수록된 작품은 최초 발표 지면 혹은 초판본을 저본으로 삼았다. 수록 작품의 출처는 주에 밝혀 적었다.
2. 이 책의 표기는 1988년 문교부 고시 '한글 맞춤법'에 따르는 것을 원칙으로 했다. 다만 작가 특유의 표현이나 어휘, 작품 특성과 관련 있는 사투리나 구어체 표현, 대화문 내의 구어와 속어는 가급적 원본을 살렸다.
3. 대화를 표시하는 「」혹은 『』는 모두 " "로, 대화가 아닌 강조나 혼잣말의 경우에는 ' '로 바꾸었다. 또 노래 제목은 「」로 표시했다. 말줄임표 '⋯' '⋯⋯⋯' 등은 모두 '⋯⋯'로 통일하였다.
4. 외래어 표기는 작품 발표 당시의 언어 생활과 작품의 분위기를 고려하여 원본을 그대로 살렸다.
5. 부연 설명 및 뜻풀이가 필요한 낱말이나 문장의 경우 독자의 이해를 돕기 위해 주를 달았다.
6. 원본의 한자는 가급적 한글로 바꾸었으며, 작품 이해에 도움이 될 만한 한자는 그대로 두고 괄호 안에 넣었다. 원본상의 오기 등 특이 사항이 있을 경우 주를 달았다. 반복적으로 등장하는 한자어는 최초에만 괄호 안에 한자를 병기하고 후에는 한글로만 표기하였다.
7. 일본어 표현은 주에 원어를 밝혀두었다.
8. 본문 중 '✕'로 된 것은 발표 당시 검열을 의식해 복자로 인쇄한 글자이며, 검열 등으로 인해 삭제되거나 원 글자를 판독하기 어려운 경우 글자(띄어쓰기 공백 및 문장부호 포함) 수대로 '□'를 입력하였다.

파금破琴[1]

인천 진남포를 래왕[2]하는 기선 영덕환은 옹진 기린도를 외로이 뒤에 남겨놓고 검은 연기를 길게 뿜으며 서편으로 서편으로 향하여 움직이고 있다. 동쪽 하늘에 엉킨 구름 속으로 손길같이 내뿜는 붉은 햇발이 음습한 안개를 일시에 거두어 먼 산 밑에 흰 막을 드리우고 그 위로 보이는 푸른 하늘은 사람의 마음을 가벼웁게 한다. 마치 질곡에서 해방된 노예의 마음과 같이……

수평선 위에 정처 없이 닿는 흰 돛 붉은 돛은 절벽에 늘어져 바람에 시달리는 소나무와 같이 외롭다. 바위에 부딪치고 부서지는 파도는 또 부딪친다. 몇 번이나…… 몇 번이나…… 마치 인류의 생존적 투쟁과 같이……

여름방학을 이용하여 집으로 돌아오는 형철이는 뱃머리에 기대어 시선을 멀리 던지고 있다. 배는 마합도를 지나쳐 구미포(九美

浦) 뒤로 살짝 보이는 불타산을 향하여 머리를 돌렸다. 자는 듯이 조용하던 배 안에는 한 사람 두 사람 칫솔을 입에 물고 나오는 것이 보인다.

그러나 선부 몇 명은 고단한 모양인지 연돌³ 밑에서 모자로 얼굴을 덮고 비스듬히 누워 아직 자고 있다. 형철이는 좀 이상한 감정에 눌리며 갑판 위를 천천히 걸어 삼등실 층층대를 내려왔다. 동행하는 혜경은 뱃멀미로 인하여 간밤에 몹시 시달리다가 지금은 좀 진정된 모양인지 가지고 오던 '트렁크'에 머리를 대고 엎디어 있다. 형철이는 그 옆에 앉아 책을 펴 들고 읽으려 하였으나 정신이 집중되지 않았다. 형철의 눈꼬리는 자연히 혜경에게로 향하지 않을 수가 없는 까닭이다. 붉은 볼에 흩어진 머리카락이 이그러져 붙은 귀엽고도 어여쁜 귀밑으로 가는 허리를 지나 흐르는 풍염한 곡선은 이성의 마음을 뒤흔들 만한 절대의 권력의 매력을 녹여 합친 묘선 그것이었다.

그때에 갑자기 지붕 위로 이 산 저 산에 울리어 가슴속까지 흔들어내는 우— 하는 기적 소리에 미로에 방황하고 있던 형철이는 비로소 자기의 할 바를 깨닫게 되었다.

"아! 벌써 구미포에 닿았으니 어서 내립시다."

그는 떨리는 목소리로 혜경을 향하여 겨우 내치고 혜경의 행구⁴까지 뒤따라 들고 일어난다.

"네? 벌써 닿세요" 하고 혜경은 그의 볼에 눌어붙은 머리카락을 새끼손으로 두어 번 끌어 올려 밀고 돌아앉아 거울을 들여다볼 동안에 형철이는 갑판 위로 행구를 옮긴다.

구미포의 해수욕장은 동양에서도 몇째로 가지 않는 좋은 곳이
라 하여 여름이면 미국 선교사들이 오륙백 명씩 피서로 온다. 그
들의 집은 그곳 봉내라 하는 높직하게 된 곳에다 이백 호가량 지
었다. 그곳에서 바라보면 앞으로는 망망한 황해요 뒤로는 구불구
불한 불타산이다.

　형철이와 혜경이가 쌈판[5]에 옮겨 타고 기선을 떠나, 거치른 물
결을 넘어올 때에 봉내 위 공중에 높이 달린 성조기는 가는 파동
을 내고 펄펄거린다. [⋯⋯]

　나는 불쌍한 조선의 아들, 당신은 가련한 조선의 딸—이런 마
음으로 가득 찬 형철이는 무심히 혜경이를 슬쩍 보자 눈물이 어리
어지고 말았다.

　방학에 집으로 내려온 형철이는 해변을 스치고 건너오는 맑은
공기의 '오존'을 힘껏 들이마시고 태양이 방사하는 '자외선'을 마
음대로 맞으며 바닷물에서 뛰노는 것이 그의 일과의 하나였다.
어떤 날 그가 피로된 몸을 바닷가 모래 위에 두 다리를 던지고 쉬
고 있었다. 기름이 뚝뚝 흐르는 듯한 울울한[6] 수목 사이로 붉은
지붕과 회벽으로 조화된 양옥이 힐끔힐끔 보이는 그곳에서 뚝 떨
어져 수평선은 일자로—바른편으로 쭈욱 거침없이 단번에 그어
있다. 갈매기는 펄펄 한 마리⋯⋯ 두 마리⋯⋯ 흰 돛은 섬 뒤로
돌아간다. 이때 형철의 마음은 육체를 떠나 우주에 합치되어—
어느 곳을 배회하고 있는지를 자신으로도 깨닫지 못하고 앉아 있
을 뿐이었다.

돌연히 형철이는 "오빠!" 하는 소리를 들었다. 휙 돌아다보니 거기에는 혜경이가 형철의 누이동생 은숙이의 손목을 잡고 서 있지 않느냐. 형철이는 의외라는 표정으로 슬쩍 일어나 그들의 앞으로 충충 걸어간다. 혜경이는 샐쭉 미소를 띠고 몸을 한번 뒤로 비꼰다. 그때 '파라솔'의 전폭[7]은 그의 반신을 한번 살짝 가려 보인다.

"오빠! 이 꽃 봐!"

은숙은 까만 눈을 아글아글[8]하며 어여쁜 조그만 손으로 오빠에게 내보인다. 슬슬 불어오는 바람에 은숙의 머리가 남싯남싯하고 혜경의 치마에는 가는 파동이 끊어지지 않는다. 형철이는 이어 그 꽃을 받아 들고 코에다 대면서 혜경에게로 말을 건넨다.

"참, 오늘 일기가 퍽 좋습니다."

"네! 하도 심심하기에 은숙이를 데리고 놀러 나왔어요" 하고 혜경은 무슨 양심에 가책이나 받을 변명이나 한 듯이 갑자기 얼굴이 빨개지고 말았다.

"잘 나오섯세요. 오늘은 바람도 없고 물결도 얼마 놀지 않아 배 타기 퍽 좋습니다. 자! 배를 태워드리지요" 하고 그는 용감히 바닷가로 뛰어간다. 따라오라는 듯이 이따금 뒤를 돌아다보면서……

해수욕복에 몸을 가린 형철이는 얼굴과 팔다리가 마치 흑인 모양으로 까맣게 탔으나 가슴이 쑥 나온 꿋꿋한 그 몸은 참 믿음성스러웠다. 간혹 웃을 때마다 검은 입술로 살짝 내보이는 윤택한 흰 이는 틀림없이 전선에서 싸우는 용사이며 어김없이 그는 남성적이다. 혜경은 은숙을 보고 샐쭉 웃고 천천히 그의 뒤를 따라—
모래 위에 형철이가 먼저 자취를 낸 발자국을 그대로 밟아보며—
사뿐사뿐 은숙의 손목을 잡고 걸어간다.

형철이의 굵은 팔에 큰 물결을 타 넘어가는 배는 바다 가운데
로…… 가운데로…… 달콤한 사랑의 행복을 싣고 정처 없이 방황
한다. 이따금 배가 물결에 부딪히고 흔들릴 때 그들의 시선도 서
로 마주치고 미소를 건넨다. 이것이 그들의 더없는 행복이었으며
두 번 보지 못하는 청춘의 환희였다. 그러나, 그러나 우리들은 이
향락조차 마음대로 받지 못할 환경에 있음을 잊어서는 안 된다.
그것을 생각할 때에 형철이는 가슴이 답답하고 사랑의 쓴맛을—
괴로운 맛을—오히려 더 깨닫게 된다.

"고 새 봐!"

천진하고도 단순한 어린 은숙은 방금 물속에서 쏙 비지는 새를
가리킨다. 형철이는 그 천진이 무한히도 귀여워 보이고 부러웠
다. 형철이와 혜경이 사이에는 아직 서로 사랑을 속삭여보지 못
하였으나 서울로 공부하러 내왕하는 동안에 서로 생각하게 된 몸
이 되고야 말았다. 그 생각은 날이 가고 달이 갈수록 뜨겁고도 뜨
거운 불덩어리가 됨을 그들도 점점 깨닫게 되었다. 벌써 해는 붉
은 노을을 남겨놓고 서산으로 넘어간다. 구실구실⁹ 얽혀 산 위에
돌고 있는 구름은 연분홍으로 채색하고, 붉어지는 바닷물, 검으
러지는 섬, 그 찰나의 변화는 각일각으로 굴러가나 그들의 사랑
의 불길은 여전히 타오르고 있을 것뿐이다. 배를 간역에 댄 그들
은 어렴풋한 솔밭을 지나 어떤 조밭 머리로 돌게 되었다. 산비탈

오막살이에서 나오는 저녁연기는 수목 사이로 숨어들어 산골짜기로 기어든다. 그때에 온 데 없는 농부의 김매기 소리가 처량히 들린다.

   왜 생겨, 왜 생겼나, 왜 생겨, 고다지도 알뜰히 왜 생겼노.
   억배기 신짝을 발에다 칠칠 끌며 정든 님을 따라갈까 보다.

   하루 종일 피땀을 흘리고 집으로 돌아오는 농부의 평화의 노래이다. 그들이 지은 곡식은 어슬렁어슬렁 피어오른다. 금년은 대풍년이다.
   그러나 그들이 죽을힘을 다하여 지은 농사는 가을이 되면 다 빼앗기고 조밥 한술 먹기가 어려울 것이다. 그것은 마치 목장에서 기르는 소와 같다. 양과 같다. 돼지와 같다. 그들은 어떤 특수 계급 사람들에게 부리우기[10] 위하여 살아 있다. 털과 젖과 고기를 제공하기 위하여 살아 있다. 단지 노력과 털과 고기와 젖을 목자에게 제공하기 위하여 목자가 주는 양식을 먹고 생을 연장하여가는 소와 양과 돼지와 무엇이 다름이 있을 것이냐? 형철이는 이런 의미의 말을 혜경이에게 건네고,
   "그러므로…… 혜경 씨! 저는 대학을 고만 나오려 합니다."
   "왜 그러세요? 그러구서도 우리들은 더 배워야 되지 않아요."
   혜경은 어여쁜 눈에 비창한 빛을 띠고 형철이를 바라보며 그의 답변을 요구하였다.
   "물론 그렇습니다. 그러나 우리 동족 간에 대학 나온 사람이 몇

사람이나 되는 줄 알아요? 또 전판딱지 무식한 사람이 얼마나 되는 줄 압니까? 우리들은 영웅 심리로 소수의 무리가 만든 이 대중을 이론으로 끌고 나가기는 벌써 어리석다는 것을 알았습니다."

차츰차츰 그의 말 구조에는 열이 올라왔다.

"맑스니 레닌이니 다 무엇입니까? 벌써 지금은 그전 사람들의 이론으로 ㅁ울[11] 시대는 지났답니다. 대중은 창자를 쥐고 그들의 주린 것을 참고 있습니다. 우리들도 그들의 하나겠지요. 어서 나도 그들과 같이 ㅁ워야[12] 될 것을 요즘 와서 더욱더욱 느끼게 됩니다."

그럭저럭 말하는 동안에 세 사람은 송천 동네에 다다랐다. 어슬어슬 어두운 공기를 깨뜨리고 예배당 종소리가 처량히 들린다. 어려서부터 종교 속에서 자란 혜경은 자연히 머리가 수그러지며 묵도를 올리게 되었다. 창으로 흐르는 불빛은 점점 완연하다.

그들은 서로 집으로 헤어졌다.

여름방학도 이럭저럭 어느덧 지나버리고 형철이와 혜경이도 다시 서울로 올라왔다. 벌써 가을의 첫걸음을 내밟은 서울도 요새는 저녁에는 좀 선선함을 깨닫게 한다. 따라서 형철의 가슴속에는 남몰래 복잡한 번민과 싸우기를 시작한다. 학교서 나오면 형철이는 정신없이 청량리 벌로 헤매인다. 그는 문득 발밑에서 우즐우즐 춤추고 있는 들국화를 물끄러미 들여다보다가, 그것을 꺾어 또다시 들여다보다가 그만 화나는 것같이 부비어 팽개치고 만다. 그리고 또 걸어간다. 그는 혜경을 생각한다는 것보다도 그의 앞길을 채잡지[13] 못하고 기로에 서서 방황하는 까닭이었다. 사람이 한 번 무한히 길고 긴 우주의 생명 가운데서 티끌만 한 생명을 얻어가지고 이 세상에 나오는 것이다. 나는 그 생명조차 거지의 생명, 불우의 생명을 얻고 나온 몸이 아니냐? 나는 법률을 배워 결국 무엇을 하려 하느냐? 가령 고등문과 시험에 패스되어 소위 고등관이 된다고 하여보자. 그러면 그것이 무엇이 명예스러우며 또 기쁠 것이냐? 오히려 수치일 것이다. 또 만일 변호사가 된다 하여보자. 그리고 사회를 위하여 교수대에 오르는 용감한 투사의 변호인일망정 하여본다고 하자. 그러나 그 변호가 무슨 효험이 있으리오. 또 돈을 힘껏 모아 갑부가 되어본다고 하자. 이것은 도저히 불가능할 것이며 또 된다 하여도 시원할 것이 무엇이냐? 도리어 못사는 동족을 위하여 미안할 것이다.

그러므로 나는 사회를 위하여 용감하여져야 할 것이다. 의미있고 가치 있고 아름다운 인생의 꽃을 피워야 될 것이다. 이것이 사람다울 것이다. 그러나…… 가만히 있자. 나에게는 이것을 감행할 용기도 없고 준비도 없지 않느냐? 결국 기로에 선 이 몸이다. 바른편 길로 가야 되겠느냐? 왼편 길을 걸어야 되겠느냐? 서산에 지는 해는 나의 발길을 재촉한다.

형철이는 이런 번민과 싸울 수밖에 없었다. 그의 머릿속은 오직 의문뿐으로만 꽉 차고 말았다.

그날 밤이다. 형철이가 잠을 자려고 전깃불을 끄고 자리에 누웠다. 창으로 흐르는 달빛은 베개 밑을 고요히 찾아준다. 요즘 며칠 동안 그는 잠을 자지 못하고 밤이 되면 번민과 고통으로 애만 쓰는 것이었다. 그날 밤도 어지럽게 된 머리를 좀 쉬어보려고 일찍 자리에 누웠던 것이다. 역시 그는 잠들 수가 없었고 신경은 삼 오라기[14] 모양으로 가칠하게[15] 피어오를 뿐이다. 그는 할 수 없이 다시 일어났다. 솔솔 불어오는 가을바람에 창문에 그림자를 지으며 나뭇잎은 술렁술렁 떨어진다. 이럴 때마다 형철이에게 좋은 동무가 되어주는 '만돌린'을 끌어당겨 그는 옆에 슬쩍 낀다. 그의 손가락은 저절로 줄 위에서 흔들리고 있다. 그러나 그것은 극도로 착란된 그의 마음을 위로하기에는 너무나 빈약하였다.

그는 다시 '만돌린'을 구석으로 되는대로 밀어 던지고 머리 위까지 이불을 푹 뒤집어썼다. 그는 잠들기 위하여 하나 둘 셋 넷…… 오천까지 헤었으나 역시 효력이 없었다.

그 이튿날 아침에 형철이는 무거운 머리로 일어났다. 거울을 들여다보니 눈알에는 얼기설기 핏줄이 얽매여 있고 얼굴은 몹시도 창백하다. 그가 조반상을 물려놓고 학교에 가려고 문밖에 나서니 일본군들이 낫, 창을 총 끝에 끼워 메고 일소대[16]가량 저벅저벅 발걸음을 맞추어 지나간다. 참 남아의 할 일이로다. 얼마나 용감하냐! 이날은 군대 연습 날이다. 그들은 병영으로부터 거리까지 넘쳐 오락가락한다. 가두에서 청결 통 뒤짐하는 일본 거지까지라도 웃는 낯으로 그들을 맞는다. '그렇다! 아니다. 나도 총 끝에 창을 끼워 달고 한 병졸이 되어 그 가운데에 섞여 의기양양하게 충충 걸어갈 것이다. 그러나 나는…… 필부의 용맹이라고 조롱을 받을 외에는 다른 것이 더 없는 것이다. 참 가련한 인생이 아니냐?' 형철이와 지나치던 사람들은 가끔 형철에게 마주치고 그를 힐끔힐끔 바라보며 간다. 형철이는 머쓱 서서 머리를 좌우로 두어 번 끼웃끼웃하다가 무엇을 해득한 건지 끄떡끄떡하고 또 걸어간다. 마치 미친 사람 모양으로. [……]

어떤 날 형철이가 학교로부터 돌아오자 그의 책상 위에는 편지 한 장이 떨어져 있었다. 얼핏 들어보니 그의 집에서 올라온 편지였다. 반가이 피봉[17]을 뚝 떼고 보니 참 놀라지 않을 수가 없었다.

형철이의 가족은 아버지 어머님 은숙이 그리고 자기까지 네 식구다. 그는 자기네 토지를 가진 대농가로 그 동리에서는 남부럽지 않게 산다. 그러나 그의 아버지는 외아들 형철이를 끝까지 공부시키기 위하여서는 거지 되기를 그리 헤아리지 않았다. 그러므로 빚은 매해 태산같이 늘어가던 중 갑자기 불경기 바람이 불어 곡가가 털썩 내려진 까닭에 그 빚을 이루 감당치 못하게 되어 이번에 그만 집행을 만났다. 성미가 좀 칼칼한 형철이의 아버지는 결국 그곳에서 살기 싫다 하여 만주 영고탑 어떤 친척을 의지하고 떠나게 되었으니 곧 내려오라는 그 아버지의 편지였다.

그동안 그 아버지가 이런 내용이나마 그 아들에게 비추어두었더라면 그리 놀라지도 않았을 것이나 혹 공부에나 방해될까 염려한 그 아버지는 그 아들에게 그런 기색조차 보이지 않았던 것이다. 형철이는 그 편지를 뚫어져라 하고 되짚어 읽어보았으나 틀림없이 곧 내려오라는 편지였다. 한동안은 정신없이 그 편지를 쥐고 서 있던 형철이의 얼굴에는 무슨 결심이나 한 듯이 비창한 빛이 떠오르며 눈망울은 분노에 타오르는 것 같았다.

"잘되었다 잘되었다. 이제야 바로 나의 길을 잡게 되었다. 벌써

부터 잡아야 되었을 것이지…… 나는 반드시 약자였으며 나의 힘으로 나의 길을 잡아 나아갈 용기가 없었던 것이다."

그는 주먹을 부르쥐고 부르짖다가 홱 그 편지를 책상 위에 힘껏 메치었다.

창문에 부는 바람은 간혹 울컹거리는 소리를 두고 창호지에 솔솔 눈을 뿌린다. 방 안에는 시계 소리가 땡땡 들릴 뿐……

남산 조선신궁 앞 넓은 마당에서 번쩍이고 있는 전등불은 산들산들 한겨울의 감정을 더욱 일으키고 있다. 그 광선에 펄펄 날아드는 눈은 여름밤 등불에서 죽음의 길을 다투고 있는 하루살이 모양이다. 그곳을 지나치는 형철이와 혜경이는 눈 위에 긴 그림자를 끌고 남대문을 향하여 천천히 층층대를 내려온다. 남산을 중심으로 오색 불 밑에 각선으로 묘사된 현대적 건물은 확실히 대도시를 표징한다. 북악산 밑 백아관도 어둠 속으로 뚜렷이 그 거체[18]를 나타내고 있다. 그러나 그 주위는 황막한 광야 모양으로 어두컴컴한 가운데에 다만 여기저기 벌려 있는 불자루가 껌벅이고 있는 것이 도리어 슬플 뿐이다. 형철이와 혜경이는 발길을 멈추었다.

"혜경 씨! 이같이 치운데[19] 저를 위하여 여기까지 와주시니 참 감사합니다. 또 기숙사에 계시는 몸이니 어서 가셔야 되겠지요."

혜경은 "아니요" 하는 말을 겨우 내치며 고개를 떨어뜨리고 섰을 뿐이다. 혜경이를 바라보고 있던 형철이는 한숨을 한번 푹 쉬고 다시 말을 계속한다.

"저는 이 땅에 있지 못하고 나아가나 혜경 씨는 끝까지 우리 땅을 지켜주십시오. 꾸준히 지켜주시오. 이것이 최후의 부탁입니다."

여기까지 말한 형철에게는 북악산 밑으로 오글오글하는 현상을 지금 눈앞에 보여주는 대경성이 조선의 축도로 보였다. 잠깐 동안 침묵이 계속되었다. 전차 소리 택시 소리는 요란히 들린다. 고개를 숙이고 있던 혜경이는 무엇을 결심한 듯이 고개를 들고 형철이를 바라보다가⋯⋯

"저도 같이 가겠어요."

그는 뚜렷이 말하였다.

"?⋯⋯"

형철이는 자기의 귀를 의심하였다. 그리고 그의 가슴은 술렁술렁 끓어올라올 뿐이었다. 혜경이의 두 눈에서 넘치는 눈물은 어여쁜 얼굴에 두 줄을 그리고 흐른다. 흐르고 또 흐른다. 형철이는 혜경이에게로 한 걸음 가까이 다가서며 대담히도 혜경이 어깨에 두 손을 올려놓았다.

"오! 당신도 역시 여성이었습니다그려! 아직까지 나에게는 오직 우정만으로 대하여주는 줄만 알았더니⋯⋯ 역시, 역시⋯⋯"

"네! 당신의 영원한 동무요, 또 아내가 되기를 바랐던 것이외다."

"그러셨습니까? 사랑의 불은 내 가슴속에서만 타는 줄 알았습니다. 그러나 그러나 나와 같이 불행한 사람을 따르지 마시오."

형철이의 말은 몹시 떨렸다.

"우리들에게 행복이 어디 있겠습니까? 또 나는 행복을 좇는 사람이 아니랍니다."

혜경이의 마음은 이제는 대담하여지고 말에는 아무 거침이 없었다.

"그러나 모든 것을 이지로 해결할 것이 아닙니까? 나는 당신을 데리고 갈 형편이 못 되고 당신도 나를 좇을 경우가 아니니, 어서 공부나 부지런히 하시고 이후에 훌륭한 모성이 되어주며, 또 씩씩한 일꾼이 되어주시는 것을 끝까지 바라며, 따라서 이것이 오로지 저를 위하는 것으로 생각하겠습니다."

그들이 말할 때마다 뿜는 입김은 불빛에 완연히 보인다. 다시 발길을 옮기기 시작한 그들은 남대문을 썩 지나 어느덧 경성역까지 걸었다. 남으로부터 올라오는 급행열차는 경성역 구내로 미끄러져 들어온다.

얼음으로 백화를 조각한 차창을 떠올려 밀고 머리를 내민 형철이와 '플랫폼'에 선 혜경이와의 사이에는 무거운 침묵이 계속되고 그들은 서로 바라보고만 있을 뿐이었다. 간혹 배 속으로부터 올라오는 긴 한숨을 서로 바꾸며…… 그것은 영원히 보지 못할 그들의 운명을 두려워하는 탄식일 것이었다. 돌연히 삑 하는 기적 소리가 나자 기차의 바퀴는 구르기 시작하였다. 그때 형철이와 혜경이는 서로 손을 쥐었다 곧 놓았다.

"안녕히 가세요."

"평안히 계세요."

차창으로 번쩍번쩍 흐르는 불빛을 통하여 보이는 조는 사람, 무엇을 먹는 사람, 신문 보는 사람, 밖을 내다보는 사람들이 휙휙 눈앞을 지나갈 때 후끈후끈 썩은 공기는 코밑을 스친다. 혜경이는 얼마간 기차를 따르다가 그만 발길을 멈추고 섰다. 형철이의 얼굴은 컴컴한 어둠 속으로 사라져버리고 나중에는 발차 '레일 램프'조차 보이지 않게 되었다. 혜경이의 전신의 피는 머리 위로 치밀어 올라오고 다리가 훌훌 떨리는 그는 그만 그곳에 쓰러질 듯하였다. 겨우 두 다리를 힘껏 디디며 두 손으로 얼굴을 가리고 정신을 가다듬은 혜경이는 비로소 얼굴이 화끈하여지며 눈물이 앞을 가림을 깨달았다. 불빛은 얼숭얼숭해져 이리저리 긴 꼬리를 내고 앞을 지나치는 사람의 떼는 흐르는 어떤 큼직한 유동체로밖에 안 보였다…… 형철이가 없는 경성은 이제부터 혜경이에게는 그만 무의미한 경성이 되고 말았을 것이다. 방춘[20]의 희망에 춤추던 혜경이의 가슴속은 돌연히 낙엽이 훌훌[21]하는 쓸쓸한 가을이 되고 말았을 것이다.

형철의 네 식구가 만주로 떠난 그날이었다. 어젯밤에 내려 부은 함박눈은 온 세상을 희게 하고 말았다. 나뭇가지에 핀 눈은 훌훌 떨어진다. 동쪽 하늘에 높이 뜬 해는 눈 위에 그 빛이 반사되어, 사람의 눈을 찌르는 듯이 찬란한 광채를 내고 있다. 저편 언덕 위에서 먹을 것을 찾고 있던 까마귀 한 쌍은 앞산으로 날아간다. 송천서 수교역까지는 육로 일백삼십 리다. 그 역에서야 비로소 기차를 타게 된다. 그러므로 그들은 그곳까지 우차로 떠나게 되었다. 낮에 떠나는 것은 남 보기에 창피할 듯하여 그날 밤에 떠나려 모든 준비를 다하여놓았다. 우차는 두 대인데 한 차에는 가구를 약간 실어놓고 또 한 차에는 사람이 타고 가기 위하여 그 위에다 삿잎[22]으로 둘러 집 모양으로 만들었다. 그것을 앞마당에 놓고 물끄러미 보고 앉아 있는 형철이의 가슴은 몹시도 쓰리다. 그때 혜경의 얼굴이 그 머릿속을 힐끈 지나친다. 눈앞에 보이는 아름다운 강산과 정든 향토도 아주 오늘로 하직이다. 형철이는 '만돌린'을 타며 서산에 푹 잠겨드는 붉은 햇발을 바라본다. 흰 눈에 파묻힌 오막살이 굴뚝에서는 검은 연기가 구불구불 올라온다.

우차에 몸을 실은 형철네 네 가족은 짐 실은 우차를 앞세우고 눈 위에 두 줄기 바큇자국을 내며 송천 동네를 뒤로, 앞으로 앞으로 휙휙 소리를 지르며 길가에 선 나뭇가지를 지나치는 바람에 눈은 연기같이 불린다. 사면은 막막하다. 오직 집집의 창문이 벌겋게 여기저기 뚜렷이 보일 뿐이다. 검은 하늘에서 반짝이는 찬 별…… 그중의 하나가 긴 꼬리를 끌고 사라진다. 그때 먼 곳으로 들리는 컹컹 짖는 개 소리가 더욱 슬프다.

형철이는 비스듬히 누워 무엇이라고 할 것 없이 복잡한 생각에 눈을 감고 있다. 형철이의 아버지는 픽픽 담배만 피우고 있다. 또 그의 어머니와 은숙이는 묵묵히 앉아 있다. ……그 적막을 깨뜨리고 덜걱덜걱 굴러가는 수레바퀴 소리에 따라 그들의 몸은 좌우로 움직이고 있을 뿐이다.

구르고 구르고 또 굴러가는 수레바퀴가 장연읍을 지나칠 때에 새벽닭은 재재 운다. 넓은 길 좌우로 늘어선 집은 죽은 듯이 잠들었고 거리에는 한 사람도 보이지 않았다. ……세상이 넓다 하여도 우리 네 식구를 용납할 곳이 없구나 하는 생각에 형철의 가슴은 몹시도 아팠다. 그때에 읍은 다 지나치고 또다시 고요한 비탈로 소 방울 소리를 내며 돌아간다.

형철이는 무심히 '만돌린'을 꺼내어 타고 있었다. ……그리고 그는 은숙이를 돌려다 본다.

"은숙아! 노래 좀 불러다고, 즐거운 노래 좀 불러다고. 슬픈 노래는 싫다…… 어서 즐거운 노래 좀 불러다고!"

천진하고도 죄 없는 어린 은숙이는 어여쁜 입을 열어 노래를 부르기 시작한다. 형철이의 손가락은 '만돌린' 줄 위에서 흔들리고 있다.

오빠여! 어머니는 울으시어요.
내 머리 만지시며 울으시어요.
엄지손 피 나도록 긁어모은 돈
양복쟁 강구 오빠 뺏어 갔대요.
오빠여! 어머니는 울으시어요.
내 머리 만지시며 울으시어요.
조밥에 된장 먹고 농사지은 것
수염 난 할아버님 뺏어 갔대요.

은숙이의 노래가 끝나기도 전에 형철이는 '만돌린'을 휙 집어 메치고 말았다. '만돌린'은 산산이 부서졌다. 깜짝 놀란 은숙이는 무슨 영문인지도 모르고 눈이 둥그레지며 어머님 곁으로 바짝 다가앉는다. 형철이는 이같이 부르짖었다. 주먹을 부르쥐고……

"여기 무슨 미련이 남아서 또다시 이것을 가지고 오던 것이냐? 나의 손은 지금 줄 위에서 춤출 때가 아니다. 나에게 남은 것은 오직 돌진뿐이다."

새벽의 찬바람은 몸에 스며든다. 동은 벌겋게 터 오른다.

그 후 형철이는 작년 여름 ××에서 총살을 당하였고, 혜경이는 ×× 사건으로 지금 ×× 감옥에서 복역 중이다.

그 여자

그는 얼결에 머리를 들며 눈을 번쩍 떴다. 그리하여 한참이나 사면을 둘러보다가 아무 인기척도 발견하지 못함에 그의 긴장되었던 머리는 다소 진정되었다.

어디선가 쩩! 쩩! 하는 새소리에 그는 꿈인가 하여 겨우 눈을 뜨고 보니 아까 미친 듯이 일떠나던[1] 자신의 꼴이 얼핏 생각키워 문 쪽을 바라보며 선뜻 일어앉았다.

재잘대는 참새 소리는 그의 젊음을 노래해주는 듯 그의 전신은 어떤 새 힘이 물결침을 느꼈다. 그리고 이 순간에 모든 영화는 자기만을 위하여 존재한 듯싶었다.

그는 젖통을 어루만지며 이 손이 만일 남자의 손이라면 하는 생각이 들자 갑자기 귀밑이 확확 달아 얼핏 손을 떼면서도 어떤 쾌감을 느끼었다. 그리고 옷을 끌어당기며 보니 벽에 걸린 면경 속으로 아담스러운 그의 어깨 위가 둥그렇게 드러났다. 그리고 그

밑으로 칠 같은 머리카락이 구실구실 내리어 있었다. 이 순간에 그는 옷 입을 생각도 잊고 무엇에 홀린 사람처럼 한참이나 우두커니 앉아 있었다.

꿈 같은 이 방 안도 차츰 새어온다. 어느덧 전깃불이 껌뿟하고 꺼져버림에 그는 벌컥 일어나 옷을 입고 뒷문을 열었다.

밖으로부터 들어오는 산뜻한 바람은 그의 전신을 날 듯이 해주었다. 그리고 이슬에 빛나는 백양나무 숲 속으로 늦은 봄 짙은 풋냄새가 그윽이 새어 들었다.

그 문 쪽에 몸을 기대고 서서 머리를 들었다. 그믐밤의 별같이 종종한 나뭇잎과 나뭇잎, 그 속으로 웃을 듯 웃는 듯이 나타나는 파란 하늘, 그리고 나뭇잎가로 붉은 선을 치고 돌아가는 광선에 그는 자신을 떠나 멀리 허공으로 헤매었다.

아까 면경 속으로 비치던 그의 둥근 어깨 위가 나타나며 그를 중심으로 덤벼드는 수많은 사내들의 얼굴이 꼬리에 꼬리를 물고 휙휙 지나쳤다. 따라서 잡지에 실린 그의 소곡²과 자기의 사진이 선히 떠올랐다.

그는 생긋 웃으며 "놈들, 저들이 백날 그러면 소용이 무언가."

무의식 간에 이런 말이 굴러 나오며 입모습에는 비웃음이 떠돌고 있었다.

그에게 남자들에게서 오는 편지가 많을수록 그리고 그의 지은 글이 어떤 잡지에 달마다 실리게 되었을 때 그의 자존심은 까맣게 높아져갔다. 그리고 그는 어떤 높은 탑 위에 선[立] 듯하였다.

그는 생김생김과 같이 감각이 예민하였다. 누구에게나 어느 시기에 있어서는 시 한 구 지어보지 않는 사람이 없고 소설 권이나 읽지 않는 사람이 없는 것처럼 시기가 시기인 것만큼 그에게 있어서도 애틋한 정서가 흘렀다.

그래서 그런지 그는 신문을 보거나 잡지를 대하게 되면 반드시 문예란부터 뒤져보곤 하였다. 그래서 본 대로 몇 번 장난 비슷이 지어보다가 어떤 아는 남자 편지 화답 끝에 써 보낸 것이 동기로 그는 일약 여류 문사가 되어버리고 말았다.

그에게 있어서는 어째서 자기가 이렇게 쉽사리 여류 작가가 되었는지 반성해보려고도 하지 않았다. 그저 자기와 같은 재사[3]는 드물다는 것 그것밖에는 없었다. 그러므로 누구를 대하든지 먼저 상대자가 마리아라는 자기의 이름은 말하지 않아도 다 알고도 지나친 것으로 생각되었다. 길가에 나서면 모든 사람들의 눈이 자기 한 사람에게로 집중된 듯하며 그만큼 자기는 인기 인물같이 생각되었다. 무엇보다도 여자로서는 글 쓰는 사람이 적은 것만큼 자기 한 사람에게만이 가능하다고 인정됨으로써였다.

그는 지금도 이러한 생각으로 가슴이 뿌듯함을 느꼈다. 그리고 앞에 전개되는 모든 경치를 의미있게 바라보며 무엇이라도 써볼까 하고 요리조리 뜯어 모아보았다. 그러나 어쩐지 모르게 그럴 듯 그럴듯한 곳은 있건마는 막상 붓을 들고 쓰려고 하니 홀랑 어디로 달아나버리고 만다.

"선생님, 진지 잡수시어요."

그는 놀라 학생 선 쪽을 돌아보며 자기 손목을 내려다보았다. 있으려니 한 시계는 없고 흰 팔 위에 시계 자리만이 옴쑥하니 남아 있었다. 순간에 그는 가슴이 선뜩하여 머리맡 쪽으로 머리를 숙이니 면경 옆에서 째깍째깍하는 다정스러운 시계 소리에 그는 안심하고 시계를 집었다.

"무슨 아침이 그리 이르냐."

아까와는 딴판으로 살짝 웃으며 이렇게 물었다.

"선생님 오늘 외촌에 가신다면서요."

"오, 참…… 내 잊었구나. 그래, 나가마."

그제야 엊저녁 늦도록 연제[4] 될 성경 절 찾던 생각이 얼핏 들었다. 따라서 오늘 자기가 갈 얼두거우(二頭溝)라는 지명이 새삼스럽게 생각키웠다.

학생은 돌아서 나갔다. 그의 삼단 같은 머리채 끝에 나풀거리는 댕기꼬리가 뚜렷이 그의 눈에 비쳤다. 여기에 따라 옛날 그의 학생 시절이 다시금 그리워졌다.

학생의 신발 소리가 멀어지자 그는 수건과 비누를 가지고 밖으로 나왔다. 언제 떠놓았는지 세수 소래[5]에는 물이 가득하여 가는 바람결에 잔주름이 약간 잡혔다. 그는 참새 소리 틈에 어렴풋이 들리는 학생들의 시시대는 소리를 들으며 가만히 물속에 손을 넣었다.

세수를 다한 그는 방 안으로 들어서자 면경 앞으로 다가앉았다. 면경을 대하니 아까 비치던 자기의 토실토실한 그 어깨가 다시금 보이는 듯했다. 그는 크림을 손에 묻혀가지고 가볍게 부벼친 후 불그레한 얼굴 위에 마찰을 시작하였다. 방 안은 크림 냄새로 자욱하였다.

가볍게 흔들리는 나뭇잎 소리를 따라 외줄기 광선이 방 안 가운데 얼씬얼씬 떨어졌다. 방 안은 갑자기 환해지는 듯하였다. 그리고 차츰 희어가는 그의 얼굴.

화장을 다 마친 그는 면경 옆에 펼쳐 있는 성경 책을 끌어당기며 '과연 내가 사내놈이라도 너를 보면 반하겠다' 하고 면경 속을 들여다보며 머리를 끄덕이었다. 이렇게 생각만을 하고서도 누가 있지나 않았나 하는 불안으로 뒤를 돌아보고야 안심하였다.

그는 성경 책을 뒤적거려 어제 찾아본 성경 절을 찾아놓고 다시금 생각해보았다. 뒤이어 농민들의 이 모양 저 모양이 보이는 듯했다. 그리고 그의 고향에서 본 선히 낯익은 농부들의 모양이 보였다. '그들이 알아들을까?' 하고 그는 얼굴을 잠깐 찌푸렸다.

그가 고향에서 본 농부들이란 오직 먹는 것과 애 낳는 것, 일하는 것밖에는 아무것도 모르는 듯했다. 좀더 그들 중에서 무엇을 안다는 것을 기어코 지정하자면 고담(古談)에 나오는 유충열이나 조웅을 알 법이지, 그 외에는 나라가 어찌 되는지 민족이 어찌 되는지 그저 태평이었다.

멧산자보[6]에다 바가지 몇 짝을 달아매고 구럭[7] 짐 멱[8] 짐 짊어지고 어린것들을 앞세우고 나서면서까지도 어째서 자기네는 그리운 고향을 등지게 되나? 어째서 가산을 탕패케[9] 되었나?를 생각해보지 못하고 다만 운명에 돌리고 못나게 우는 농부들이었다.

그런 생각하니 마리아는 얼두거우에 가고 싶은 생각이 없었다. 농부들은 어디 농부들이나 마찬가지로 생각되었던 것이다. 제일 못난 것이 농부들인 동시에 제일 불쌍한 사람이 농부들이라고 생각되었다. 구하려야 구할 수 없는 그런 불쌍한 인간들로 생각되 었던 것이다.

아침을 먹은 마리아는 학생들의 전송을 받으며 마차 위에 몸을 실었다. 뒤따라서 심얼심얼 얽은 전도 부인이 까만 책보를 들고 올랐다.

말똥 냄새가 훅 끼치며 가슴이 메슥해지는 것 같다. 그는 소매 로부터 수건을 내어 입에 대었다. 수건 끝에서 가볍게 이는 크림 냄새는 곁에 앉은 전도 부인에게까지 물큰 스치었다.

보기에도 험상궂은 마부는 무엇이라고 소리를 꽥 지르며 채찍 을 둘러메니 말은 네 굽을 안고 뛰었다.

한번 대답해놓은 것이라, 더구나 교장의 명령을 받아 할 수 없 이 마리아는 이렇게 떠나나 어쩐지 불쾌하고 끄림직하였다.[10] 그 러나 한편으로 문예가는 때때로 여행도 해야 한다더라 하는 생각 을 하자 농부들보다도 농촌의 자연미를 구경하는 호기심 그것에 서 어떤 명작이나 하나 얻을까 하는 바람이 그로 하여금 커다란 기대를 갖게 하였다.

그가 용정에 들어온 후에 이렇게 외촌으로 나가보기는 아마 이 번이 처음일 것이다. 이번도 얼두거우 예수교 안으로 설치된 부 인청년회에서 정화여학교 교장에게 연사 부탁한 것이 하필 마리 아가 떠나게 된 것이다.

그는 돌아보았다. 아직도 학생들은 서서 손짓을 하였다. 그도 마주 손짓을 하며 약간 미소를 띠었을 때 마차는 어떤 집 모퉁이 를 돌아섰다.

콩기름 냄새가 그들의 코를 훅 찌르며 기름 튀는 소리가 복질복
질 부지지 하였다. 그는 얼핏 바라보니 부엌문 사이로 아궁에서
일어나는 장작불이 발갛게 보였다.

마리아는 어쩐지 섭섭한 생각이 들어 다시금 뒤를 돌아보니 지
붕과 지붕 위로 기숙사 울타리인 백양나무 가지가 반공[11] 중에 푸
르러 있었다. 그때에 '내가 이 학교 일을 그만 보고 아주 고향으로
이렇게 간다면' 하는 생각을 하며 다시금 뒤를 돌아보았다.

아침 연기 속에 어린 용정 시가는 콩기름과 돼지기름 냄새로 둘
러싸였다. 그리고 가고 오는 물지게 소리며 고기 사오, 백채 사
오, 하는 서투른 조선말로 외치는 중국인의 굵고도 줄기찬 소리
가 모퉁이 모퉁이에서 굴러 나왔다.

구멍가게 옆에는 반드시 기다란 나무가 꽂혔으며 그 위에는 널
조각 나무로 가로지른 후에 그 가운데에는 '천흥호(天興號)' '원흥
태(元興泰)'라는 간판이 뚜렷하게 써 있었다. 그리고 오색 종이를
체바위같이 둥글게 뭉쳐 문전 좌우에 매단 집 문 앞에는 시커먼
널빤지가 놓였으며 그 위에는 새로 쪄다 놓은 만두가 가는 김을
토하고 있었다.

대통로로 들어선 그들은 신록에 빛나는 가로수를 바라보았다.
그리고 중국 애와 조선 애들이 서로 손을 잡고 뛰어다니는 꼴이
나무 사이로 얼씬얼씬 보였다.

네거리를 지날 때마다 등 굽은 순사들이 무엇이 추운지 아직도
솜바지 저고리를 통통하게 입고 총자루를 가로쥔 후에 지나가고
오는 사람들을 흘금흘금 쳐다본다. 이마에는 기름기가 번질번질,

손톱은 매 발톱처럼 비쭉한 것으로 이따금 코진재리[12]를 훑켜내고[13] 있다.

갑자기 지릉지릉 울리는 종소리에 놀란 마리아는 어디서 그런 소리가 나는가 하고 둘러보니 자기가 탄 마차에서 그런 훌륭한 소리가 났다. 그러므로 그는 마부의 뒷덜미를 바라보며 '종 하나는 제법 친다' 하고 픽 웃었다.

앞으로 오는 채마[14] 장수는 종소리에 이편으로 물러서며 땀을 씻는다. 광주리에 실은 배채[15]는 약간 이슬을 품은 채 다문다문 흙에 묻히어 있었다.

"아이, 저 배채 보아요. 저렇게 자랐어."

전도 부인은 배채에 탐이 났던지 이런 말을 하였다. 마부도 휘끈[16] 돌아보며 다소 알아들었다는 듯이 싱긋 웃으며 그 누런 이를 내놓았다. 마리아는 그만 그 이에 놀라 머리를 돌리었다. 그리고 금시로 먹은 것이 나오는 듯해서 그만 입을 다물고 눈을 내리떴다.

전도 부인도 이 눈치를 채었는지 빙긋이 웃으며,

"저것들은 아마 평생 이를 닦지 않는 모양입니다."

"아이참, 어쩌면……"

마리아는 이렇게 중얼거리며 해종일 저 꼴 볼 것이 난처하였다. 그리고 '저것들도 인간이라고 할까? 하는 의문이 불시에 일어났다.

어느덧 시가지를 벗어난 마리아는 푸른 들을 바라보다가 무심히 뒤를 돌아보았다. 차츰 멀어져가는 용정 시가 속에 붉고도 푸른 벽돌집 위에는 태양 볕이 둥그렇게 번쩍이고 있었다.

아득히 바라보이는 산기슭에는 젖빛 안개가 뭉실뭉실 떠돌고 시선 끝까지 푸르러 있는 위에는 햇빛이 천 갈래로 만 갈래로 찢어 떨어져서 한층 더 푸르게 하였다.

가다가다 토담으로 둘러싼 포대는 산새 똥으로 허옇게 되었다. 돌아올 줄 모르는 손주를 기다리는 자애스러운 늙은이의 그 얼굴 그 슬픈 표정이었다.

길가 좌우에는 이름 모를 좁쌀꽃이 빨갛게 노랗게 피었다. 그 푸른 잔디밭 속에 개미가 토굴을 파고 쇠똥구리가 쇠똥을 나르는 그 세계에도 이러한 자연이 그들을 얼싸안고 있었다.

그날 오후 두 시에 마리아는 얼두거우 예수교 내 강당 위에 높이 서서 요한복음 3장 16절을 가지고 믿음이란 문제로 강연을 시작하였다.

교회당은 불과 열 칸이 될까 말까 한데 교인은 방이 터져라 하고 모여들었다. 물론 교인뿐만이 아닌 줄 마리아도 잘 알았다.

문안으로 들어서는 이마다 모두가 흑인종같이 보였다. 그 옷주제며 햇빛에 그을릴 대로 그을린 얼굴들이 바라보기에도 끔찍하였다.

마리아는 입으로는 무엇이라고 지껄이면서도 속으로는 딴생각이 자꾸만 들어왔다. 말하자면 자기는 닭의 무리에 봉이 한 마리 섞인 듯하고 흑인종에 백인종이 섞인 듯한 느낌이었다. 따라서 저들이 나를 얼마나 곱게 볼까, 내 말에 얼마나 감복이 될까, 하는 생각이 들자 자기도 모르게 생각지도 않은 열변이 낙수처럼 떨어졌다.

비록 성경 책을 내놓고 믿음이란 문제를 걸어놨을망정 사뭇 문제와는 딴판으로 노동자 농민을 부르짖고 현대 조선 사회상을 들추어냈다.

군중은 비 오다 그친 것처럼 잠짓하여[17] 마리아의 놀리는 입술과 그 요리조리 굴리는 눈동자를 바라보았다. 어쩐지 자기들과는 딴 인종 같으며 따라서 열과 피가 없고 말하자면 어떤 어여쁜 인형이 기계적으로 말하는 듯한—그의 입속으로 노동자 농민이 굴러 나올 때 황송 거북스럽고도 미안하게 생각되었다. 그리고 '저가 어떻게 노동자 농민을 알게 되었는가?' 하는 의문을 품지 않을 수가 없었다.

마리아의 폐병자의 초기 같은 그의 얼굴빛이며 짙게 그린 눈썹 아래로 깜박이는 눈만이 살은 듯하고 그 나불거리는 입술만이 마리아의 전체에 대하여서는 너무나 부자연한 듯하였다. 따라서 그들의 머리에는 '공부한 신여성', 무엇을 안다는 여자는 다 저 모양이지 하는 생각만으로 뚜렷이 짙게 되었다.

"여러분, 죽어도 내 땅에서 죽고요, 살아도 내 땅! 내 땅에서 살아야 한단 말이야요. 무엇하러 여기까지 온단 말이어요! 네. 그렇지 않아요, 네. 내 잔뼈를 이룬 땅이요, 내 다만 하나인 조업이란 말이지요! 여러분, 아십니까? 모르십니까? 산명수려한 내 땅을요!"

마리아는 그의 백어[18] 같은 손으로 책상을 치며 부르짖었다.

군중은 무의식 간에 흐웅! 하고 비웃음과 함께 이때껏 지리하던 한숨이 흘러나왔다. 무엇보다도 어린 처자를 앞세우고 울며불며 내 고향 떠나던 생각이 떠올랐던 것이다.

"그래도 내 땅 안에 있으면 이 쓰림, 이 모욕은 받지 않지요. 그래, 남부여대하여 이곳 나와서 한 일이 무엇입니까. 네? 아무래도 내 동포밖에 없지요. 우리가 외로울 때 즐거울 때 가난에 찌들 때 같이 울고 같이 걱정해줄 이가 누구여요. 우리 동포가 아니여요. 그러니까 이 목이 달아나고 이 몸뚱이가 분골쇄신이 되더라도 내 땅에서 살아야 한단 말이어요. 네?"

마리아의 눈에서는 눈물까지 흘렀다. 군중은 이 이상 더 참을 수 없이 저리 배 속 깊이 가라앉았던 분까지 치떠밀었다. 그들의 앞에는 지주들의 그 꼴이 시재[19] 보는 듯이 나타났던 것이다.

손발이 닳도록 만지고 또 만져 손끝에 보드라워진 그 밭! 그 밭 밭이랑에 깔려 있는 수없는 풀뿌리며 논귀에 숨어 있는 그 잔돌까지라도 헤라면 헬 수 있는 그렇게 정들인 그 밭! 그 논을 무리하게 이유 없이 떼이었을 때, 아아, 그들의 가슴은 어떠했으랴!

그들의 즐거움과 기쁨이 있었다면 오직 이밖에 없었고 그들의 용기와 삶의 애착이 있다면 여기에 있었던 것이다.

그러나 하루아침에 가볍게 놀리는 그 무서운 입술에서 떨어지는 그 잔인무도한 말은 그들을 쫓아내고야 말았던 것이다.

마리아의 말과 같이 슬픔과 괴로움을 같이하는 그들이었던가! 그들의 사정을 털끝만치라도 보아주던 그들이었던가. 군중의 눈 앞에는 그 지주의 그 눈! 그 얼굴이 새삼스럽게 커다랗게 나타나 보였다. 그리고 자기들이 쫓겨나던 그때 일이 다시금 나타나 보였다.

"민족이 뭐냐! 내 땅이 뭐냐!"

저쪽 창밖으로부터 이런 소리가 우렛소리같이 났다. 순간에 마리아는 가슴이 선듯[20]하였다. 그리고 '간도 농민' 하고 그의 머리에 얼핏 떠올랐다.

그것은 전일 간도 농민은 무던히 무섭다는 말을 들었던 까닭이었다.

마리아는 가볍게 한숨으로 일어나는 공포를 쓸어치어[21] '적어도 나는 조선의 최고 학부를 마치었으며 더구나 조선에서 드문 여류 작가이고 게다가 어여쁜 미모의 주인공이다' 이러한 생각을 하며 까칠한 눈으로 그들을 노려보았다. 그 입모습에는 확실히 비웃음이 떠돌았다…… '농민이 아니냐' 하고 마리아는 속으로 부르짖었다.

군중은 마리아의 이러한 태도를 바라보았을 때 이때껏 어여쁜 귀여운 미라로만 생각했던 것이 잘못임을 깨달았다. 그리고 자기들이 극도로 미워하는 돈 많은 계집의 특성이 마리아의 전체에서는 물결침을 느꼈다. 마리아의 하늘거리는 흰 치맛가의 가는 파동은 군중의 무지를 조롱하는 듯 비웃는 듯하였다. 그때에 군중의 머리에는 며칠 전에 미음 한 그릇 따뜻이 못 먹고 죽은 그들의 아내며 그들의 누이며 사랑하는 딸들이 마리아의 좌우로 나타나는 것을 보았다.

'자기들의 누이와 아내는 이 여자를 곱게 먹이고 입히기 위하여, 공부시키기 위하여, 이 여자 살빛을 희게 하여주기 위하여,

못 입고 못 먹고 못 배우고 엄지손에 피가 나도록, 그 험악한 병마에 걸리도록 피와 살을 띠우지 않았던가?' 이러한 생각을 하고 나니 마리아의 뒤에 둘러앉은 목사와 장로까지도 자기들의 살과 피를 빨아먹는 흡혈귀같이 보였다. 아니, 흡혈귀였다.

그들은 갑자기 욱 쓸어 일어났다. 그리하여 자기들도 모르는 사이에 교회당이 짓모이고 종각이 쓰러졌다.

마지막 비명을 토하는 종 옆에 갈갈이 옷을 찢긴 마리아는 쓰러져서도 자기의 미모만을 상할까 두려워서 두 손으로 얼굴을 꼭 싸쥐고 풀풀 떨고 있었다.

채전 菜田

　어렴풋이 잠이 들었을 때 중얼중얼하는 소리에 수방이는 가만히 정신을 차려 귀를 기울였다. 그것은 아버지와 어머니의 집안 살림에 대한 걱정인 듯싶었다. 그래서 그는 포로로 눈이 감기다가 푸루룽하는 바람 소리에 그는 또다시 눈을 번쩍 떠서 문 쪽을 바라보았다. '아이, 저 바람 저것을 어쩌나!' 무의식 간에 이렇게 중얼거리며 밤사이에 많이 떨어졌을 사과와 복숭아를 생각하였다. 이 생각을 하니 웬일인지 기뻤다. 무엇보다도 덜 익은 것이나마 배껏¹ 먹을 것으로 알기 때문이다.

　"이번 바람에 저— 실과가 다— 떨어질 터이니……"

　"그러니 내 말이 그 말이에요. 실과도 돈 값어치가 못 되고 채마니 뭐 변변하오. 그러니까 일꾼을 줄여야 하지 않겠수."

　"글쎄, 나도 그런 생각이여. 그러나 지금 배추밭 부침² 때가 아닌가. 그러니……"

"그게 뭐 걱정이 되어요. 배추밭 부침이나 해놓고 나서 내보내지."

"그럴까?"

"그러면요."

수방이는 어느덧 졸음이 홀랑 달아나버리고 말았다. 그러고 누구를 내어보내려나. 맹 서방이 안 될는지 혹은 추 서방인지…… '아이, 누굴까?' 하고 귀를 기울이나 그들은 잠잠하고 숨소리만 높을 뿐이다.

어느 때인가 깜짝 놀라 깨니, "수방아, 어서 밥 지어!"

어머니의 음성이다. 그는 펄쩍 일어는 나면서도 눈이 자꾸만 감기며 정신 차릴 수가 없었다.

"이애, 얼른."

그가 재차 놀라 보니 문턱을 짚고 자고 있었다.

"이놈의 계집애, 또 한 개 붙여주어야 일어날 모양이구나!"

지정[3]이 저르릉 울린다. 그는 그제야 안타깝게 감기는 눈을 손으로 부벼치며 문밖으로 나왔다.

산뜻한 바람이 그의 앞 머리칼을 살랑살랑 흔들어주었다. 그는 저윽이[4] 정신이 드는 것 같았다. 그래서 무심히 하늘을 쳐다보며는 '언제나 잠을 실컷 자보누' 하였다.

아직도 하늘은 컴컴하였다. 그러나 저 동쪽 하늘 쪽으로는 회색빛 선을 뿌옇게 둘러치고 있었다. 그는 한참이나 멍—하니 바라보다가 부엌문을 흘끔 바라보았다. 이렇게 밖에 섰는 것은 무섭지 않으나 오히려 부엌이 무섭게 생각되었다. '어쩌누? 맹 서방이

든지 누구든지 일어났으면 좋겠어' 하며 부엌 뒤로 연달린 방을
바라보았다.

마침 우물에서 두레박 넣는 소리가 찌꺽찌꺽 나므로 그는 주춤
물러서다가 담뱃불이 껌벅껌벅하는 것을 보고,

"누구요?"

"내다."

맹 서방의 음성이다. 그는 얼핏 달려가며,

"맹 서방, 부엌에 불 좀 해주."

물을 꿀꺽꿀꺽 마신 맹 서방은 이리로 왔다. 그래서 부엌문을
비꺽⁵ 열고 들어간다. 수방이는 뒤를 따르다가 부엌 속에서 뛰어
나오는 듯한 시꺼먼 어둠에 그는 주춤하며 '저 속에 무엇이나 들
어 있지 않나?' 하는 불안이 불쑥 일어났다.

박― 긋는 성냥 소리에 그는 얼핏 문안으로 들어서며 맹 서방
의 굵다란 팔이 등불을 차차 시렁 위로 올라가는⁶ 것을 보았다.

"자, 이젠 되었지. 이렇게 네 청을 들어주었으니 내 청도 들어줘
야 해."

맹 서방은 빙긋이 웃는다. 그는 마주 웃으며,

"응, 또 그 말이구려."

"그래."

"마마가 허게 해야지……"

그때에 얼핏 생각키운 것은 어제저녁 잠결에 들은 말이다. 그래
서 그는 남 보는 줄 모르게, "정! 맹 서방!"

안방을 흘끔 바라보다가 머리를 푹― 숙인다.

"왜."

맹 서방은 수방의 눈치를 살피며 한 걸음 다가섰다. 그리고 주인마누라에 대한 말이 아닌가 하고 직각되었다.[7]

"저 이따 이야기할게."

고개를 개웃이[8] 들었다. 맹 서방은 싱긋 웃으며 밖으로 나간다. 수방이는 물끄러미 어둠 속으로 충충 걸어나가는 그의 뒤 꼴을 하염없이 바라보며 '맹 서방일지 누가 아나?' 이렇게 생각되었다.

두레박 소리가 또 난다. 그리고 중얼중얼하는 여러 사람의 소리에 그는 얼핏 돌아서며 부뚜막으로 왔다. 연기에 걸은 냄새가 아궁에서 뭉클뭉클 난다. 그는 솥을 헹헹 부시며 마마는 나쁜 사람이어 그리고 바바두…… 하고 생각되었다.

밥이 우구구 끓어날 때에야 그의 어머니는 부시시 나온다. 수방이는 얼핏 몸을 바로 가지며 무엇을 또 잘못했다고 하지 않을까 하는 불안에 속이 울울하였다.[9]

"함—" 하고 방정맞게 하품을 하고 난 어머니는 이편으로 기우뚱기우뚱 걸어오며,

"채는 무엇이냐?"

"부추채야요."

"기름 또 많이 둘렀니?"

"아니요."

어머니는 말뚱말뚱 바라보다가 돌아서 나간다. 수방이는 그제야 홀끔 쳐다보았다.

불빛에 빛나는 어머니의 귀고리! 걸음발을 따라 무서운 빛을

발하였다. 귀고리가 까뭇 없어질 때 그는 뜻하지 않은 한숨을 후— 쉬며 무심히 자기 귀를 만져보았다.

어려서 끼워준 이 귀고리! 어떤 때는 시커먼 빛이 미워서 면경을 보며 몇 번이나 얼굴을 찡그렸는지 몰랐다. 그리고 떼어서 몰래 내치려다가도 어머니의 꾸지람이 무섭고 매손[10]이 두려워 그냥 두곤 하였던 것이다.

"함— 음—" 하는 어머니의 하품 소리가 또 들린다. 그는 흘끔 문 쪽을 바라보았다. 저쪽으로 포도 넝쿨이 회색빛을 두르고 어실어실하니[11] 보인다.

그는 불을 멈추고 벌컥 일어나며 '포도두 떨어졌나' 하고 머리를 넘석하여[12] 보았다. 그러나 아직도 채 밝지를 않아서 분명히 보이지를 않았다.

나가볼까 하고 한 발 내디디었다가 어머니가 밖에 있는 것을 생각하며 단념하고 말았다. 그러나 끊이지 않고 눈이 그리로만 간다.

한참 후에 또다시 보니 포도는 한 송이도 떨어지지 않았다. 그는 가볍게 실망을 하며 사과나 복숭아야 좀 떨어졌겠지 하고 생각하였다.

밥을 퍼드리고 설거질[13]을 하고 나니 해가 떠오른다. 그는 솔치[14]를 긁어 먹고 나서 바구니를 들고 채마밭으로 나왔다. 그제야 우방이는 깡충깡충 뛰어오며,

"언니, 복숭아 떨어지지 않았수."

"여기는 없구나. 저 아래나 가보렴."

곁에 섰던 맹 서방이 우방이를 보며, "아까 마마가 다— 주워 들여 갔다. 까우리 애들한테 늑게[15] 판다고……"

우방이는 머리를 끄덕끄덕하며 걸음질 쳐 들어간다. 수방이는 물끄러미 바라보며 '쟤는 복숭아를 먹겠구나' 생각을 하니 웬일인지 새벽부터 졸이던 가슴이 슬픔과 아픔으로 변하는 것을 그는 깨달았다.

맹 서방은 광이[16]를 높이 들어 땅을 푹— 파헤친다. 뒤따라서 감자가 왜그르르[17] 일어난다. 수방이는 얼핏 감자를 들어 보이며,

"맹 서방, 이거 보우!"

"대견하니?"

수방이는 머리를 끄덕끄덕해 보인다. 속눈썹까지 폭— 내려 덮은 그의 앞 머리칼을 맹 서방은 사랑스러운 듯이 바라보며 '나두 언제 계집을 하나 얻어 데리고 살아볼거나' 하고 생각되었다.

후끈 끼치는 똥내에 수방이는 바라보니 배추밭 부침을 하려고 추 서방과 그 외 몇몇 일꾼들은 똥통을 배추밭에 날랐다. 그는 깜빡 잊었던 생각에 얼굴이 화끈 다는 것을 깨달았다. 그러나 마침 말을 하려고 맹 서방을 바라보았을 때 웬일인지 얼핏 입이 벌려지지를 않았다.

그리고 이 말한 것을 마마나 바바가 안다면 어떡하나 하는 불안이 뒤미처 일어난다. 그는 하는 수 없이 머리를 푹— 숙였다.

매미 소리가 맴맴 하고 났다. 그는 얼핏 매미 우는 편으로 머리를 돌리다가 무심히 떤 우방이를 보았다.

그는 새로 사 온 산뜻한 분홍빛 양복을 입고 책보를 끼고 그리

고 한쪽 손에는 복숭아가 쥐여 있었다.

한참이나 부럽게 바라본 수방이는 맥없이 머리를 숙일 때 자기의 보기 싫은 퍼렁 옷이 새삼스럽게 더 보기 싫고 추잡스러워 보였다. 난 밤낮 이런 것만 입고 있어야 하나. 우방이는 그렇게 잘 해주고, 마마두 잘 해 입고 바바두 그래두 나만 안 해줘. 이런 생각을 할 때 눈물이 글썽글썽하였다.

"얘! 감자 주워라. 야! 이것은 꽤 크다. 너만이나 하구나."

광이 끝으로 밀어 보낸다. 수방이는 냉큼 집어 보았다. 눈물 고인 눈에는 어느덧 웃음이 돌았다. 그리고 이 감자를 삶아서 먹었으면 맛이 있겠다 하고 맹 서방을 쳐다보았다.

"너 왜 울었니?"

맹 서방은 똑바로 쳐다보며 이렇게 물었다. 수방이는 가라앉으려던 슬픔이 맹 서방의 말에 기세를 돋혀[18] 으악 쓸어 나오는 것을 혀끝을 꼭 깨물었다.

맹 서방은 얼핏 새벽에 무심히 들어두었던 수방의 말이 생각히우며[19] 아마 어젯밤에 저 애가 매를 또 맞은 모양이구나 하고 가만히 "마마가 또 때리더냐?"

그는 좌우로 머리를 흔든다.

"그럼 왜 울어?"

수방이는 머리를 번쩍 들었다.

"맹 서방!"

너무나 침착한 그의 음성에 맹 서방은 눈이 둥그레질 뿐 대답이 얼핏 나가지 않았다.

"수방이는 고추 따거라!"

어머니가 소리치는 바람에 그는 소스라쳐 놀란다. 그리고 귀밑까지 빨개진다. 맹 서방은 의아하여 멍—하니 바라볼 뿐이었다.

수방이는 얼른 일어나 고추밭으로 왔다. 그래서 고추를 따며 이 말을 해야 좋은가 안 해야 되나? 하고 맘으로 물어보았다. 물론 마마와 바바를 생각한다면 안 해야 될 것 같았다.

그러나 웬일인지 이 말을 하지 않고는 자기 맘이 이렇게 편치 않고 곧 슬펐다.

어떡허나…… 맹 서방도, 추 서방도, 이 서방도, 그러구 그러구 모두 다들 좋은 사람들이 이렇게 나와 같이 일만 할 줄 알지. 일만 하는 사람은 나쁜 사람인지 몰라? 바바와 같이 마마와 같이 노는 사람이 좋은 사람일까. 그러면 이 고추가 어떻게 달리며 감자가 어떻게 땅속에서 나와. 마마같이 놀고 가만히 있다면 말이야.

그러면 일하는 사람이 좋은 사람들이지 뭐야. 그래두 우리들은 좋은 옷은 못 입으니……

그의 생각에는 고운 옷 입는 사람이 훌륭하고도 무엇을 많이 아는 사람으로 짐작되었던 것이다.

그는 뜨거운 햇볕을 피하여 복숭아나무 아래로 왔다. 그때에 무심히 흘려듣는 광이 소리가 뚝— 끊어지고 한참이나 들리지 않음에 그는 머리를 번쩍 들며 '감자를 다— 캐었나? 얼마나 캤누?' 하고 바라보았다.

맹 서방은 감자 담은 광주리와 참대 바구니를 어깨에 올려놓고 손에 들고 벌컥 일어난다. 그래서 왜죽왜죽[20] 집으로 들어간다.

이것을 바라보는 수방이는 가벼운 감격이 사르르 올라오는 것을 깨달았다. 그리고 더구나 광주리 위로 수북이 담아 올라간 감자를 보니 말로 형용할 수 없이 기뻤다.

저것을 내일 장에 갖다가 팔면 돈이 되지. 그 돈은 아부지가 가지구서 쌀두 사 오구 나무도 사 오지. 그리고 우방의 양복도 사 오구 마마의 옷두 사 오구 내 것만 안 사 오지…… 바바는 나쁜 사람이어……

만일에 그 돈을 맹 서방이, 아니 다른 일꾼들이 가지면 반드시 자기의 옷부터 사다 줄 것 같았다. '누가 아나? 그 사람들도 다— 내 맘과 같지 않아.' 이렇게 생각하다가 얼핏 맹 서방이 자기 머리에 꽂은 핀을 담배용에서 떼어서 사다 준 것을 생각하고, '아니야. 그들은 그렇지 않아' 하고 머리핀을 슬슬 어루만졌다.

마침 맹 서방이 충충 걸어온다.

"맹 서방!"

"너 핀 또 만지누나. 허허."

빨간 유리알 박힌 핀 만지는 손을 보다가 무심히 바라보니 구슬 같은 눈물이 방울방울 떨어진다.

"맹 서방, 나 핀 사주었지. 후담[21]에 또 뭐 사줄 테야?"

의붓어머니한테서 시달리는 그라 항상 불쌍하게 보았지마는 더구나 몇 푼 주지 않고 사다 준 핀을 만지며 저러할 때에는 눈허리가 시큼시큼해서 바라볼 수가 없었다.

"그래, 너 원하는 대로."

"정말!"

그의 조그만 가슴은 감격에 넘쳐 들먹이는 것을 보았다. 그리고 그의 눈은 충혈되는 것을 보았다.

수방이는 한 걸음 다가서며 사면을 휘휘 돌아본 후에 맹 서방 귀에다 입을 대고 종알종알하였다. 맹 서방의 눈은 점점 둥그레지며 비분한 기색이 양 볼 위로 뚜렷이 흘러내려온다.

다— 듣고 난 맹 서방은 한참이나 무슨 생각을 하였다. 수방이는 안달을 하여 저리 가라고 하였다. 그리고 바바나 마마나 말하지 말라고 몇 번이나 부탁하고도 맘이 안 되어 얼굴을 찡그리면서도 어딘가 모르게 시원하였다.

다음 날 아침 맹 서방은 수방의 아부[22]인 왕 서방과 마주 앉고 이러한 조건을 제출하였다.

1. 어떠한 일이 있더라도 우리들을 겨울까지 내보내지 말 일.
2. 우리들의 옷을 한 벌씩 해줄 일.

이 두 조건을 듣지 않으면 그들은 오늘로 나가겠다는 것이다.

왕 서방은 눈이 둥글하였다.

어젯밤 자리 속에서 귓속말로 한 것을 어떻게 저들이 알았을까 하는 의문과 함께 어떻게 처리를 해야 좋을지를 몰라 무겁게 내려덮은 그의 눈까풀이 가늘게 떨렸다.

"우리는 말로만은 신용을 할 수 없으니까 이런 것을 대서방[23]에 맡기어 써 왔습니다."

종잇조각을 내놓는다. 아무리 생각해도 갑자기 일꾼을 사 대서

채마밭 부침을 한다고 하면 돈이 더 들 터이고 그들의 말을 들어주는 수밖에 없었다. 그래서 그는 그 종이에다 도장을 눌렀다.

　며칠 후에 수방이는 소문 없이 죽고 말았다. 그의 머리에는 여전히 핀이 반짝였다.

유무 _{有無}

　나는 그러한 일이 이 현실에 실재해 있는지 없는지 그가 묻던 말에 아직까지도 그 대답을 생각지 못하였습니다.

　그것은 바로 지금으로부터 일 년 전 그 어느 날 밤이었습니다. 언제나 저녁밥을 늦게 짓는 나는 그날도 늦게 지어 먹고 막 설거질을 하고 방으로 들어와 앉았을 때 밖에서, "아저머이 계시유" 하는 굵은 음성이 들려왔습니다. 나는 냉큼 일어나 문을 열고 내다보았습니다. 그러나 너무 밖이 어둡고 더구나 그 음성이 평시에 듣지 못하던 음성이므로 누구인지 얼핏 생각나지 않았습니다.

　"누구를 찾으시오?"

　나는 한참이나 머뭇머뭇하다가 이렇게 물었습니다. 그는 앞으로 다가서며,

　"아저머이, 나유. 복순 아비유."

　그 순간 나는 반쯤 열어 잡았던 문을 활짝 열고 달려 나갔습

니다.

"복순 아버지! 이게 웬일입니까. 어서 들어오세요."

그제야 그는 방 안으로 들어앉았습니다. 나는 일변 담배를 사오고 재떨이를 내놓으며 그를 똑똑히 바라보았습니다. 그의 옷은 아주 형용할 수 없이 남루하였으며, 그의 얼굴은 전보다 더 우울한 빛이었습니다. 이맛전이 혹 솟아 나온 아래로 눈은 깊이 들어가서 눈가가 잘 보이지 않았습니다. 다만 거멓게 보이는 그 눈 속으로 이따금 번쩍이는 안광은 나의 가슴을 서늘케 하였습니다. 그때마다 이렇게 오래간만에 만났음에도 불구하고 싫은 생각이 들었습니다. 그리고 '뭘 하러 그가 우리 집에를 돌연히 찾아왔을까' 하는 불안이 시간이 지날수록 강해짐을 나는 느꼈습니다.

복순 아버지는 바로 우리 윗집에서 단칸방을 세 얻고 살았습니다. 그들은 일정한 벌이가 없이 그저 그날그날 노동이나 해서 돈푼이나 생기면 먹고 안 생기면 굶고 지내는 것을 나는 종종 보았습니다. 나는 그의 아내와 좋아 지내고 어린 복순이를 귀애하면서도 한편으로 그들이 귀찮은 존재였습니다. 그것은 말할 것도 없이 그들이 구차하게 지낸 까닭입니다. 그들이 끼니를 끓이지 못하고 우두머니[1] 앉은 것을 뻔히 알면서 우리만 밥을 지어다 놓고 먹기가 거북스럽고 미안하여 맘 놓고 술이나 저를 굴릴 수가 없었습니다.

나는 때때로 찬밥 덩이나 찌개 국물이나 먹다 남은 것이 있으면 그들을 주었습니다. 주면서도 내 맘만은 항상 아수하여[2] 어서 그들이 어디로 이사해 갔으면 하였습니다. 그러나 그의 딸 복순이가 나를 보면 먹을 것을 줄 줄 알고 발발 기어오르는 데는 귀엽고도 가엾어서 나는 한참씩이나 안아주었습니다.

"너 몇 살?"

복순이는 아직 말은 못 하였습니다. 그러나 이지가 엉뚱하게 발달되었습니다. 그는 나를 말뚱말뚱 쳐다보다가 그의 여윈 두 손가락을 쭉 펴 보이었습니다. 나는 복순이를 꼭 껴안으며, "두 살…… 이게 말두 못 하는 것이 어떻게 알까."

나는 그의 어머니를 돌아보았습니다. 항상 얼굴을 찡그리고 있던 그의 어머니도 그제야 빙긋이 웃었습니다. 그러나 그 웃는 것은 참말 웃는 것인지 우는 것인지 분간할 수가 없었습니다. 그의 양 볼에는 항상 눈물이 흘러내리는 듯 보일락 말락 하게 선이 그어 있는 것이었습니다. 나는 속으로 저렇게 얼굴이 궁하게 생기고야 고생을 안 할 수가 있나 하고 그와 마주 앉을 때마다 생각하였습니다.

나는 복순의 재롱을 보려고 무시로 그의 집에 갔으나 복순 아버지는 볼 수 없었습니다. 어쩌다 혹간 마주 앉게 되면 나는 곧 나와 버렸습니다. 그와 마주 앉기는 대단히 거북스럽고 일종의 불쾌한 감을 갖게 되는 까닭입니다. 그리고 복순 어머니의 궁하게 보이는 그 얼굴도 무의식 간에 남편의 영향을 받은 것이라고 나는 깨달았습니다. 그러나 그들 가운데서 나온 복순이만은 눈이 샛별같이 빛났습니다.

"우리 복순 아버지는 도무지 말을 안 해서 나는 영 죽겠구려."

복순 어머니에게서 이러한 말을 나는 종종 들었습니다. 그리고 어떤 때는, "우리 복순 아버지는 밤마다 어데를 가기에 집에 오면 그 모양이우. 땀이 옷에 척척하게 배는구려…… 누구보고 말씀 마세요."

나오는 줄 모르게 남편의 걱정을 하고서도 나를 꺼리는 모양이었습니다. 나는 점점 복순 아버지에 대하여 어떤 불안을 갖는 동시에 말할 수 없는 호기심을 가지고 복순 어머니만 마주 앉으면 이리저리 물어보았습니다. 그러나 속 시원한 대답은 듣지 못하였습니다.

그런데 지금으로부터 이태 전 그 어느 날 아침에 나는 복순이를 주려고 두부찌개에 밥을 비벼가지고 복순네 집에 와보니 방 안은 어지러우며 아무도 없었습니다. 나는 그가 혹시 누구네 집으로 쌀을 꾸러 갔는가 하여 한참이나 기다리다 못해서 그가 찾아갈 만한 집에는 다 다니어보았습니다. 그러나 모두가 모르는 모양이었습니다. 그 후로도 나는 이제나저제나 하고 그들을 문득문득 생각하였습니다. 그러나 마침내 그들은 돌아오지 않았습니다. 나는 섭섭하면서도 시원하였습니다. 반면에 그들의 소위에 나는 분개도 하였습니다. 아무리 밤도망 갈 형편이라도 내게만은 말하고 갈 터이지 하는 노여운 생각을 하였던 것입니다.

그들이 간다 온단 말 없이 자취를 감춘 지 일 년이 지난 그날 밤, 내 머리에서는 복순의 그 샛별 같은 눈이 희미하게 사라진 그때, 돌연히 찾아온 복순 아버지— 나는 반가우면서도 불안을 느꼈습니다. 그리고 무엇을 얻으러 온 것같이 생각되었습니다.

"그새 복순이랑 복순 어머니도 잘 있나요."

묵묵히 앉은 그에게 이렇게 물었습니다. 그리고 대답을 기다리며 그의 눈치를 살피니 저녁도 굶은 것 같았습니다. 그래서 나는 금방 벗어 걸은 앞치마를 입고 부엌으로 나오며, "저녁 진지 가져올 것이니 찬은 없으나마 좀 떠보세요" 하고 그를 보았습니다. 그는 흘끔 나를 쳐다보며 자리만 옮겨 앉을 뿐 하등의 표정을 그의 얼굴에서 찾아낼 수가 없었습니다. 나는 본래부터 그의 성격이 그리된 것을 짐작하므로 새삼스럽게 놀랄 것은 없으나 그의 얼굴이 전날보다 한층 더 파리했으며 인생으로서 막다른 길까지 걸어본 듯한 자취가 확실히 나타나 보였습니다. 그리고 그의 눈에서 발하는 안광은 볼수록 소름이 쭉 끼쳐졌습니다. 나는 남편이라도 얼른 들어와주었으면 하면서 부엌으로 나왔습니다. 웬일인지 부엌도 무시무시해지며 발길이 허둥거렸습니다. 나는 전날 복순 어머니가 그의 남편의 말을 하던 것을 다시금 회상하며 얼른 밥을 지어가지고 방으로 들어왔습니다. 그는 밥상을 보자 권할 여지가 없이 버썩 다가앉아서 먹었습니다. 나는 그의 밥술을 보아 배가 고파서 우리 집에 들어온 것을 알 수가 있었습니다.

"그런데 가실 때는 왜 말씀도 없이 가셨나요?"

그가 밥술을 놓았을 때 나는 물었습니다. 그는 여전히 잠잠하고 앉아 있을 뿐이었습니다. 나는 나의 말이 그의 비위를 거슬러 놓았는가? 하는 생각을 하며 이 위에 더 묻기가 곧 힘이 들고 어려웠습니다. 따라서 방 안의 공기가 무거워지는 것을 깨달았습니다. 그러나 그를 대해서 그런지 복순의 그 눈동자가 내 눈앞에 얼른거리며 한번 꼭 보고 싶었습니다.

"복순이가 이젠 말두 잘하고 걷겠습니다그려."

나는 나오는 줄 모르게 이렇게 또 물었습니다. 그러나 그는 여전히 아무 말도 없었습니다. 나는 하는 수 없이 머리를 숙였습니다. 무거운 침묵은 우리 사이를 싸고 언제까지나 돌았습니다. 나는 답답하였습니다. 저렇게 할 말이 없으면 밥까지 먹었으니 이젠 가든지, 그리고 무엇을 얻어가지고 갈 생각이 있거든 달라고 말을 하든지, 좌우간 뭐라고 의사 발표를 했으면 좋겠는데 저렇게 앉아만 있으니 나는 땀만 부진부진 나고 수없는 불길한 예감이 나의 조그만 가슴을 꽉 채우고 말았습니다. 그리고 몇 달이나 깎지 않은 듯한 그의 머리며 턱 밑으로 거멓게 나온 수염은 나로 하여금 한층 더 불안을 느끼게 하였습니다. 그러나 반면에 나는 그에게 대하여 어딘가 모르게 일어나는 호기심도 없지 않아 있었습니다.

한참 후에 나는 그가 번번이 대답지 않을 것을 알면서도 주인으로서 너무 잠잠하고 있을 수가 없기에, "그동안 지내신 이야기나 좀 하시구려" 나는 막연하게 이렇게 말하였습니다. 그때 그는 뜻밖에 '허허' 웃었습니다. 그 웃음소리는 내가 일찍이 세상에서 들어보지 못한 칼날과 같은 차디찬 웃음이었습니다. 아주 무섭게 냉랭한 기운을 띤 그런 웃음이었습니다. 나는 그 웃음에 기가 질리어 머리를 숙이고 앉았노라니 그는 기침을 칵 하였습니다. 그리고 의외에도 말을 꺼냈습니다. 나는 놀라 머리를 들고 똑똑히 바라보았습니다. 그 입술 놀리는 것이 하도 이상스러워서 "아저머이! 나는 복순이, 복순 어미가 어데서 어떻게 되었는지 난 모르우!" 이렇게 무책임하고도 몽롱한 말끝을 내놓았습니다. 나는 그의 말에 대하여 왜 그러냐고 반문을 하고 싶었으나 그가 보통 사람 같지 않아 어쩌다 저렇게 말을 내놓은 것이니 내 물음에 그만 그 말끝이 들어가고 말까 하여 나는 잠잠히 듣고 있을 뿐이었습니다.

"기실 나는 지금 내가 왜 이렇게까지 된 것을 말하겠수. 물론 내가 아저머이를 보통 부인네들과 같이 알면 이런 말도 하지 않겠수마는 아저머이는 글을 쓴다는 말을 들었으니…… 그 글은 지금까지 어떤 글을 써왔는지 내가 모르나……"

그는 잠깐 나를 바라보았습니다. 나는 웬일인지 그를 마주 보기가 거북스러웠으며 그 말에 일종의 위압까지 느꼈습니다. 그리고 '이때까지 놀린 나의 붓끝이란 참말 인생의 그 어느 한 부분이라도 진지하게 그려보았던가?' 하는 의문이 불시에 들었습니다. 따라서 나의 붓끝이란 허위와 가장이 많았음을 느끼는 동시에 그의 솔직한 말에 나의 가슴은 선듯 찔리우는³ 것 같았습니다.

"나는 밤마다 어떤 악몽에 붙잡히우. 나는 이 꿈에 붙잡히지 않으려고 온갖 애를 다 써보았으나 하등의 효과도 없고 도리어 점점 더하여가우. 그러니 지금 와서는 이것이 꿈인지 현실인지, 현실인지 꿈인지 도무지 분간할 수가 없을 만큼 되었수. 그래서 밤이면 나는 새우오. 그 꿈이란 말하면 이러우. 나는 언제나 눈을 감으면 벌써 어떤 괴악스럽게 생긴 인간들이 나의 앞에 나타나서 나를 끌고 어떤 암흑의 천지로 가우. 그 인간들은 분명히 인간 같은데 나와 같은 인간 같지는 않우. 그리고 나를 끌어다 두는 곳 역시 세상은 틀림없는 듯한데 굴속같이 어둡소."

하나의 무식한 노동자로만밖에 알지 않았던 그가 이렇게 조리 있게 말하는 데는 나는 적지 않게 놀랐습니다. 그리고 납덩이 같이 묵직묵직한 그의 음성에 나의 가슴은 어떤 압박을 느꼈습니다.

"그 암흑천지에 가니 나와 같은 인간들이 얼마든지 있수. 그들도 역시 나와 같이 끌리어와서 있는 모양이우. 어쨌든 꿈이니 분명하지는 않우.

우리들을 끌어간 그 인간들을 편의상 B라고 부르오. 밤만 되면 B들이 나타나서 우리들 중에 몇 사람을 불러내우. 그들이 B들에게 불려 문밖에만 나가면 다시 돌아오는 것을 보지 못하였수. 그러므로 우리들은 무슨 일인가 하였으나 차차 시일이 지나니 누가 가르쳐주지 않는데도 우리들은 다 알았수. 그다음부터 우리들은 B들에게 불리울 것을 두려워하였수. 그래서 밤만 되면 우리들은 죽은 듯이 엎디어 있었수.

어느 날 밤 '콘크리트' 바닥을 걸어오는 B들의 구두 소리가 뚜벅뚜벅 들리었수. 그리고 문이 덜그럭 열렸수. 우리들의 전신은 쭈뼛해지며 소름이 끼쳤수. 그때 B들은 누구누구를 불렀수. 그러나 그들은 못 들은 체하였수. 그러니 B들은 우루루 달려와서 구둣발로 차고 채찍으로 때리우. 그때 '갈 대로 가보자!' 동무의 소리가 벼락같이 들렸수. 그 뒤를 이어 '가보세' 후 하는 한숨 소리가 났수. 그들의 음성은 인생의 최후 순간에서 나오는 생에 대한 애착의 무서운 발악이우. 그들의 무거운 신발 소리를 들으며 우리들은 부루루 떨었수. 그러나 손발 하나 까딱하지 못하였수."

그는 숨을 몰아쉬며 등불을 바라보았습니다. 그의 시선은 불꽃같이 빛났습니다. 그때 나는 몸이 한 줌만 해졌습니다. 그리고 가늘게 떨었습니다.

"어떤 날 나는 또 그 꿈을 꾸었수. B들이 나타나는 그 밤이우. 그때 나는 불림을 받았수. 벌써 나의 의식은 마비될 대로 되어서 내 뒤로 누구누구를 불렀으나 나는 몰랐수. 나는 땅을 어루만졌수. 그러고 무엇을 찾았었수. 행여나 붙들 것이 있으면 붙들고 나는 저들에게 끌려가지 않으려는 것이었수. 그때 내 몸을 후려치는 매에 나는 나의 몸에 살이란 한 점도 없고 뼈만 남았음을 알았수. 마침내 우리 일행은 아마 문밖에 나온 듯싶우. 나는 한 발걸음에 주저하고 두 발걸음에 앙탈하였수.

달은 밝았수. 흰 눈에 비치는 달빛은 몹시도 밝았수. 그러나 그 달은 마치 해골 덩이가 흰 이를 내놓고 웃는 듯하였수. 우리들을 보고 조소하는 듯하였수. 우리들이 어떤 산비탈까지 왔을 때 나는 걸어왔는지 끌리어왔는지 분명하지 않았소. 그때는 아픈 것도 쓰린 것도 장차 어떻게 될 것까지도 생각이 되지 않았수. 그저 멍하니 그들이 하라는 대로 할 것뿐이었수.

지금 생각하니 나는 어떤 나무 그루터기를 붙들고 앉았던 모양이우. 그때 '으악' 하는 소리에 나는 흠칫하며 눈결에 그곳을 바라보았소. B들은 어린 애기를 칼끝에 끼워 들었수. 애기는 다리팔을 팔팔팔 날리우.

'어마 엄! 마!'

애기는 제 어미를 부르오. 제 어미라는 여인은 바보같이 멍하니 애기를 바라만 보았소. 애기는 흑! 흑! 하고 기를 쓰오. 그때 나는 그것을 바라보면서도 웬일인지 나도 저렇게 죽음을 받는다는 생각은 없고 그저 막연하게 살 것만 같았수. 하늘과 땅에서 어떤 변동이 일어나더라도 나만은 살 것 같았수. 그때 어디서 언제 왔는지 모르는 자동차가 나타났수.

'이리 와!'

고함치는 소리에 나는 흠칫하여 바라보니 내 옆에 앉아 있던 동무가 벌떡 일어나우. 그도 나와 같이 어리석은 생각에 아마 자기만은 자동차를 태워 보내려는 것으로 알았던 모양이우. 그때 나도 덤벼 일어났수.

'가만히 앉았어!'

나는 고함 소리를 들으면서도 달려가려 하였수. 내 발에는 쇠사슬이 무겁게 달려 있었수. B들은 그 동무의 목을 쇠사슬로 매어 놓우. 그러고 그 끝을 자동차에 매었수.

'너 이 차를 따라오면 살려주마!'

나는 이 말을 분명히 들었수. 나는 또다시 덤볐수.

'하하하하, 따라오너라, 오너라.'

차에 오른 B들은 손짓을 하우. 그러고 엔진을 틀었수. 차는 달아나우. 그 동무는 살겠노라 두 팔을 바람개비 날리듯 하며 따라가우. 그러나 몇 발걸음 나가지 못해서 푹 거꾸러지는 모양이우. 그러고 땅을 쓰는 소리와 같이 자동차는 뿌옇게 사라지우.

다음은 내 차례우. 그때 B 하나가 총 끝에 칼을 끼워가지고 내 곁으로 왔소. 그때까지도 저가 참말 나를 죽이려는가? 하였수. B는 그 칼을 나의 가슴에 대었수. 비로소 나는 삶의 희망이 아주 탁 끊어졌수. 그때유. 아저머이! 그때라우. 나는 그 절망에서 어떤 힘을 벼락같이 얻었수. 그러자 나의 의식은 명확해졌수. 동시에 내가 누구에게 죽음을 받는다는 것을 똑똑히 알았수. 나는 B를 보았소. 그때 나의 가슴에는 칼이 들어 박혔수. 나는 소리를 버럭 질렀수. 그러고 소스라쳐 깨었소. 꿈이란 그뿐이우."

그는 말을 마치며 눈을 무섭게 떴습니다. 나는 뛰는 가슴을 쥐며 그를 바라보았습니다. 그의 얼굴에는 분노의 빛이 팽팽히 잡아 씌었습니다. 그리고 그의 입은 무겁게 다물리었으며 턱을 거불거불⁴ 채었습니다. 나는 너무나 흥분이 되어서 어쩔 줄을 몰랐습니다. 등불은 여전히 그의 얼굴을 고요히 비쳐줍니다. 한참 후에 그는 나를 보았습니다.

"그런 일이 혹 현실에 실재해 있을 것 같우?"

나는 눈등이 뜨거워서 그의 시선을 피하였습니다. 그리고 그의 물음에 입이 벌려지지 않았습니다. 그리고 온몸이 무섭게 떨렸습니다. 그때 함석지붕에 빗방울 듣는 소리가 푸떵푸떵 들려왔습니다.

소금

농가

용정서 팡둥(중국인 지주)이 왔다고 기별이 오므로 남편은 벽에 걸어두고 아끼던 수목[1] 두루마기를 꺼내 입고 문밖을 나갔다. 봉식 어머니는 어쩐지 불안을 금치 못하여 문을 열고 바쁘게 가는 남편의 뒷모양을 물끄러미 바라보았다. '참말 팡둥이 왔을까? 혹은 자×단(自×團)[2]들이 또 돈을 달라려고 거짓 팡둥이 왔다고 하여 남편을 데려가지 않는가?' 하며 그는 울고 싶었다. 동시에 그들의 성화를 날마다 받으면서도 불평 한마디 토하지 못하고 터덜터덜 애쓰는 남편이 끝없이 불쌍하고도 가엾어 보였다. 지금도 저렇게 가고 있지 않는가! 그는 한숨을 푹 쉬며 '없는 사람은 내고 남이고 모두 죽어야 그 고생을 면할 게야, 별수가 있나, 그저 죽어야 해' 하고 탄식하였다. 그리고 무심히 그는 벽을 긁고 있는 그의 손톱을 발견하였다. 보기 싫게 긴 그의 손톱을 한참이나 바라보는 그는 사람의 목숨이란 끊기 쉬운 반면에 역시 끊기 어려운 것이라 하였다.

그들이 바가지 몇 짝을 달고 고향서 떠날 때는 마치 끝도 없는 망망한 바다를 향하여 죽음의 길을 떠나는 듯 뭐라고 형용하여 아픈 가슴을 설명할 수 없었다. 그러나 불행 중 다행으로 이곳까지 와서 어떤 중국인의 땅을 얻어가지고 농사를 짓게 되었으나 중국 군대인 보위단(保衛團)³들에게 날마다 위협을 당하여 죽지 못해서 그날그날을 살아가곤 하였다. 그러기에 그들은 아침 일어나는 길로 하늘을 향하여 오늘 무사히 보내기를 빌었다.

보위단들은 그들이 받는 바 월급만으로는 살 수가 없으니 농촌으로 돌아다니며 한 번 두 번 빼앗기 시작한 것이 지금에 와서는 으레 할 것으로 알고 아무 주저 없이 백주에도 농민을 위협하여 빼앗곤 하였다. 그러니 농민들은 보위단 몫으로 언제나 돈이나 기타 쌀을 준비해두지 않으면 목숨이 위태한 것을 깨닫고 아무것은 못하더라도 준비해두곤 하였다. 그동안 이어 나타난 것이 공산당이었으니, 그 후로 지주와 보위단들은 무서워서 전부 도시로 몰리고, 간혹 농촌으로 순회를 한다더라도 공산당이 있는 구역에는 감히 들어오지를 못하게 되었다. 그러나 시국이 바뀌며 공산당이 쫓기어 들어가면서부터 자×단들이 나타나게 된 것이었다. 그는 그의 손톱을 바라보며 몇 번이나 보위단들에게 죽을 뻔하던 것을 생각하며 그나마 오늘까지 목숨이 붙어 있는 것이 기적같이 생각되었다. 그리고 남편을 찾았을 때 벌써 남편의 모양은 보이지 않았다. 그는 멀리 토담 위에 휘날리는 깃발을 바라보며 남편이 이젠 건너마을[4]까지 갔는가 하였다. 그리고 잠깐 잊었던 불안이 또다시 가슴에 답답하도록 치민다. '남편의 말을 들으니 자×단들에게 무는 돈은 다 물었다는데 참말 팡둥이 왔는지 모르지, 지금이 씨 뿌릴 때니 아마 왔을 게야, 그러면 오늘 봉식이는 팡둥을 보지 못하겠지, 농량[5]도 못 가져오겠구먼' 하며 다시금 토담을 바라보았다. 저 토담은 남편과 기타 농민들이 거의 일 년이나 두고 쌓은 것이다. 마치 고향서 보던 성같이 보였다. 그는 토담을 볼 때마다 지금으로부터 사오 년 전 그 어느 날 밤 일이 문득문득 생각키웠다.

그날 밤 한밤중에 총소리와 함께 사면에서 아우성 소리가 요란스러이 났다. 그들은 얼핏 아궁 앞에 비밀히 파놓은 움에 들어가서 며칠 후에야 나와 보니 팡둥은 도망가고 기타 몇몇 식구는 무참히도 죽었다. 그 후로부터 팡둥은 용정에다 집을 사고 다시 장가를 들고 아들딸을 낳아서 지금은 예전과 조금도 차이가 없이 살았던 것이다.

팡둥이 용정으로 쫓기어 들어간 후에 저 집은 자×단들의 소유가 되었다. 그래서 저렇게 기를 꽂고 문에는 파수병이 서 있었다.

그는 눈을 옮겨 저 앞을 바라보았다. 그 넓은 들에 햇빛이 가득하다. 그리고 조개 같은 새 무리들이 그 푸른 하늘을 건너질러 펄펄 날고 있다. 우리도 언제나 저기다 땅을 가져보나 하고 그는 무의식 간에 탄식하였다. 그리고 그나마 간도 온 지 십여 년 만에 내 땅이라고 몫을 짓게 된 붉은 산을 보았다. 저것은 아주 험악한 산이었는데 그들이 짬짬이 화전을 일구어서 이젠 밭이 되었다. 그러나 아직도 완전한 곡식은 심어보지 못하고 해마다 감자를 심곤 하였다.

'올해는 저기다 조를 갈아볼까, 그리고 가녘으로는 약간 수수도 갈고……' 그때 그의 머리에는 뜻하지 않은 고향이 문득 떠오른다. 무릎을 스치는 다방솔[6]밭 옆에 가졌던 그의 밭! 눈에 흙 들기 전에야 어찌 차마 그 밭을 잊으랴! 아무것을 심어도 잘되던 그 밭! 죽일 놈! 장죽을 물고 그 밭머리에 나타나는 참봉 영감을 눈앞에 그리며 그는 이렇게 중얼거렸다. 그리고 가슴이 울렁거리며 손발이 가늘게 떨리는 것을 깨달으며 그는 고향을 생각지 않으려고 눈을 썩썩 부비치고 정신을 바짝 차렸다. 그때 뜰 한구석에 쌓아둔 짚 낟가리에서 조잘대는 참새 소리를 요란스러이 들으며 우두커니 섰는 자신을 얼핏 발견하였다. 그는 곧 돌아섰다. 방 안은 어지러우며 여기 일감이 '나부터 손질하시오' 하는 것 같았다. 그는 분주히 비를 들고 방을 쓸어 내었다. 그리고 군데군데 뚫어진 갈자리[7] 구멍을 손끝으로 어루만지며 '잘 살아야 할 터인데, 그놈 그 참봉 놈 보란 듯이 우리도 잘 살아야 할 터인데……' 하며 그의 눈에는 눈물이 글썽글썽해졌다. 아무리 맘만은 지독히 먹고 애를 써서 땅을 파나 웬일인지 자기들에게는 닥치느니 불행과 궁핍이었던 것이다. '팔자가 무슨 놈의 팔자야. 하느님도 무심하지. 누구는 그런 복을 주고 누구는 이런 고생을 시키고……' 이렇게 생각하며 그는 방 안을 구석구석 쓸었다. 그리고 비 끝에 채어 대구르르대구르르 굴러다니는 감자를 주워 바가지에 담으며 시렁을 손질하였다. 이곳 농가는 대개가 부엌과 방 안이 통해 있으며 방 한구석에 솥을 걸었다. 그리고 그 옆에 시렁을 매곤 하였다. 그가 처음 이곳에 와서는 무엇보다도 방 안이 맘에 안 들고 돼지 굴이나 소 외양간같이 생각되었다. 그리고 어쩌다 손님이 오면 피해 앉을 곳도 없었다. 그러니 멍하니 낯선 손님과도 마주 앉지 않으면 안 되게 되었다. 그러나 시일이 차츰 지나니 낯선 남성 손님이 온다더라도 처음같이 그렇게 어색하지는 않았다. 그저 그렁저렁 지낼 만하였다. 그리고 반드시 부뚜막 앞에는 비밀 토굴을 파두는 것이다. 그랬다가 어디서 총소리가 나든지 개 소리가 요란스레 나면 온 식구가 그 움 속에 들어가서 며칠이든지 있곤 하였다. 그리고 옷이나 곡식도 이 움에다 넣고서 시재 입는 옷이나 먹을 양식을 조금씩 꺼내놓고 먹곤 하였다. 말할 것도 없이 보위단이며 마적단 등이 무서워서 이렇게 하곤 하였다.

시렁을 손질한 그는 바구미[8]에 담아둔 팥을 고르기 시작하였다. 고요한 방 안에 팥알 소리만 재그럭 자르르 하고 났다. 팥알과 팥알로 시선이 옮아가는 그는 눈이 피곤해지며 참새 소리가 한층 더 뚜렷이 들린다. 동시에 저 참새 소리같이 여러 가지 생각이 순서 없이 생각났다. 내일이라도 파종을 하게 되면 아침 점심 저녁에 몇 말의 쌀을 가져야 할 것, 오늘 봉식이가 팡둥을 만나지 못해서 쌀을 못 가져올 것, 그러나 나무를 팔아서 사라고 한 찬감은 사 오겠지…… 생각이 차츰 희미해지며 졸음이 꼬박꼬박 왔다. 그는 눈을 부비치고 문밖으로 나오다가 무심히 눈에 뜨인 것은 벽에 매달아둔 메주였다. "참, 메주를 내놓아야겠다" 하며 바구미를 밖에 내놓고서 메주를 떼어서 문밖에 가지런히 내놓았다. 그리고 그는 비를 들고 메주의 먼지를 쓸어 내었다. 그는 하나하나의 메줏덩이를 들어보며 '간장이나 서너 동이 빼고, 고추장이나 한 단지 담그고…… 그러자면 소금이나 두어 말은 가져야지. 소금……' 하며 그는 무의식 간 한숨을 푹 쉬었다. 그리고 또다시 고향을 그리며 멍하니 앉아 있었다. '고향서는 소금으로 이를 다 닦았건만…… 다리는 데도 소금 한 줌이면 후련하게 내려갔는데' 하였다. 그가 고향에 있을 때는 하도 없는 것이 많으니까 소금 같은 데는 생각이 미치지 못하였는지는 모르나 어쨌든 이곳 온 후로부터는 그는 소금 때문에 남몰래 운 적이 한두 번이 아니었다. 소금 한 말에 이 원 이십 전! 농가에서는 단번에 한 말을 사보지 못한다. 그러니 한 근 두 근, 극상 많이 산대야 사오 근에 지나지 못한다. 그러므로 장 같은 것도 단번에 담그지를 못하고 소금 생기는 대로 담그다가도 어떤 때는 메주만 썩혀서 장이라고 먹곤 하였다. 장이 싱거우니 온갖 찬이 싱거웠다. 끼니때가 되면 그는 남편의 얼굴부터 살피게 되고 어쩐지 맘이 송구하였다. 남편은 입 밖에 말은 내지 않으나 번번이 얼굴을 찡그리고 밥술이 차츰 느려지다가 맥없이 술을 놓곤 하는 때가 종종 있었다. 이 모양을 바라보는 그는 입안의 밥알이 갑자기 돌로 변하는 것을 느끼며 슬며시 술을 놓고 돌아앉았다. 그리고 해종일 들에서 일하다가 들어온 남편에게 등허리에 땀이 훈훈하게 나도록 훌훌 마시게 국물을 만들어놓지 못한 자기! 과연 자기를 아내라고 할 것일까?

어떤 때 남편은 식욕을 충동시키고자 하여 고춧가루를 한 술씩

떠 넣었다. 그러고는 매워서 눈이 뻘개지고 이맛가에서는 주먹 같은 땀방울이 맺히곤 하였다. '고춧가루는 왜 그리 잡수셔요' 하고 그는 입이 벌려지다가 가슴이 무뚝해지며 그만 입이 다물어지고 말았다. 동시에 음식을 맡아 만드는 자기, 아아, 어떻게 해야 좋을까?

이러한 생각을 되풀이하는 그는 한숨을 땅이 꺼지도록 쉬며 '오늘 저녁에는 무슨 찬을 만드나' 하고 메주를 다시금 굽어보았다. 그때 신발 소리가 자박자박 나므로 그는 머리를 들었다. 학교에 갔던 봉염이가 책보를 들고 이리로 온다.

"왜 책보 가지고 오니?"

"오늘 반공일*이어. 메주 내놨네."

봉염이는 생글생글 웃으며 메주를 들어 맡아보았다.

"아버지 가신 것 보았니?"

"응. 정, 팡둥이 왔더라. 어머이."

"팡둥이? 왔디?"

이때까지 그가 불안에 붙들려 있었다는 것을 느끼며 가볍게 한숨을 몰아쉬었다.

"어서 봤니?"

"팡둥 집에서…… 저 아버지랑 자X단들이랑 함께 앉아서 뭘 하는지 모르겠더라."

약간 찌푸리는 봉염의 양 미간으로부터 옮아오는 불안!

"팡둥도 같이 앉았디?"

봉염이는 머리를 끄덕이며 무슨 생각을 하고 또다시 생글생글 웃었다. 그리고 책보 속에서 달래를 꺼냈다.

"학교 뒷밭에가 달래가 어찌 많은지."

"한 끼 넉넉하구나."

대견한 듯이 그의 어머니는 달래를 만져보다가 그중 큰 놈으로 골라서 뿌리를 자르고 한 꺼풀 벗긴 후에 먹었다. 봉염이도 달래를 먹으며, "어머니, 나두 운동화 신으면……"

무의식 간에 봉염이는 이런 말을 하고도 어머니가 나무랄 것을 예상하며 어머니를 바라보던 시선을 달래 뿌리로 옮겼다. 달래 뿌리와 뿌리 사이로 나타나는 운동화. 아까 용애가 운동화를 신고 참새같이 날뛰던 그 모양!

"쟤는 이따금 미친 수작을 잘해!"

그의 어머니는 코끝을 두어 번 부비치며 눈을 흘겼다. 봉염이는 달래가 흡사히 운동화로 변하는 것을 느끼며 어머니 말에 그의 조그만 가슴이 따가워왔다.

"어머니는 밤낮 미친 수작밖에 몰라!"

한참 후에 봉염이는 이렇게 종알거렸다. 그리고 용애의 운동화를 바라보고 또 몰래 만져보던 그 부러움이 어떤 불평으로 변하여지는 것을 그는 느꼈다. 그의 어머니는 봉염이를 똑바로 보았다.

"그래, 네 말이 미친 수작이 아니냐. 공부도 겨우 시키는데, 운동화, 운동화. 이애, 이애, 너도 지금 같은 개화 세상에 낳기에 그나마 공부도 하는 줄 알아라. 아, 우리들 전에 자랄 때에야 뭘 어디가 물 긷고 베 짜고 여름에는 김매구 그래두 짚신이나마 어디 고운 것 신어본다디…… 어미 애비는 풀 속에 머리들을 밀고 애

쓰는데 그런 줄을 모르고 운동화? 배나 곯지 않으면 다행으로 알아, 그런 수작 하려거든 학교에 가지 마라!"

"뭐. 어머이가 학교에 보내우, 뭐."

봉염이는 가볍게 공포를 느끼면서도 가슴이 오싹하도록 반항하였다. 그리고 얼굴이 갑자기 화끈하므로 눈을 깜빡하였다.

"그래, 너의 아버지가 보내면 난 그만두라고 못 할까. 계집애가 왜 저 모양이야. 뭘 좀 안다고 어미 대답만 톡톡 하고, 이얘 이놈의 계집애 어미가 무슨 말을 하면 잠잠하고 있는 게 아니라 톡톡 무슨 아가리질이냐! 그래, 네 수작이 옳으냐? 우리는 돈 없다…… 너 운동화 사줄 돈이 있으면 봉식이 공부를 더 시키겠다야."

봉염이는 분김에 달래만 자꾸 먹고 나니 매워서 못 견딜 지경이다. 그리고 눈에는 약간의 눈물이 비쳤다.

"왜 돈 없어요. 왜 오빠 공부 못 시켜요!"

그 순간 봉염의 머리에는 선생님이 하던 말이 번개같이 떠오른다. 그리고 그의 가슴이 터질 듯이 끓어오르는 불평을 어머니에게 토할 것이 아님을 깨달았다. 그러나 아무것도 모르고 딸만 그르게 생각하고 덤비는 그의 어머니가 너무도 가엾었다. 그의 어머니는 하도 어이가 없어서 멍하니 봉염이를 바라보았다. 동시에 '없으면 딴 남은 그만두고라도 제 속으로 나온 자식들한테까지라도 저런 모욕을 받누나' 하는 노여운 생각이 들며 이때까지 가난에 들볶이던 불평이 눈등이 뜨겁도록 치밀어 올라온다.

"왜 돈 없는지 내가 아니. 우리 같은 거지들에게 왜 태어났니. 돈 많은 사람들에게 태어나지. 자식! 홍, 자식이 다 뭐야!"

어머니의 언짢아하는 모양을 바라보는 봉염이는 작년 가을의 타작마당이 얼핏 떠오른다. 그때 여름내 농사지은 벼를 팡둥에게 전부 빼앗긴 그때의 어머니! 아버지! 지금 어머니의 얼굴빛은 그때와 꼭 같았다. 그리고 아무 반항 할 줄 모르는 어머니와 아버지! 불쌍함이 지나쳐서 비굴하게 보이는 어머니!

"어머니, 왜 돈 없는 것을 알아야 해요. 운동화는 왜 못 사줘요. 오빠는 왜 공부 못 시켜요!"

그는 이렇게 말해가는 사이에 그가 운동화를 신고 싶어 한 것이 잘못이 아니라는 것을 깨달았다. 그리고 무심하게 들어두었던 선생님의 말이 한 가지 두 가지 무뚝무뚝 생각났다.

"이애, 이년의 계집애. 왜 돈 없어. 밑천 없어 남의 땅 부치니 없지. 내 땅만 있으면……"

여기까지 말했을 때 그는 가슴이 뜨끔해지며 말문이 꾹 막혔다.

그리고 또다시 솔밭 옆에 가졌던 그 밭이 떠오르며 그는 눈물이 쑥 삐어졌다. 그리고 금방 그 밭을 대하는 듯 눈물 속에 그의 머리가 아롱아롱 보이는 듯, 보이는 듯하였다.

그때 가볍게 귓가를 스치는 총소리! 그들 모녀는 눈이 둥그레서 일어났다.

짚 낟가리 밑에서 졸던 검둥이가 어느덧 그들 앞에 나타나 컹컹 짖었다.

유랑(流浪)

그들은 마적단과 공산당을 번갈아 머리에 그리며 건너마을을 바라보았다. 이 마을 저 마을에서 개 짖는 소리가 그들로 하여금 한층 더 불안을 갖게 하였다. 그리고 아까까지도 시원하던 바람이 무서움으로 변하여 그들의 옷가를 가볍게 스친다.

"이애, 너 아버지나 어서 오셨으면…… 왜 이러고 있누. 무엇이 온 것 같은데 어쩐단 말이냐."

봉염의 어머니는 거의 울상을 하고 가만히 서 있지를 못하였다. 총소리는 연달아 건너왔다. 그들은 무의식 간에 방 안으로 쫓기어 들어왔다. 이제야말로 건너마을에는 무엇이든지 온 것이 확실하였다. 그리고 몇몇의 사람까지도 총에 맞아 죽었으리라 하였다. 이렇게 생각하고 나니 봉염의 어머니는 속에서 불길이 화끈화끈 올라와서 견딜 수가 없었다. 그러면서도 감히 방문 밖에까지 나오지는 못하였다. 무엇들이 이리로 달려오는 것만 같았던 것이다.

"어쩌누? 어쩌누? 봉식이라도 어서 오지 않구."

그는 벌벌 떨면서 이렇게 중얼거렸다. 암만해도 남편이 무사할 것 같지 않았던 것이다. 더구나 팡둥과 같이 남편이 앉았다가 아까 그 총소리에 무슨 일을 만났을 것만 같았다.

"이애, 너 아버지가 팡둥과 함께, 함께 앉았디? 보았니."

그는 목에 침기라고는 하나도 없고 가슴이 답답해왔다. 봉염이도 풀풀 떨면서 말은 못 하고 눈으로 어머니의 대답을 하였다. 그때 멀리서 신발 소리 같은 것이 들려오므로 그들은 부엌 구석의 토굴로 뛰어 들어가서 감자 마대[10] 뒤에 꼭 붙어 앉았다. 무엇들이 자기들을 죽이려고 이리 오는 것만 같았다. 한참 후에, "어머니!" 부르는 봉식의 음성에 그들은 겨우 정신을 차리고 마주 아우성을 치고도 얼른 밖으로 나오지를 못하였다. 그들이 움 밖에까지 나왔을 때 또다시 우뚝 섰다. 그것은 봉식이가 전신에 피투성이를 했으며 그 옆에 금방 내려 뉘인 듯한 그의 아버지의 목에서는 선혈이 샘처럼 흘렀다. 그의 어머니는, "아!" 소리를 지르고 그자리에 팔싹 주저앉았다. 그다음 순간부터 그는 바보가 되어 멍하니 바라만 볼 뿐이었다. 봉식이는 어머니를 보며 안타까운 듯이, "어머니는 왜 그러구만 있어요. 어서 이리 와요."

봉염이가 곧 어머니의 팔을 붙들었으나 그는 일어나다가 도로 주저앉으며, "너 아버지. 너 아버지" 하고 중얼거릴 뿐이었다.

그 밤이 거의 새어올 때에야 봉염의 어머니는 겨우 정신을 차리고 목을 내어 어이어이 하고 울었다.

"넌 어찌 아버지를 만났니. 그때는 살았더냐. 무슨 말을 하시디?"

봉식이는 입이 쓴 듯이 입맛만 쩍쩍 다시다가, "살 게 머유!"

대답을 기다리는 어머니의 모양이 난처하여 이렇게 소리치고 나서 한숨을 후 쉬었다. 그리고 항상 아버지가 팡둥과 자×단원들에게 고마이[11] 구는 것이 어쩐지 위태위태한 겁을 먹었더니만 결국은 저렇게 되고야 말았구나 하였다. 아버지 생전에 이 문제를 가지고 부자가 서로 언쟁까지도 한 일이 있었으나 끝끝내 아버지는 자기의 뜻을 세웠다. 보다도 그의 입장이 그로 하여금 그렇게 하지 않고는 견디지 못하게 하였던 것이다.

아버지 생전에는 봉식이도 아버지를 그르다고 백번 생각했지만 막상 아버지가 총에 맞아 넘어진 것을 용애 아버지에게 듣고 현장에 달려가서 보았을 때는 어쩐지 '너무들 한다!' 하는 분노와 함께 누가 그르고 옳은 것을 분간할 수가 없이 머리가 아뜩해지곤 하였다.

이튿날 아버지의 장례를 지낸 봉식이는 바람이나 쏘이고 오겠노라고 어디로인지 가버리고 말았다. 모녀는 봉식이가 오늘이나 내일이나 하고 돌아오기를 손꼽아 기다리나 그 봄이 다 지나도 돌아오기는 고사하고 소식조차 끊어지고 말았다. 그래서 그들은 기다리다 못해서 봉식이를 찾아서 떠났다. 월여[12]를 두고 이리저리 찾아다니나 그들은 봉식이를 만나지 못하였다. 마침내 그들은 용정까지 왔다. 그것은 전에 봉식이가 "고학이라도 해서 나두 공부를 좀 해야지" 하고 용정에 들어왔다 나올 때마다 투덜거리던 생각을 하여 행여나 어느 학교에나 다니지 않는가 하였던 것이다. 그러나 그들 모녀가 학교란 학교 뜰에는 다 가서 기웃거리나 봉식이 비슷한 학생조차 만나지 못하였다. 그들이 마지막으로 TH학교까지 가보고 돌아설 때 봉식이가 끝없이 원망스러운 반면에 죽지나 않았는지 하는 불안에 발길이 보이지를 않았다. 더구나 이젠 어디로 가나? 어디 가서 몸을 담아 있나? 오늘 밤이라도 어디서 자나? 이것이 걱정이요, 근심이 되었다.

해가 거의 져갈 때 그들은 팡둥을 찾아갔다. 그들이 용정에 발길을 돌려놓을 때부터 팡둥을 생각하였다. 만일에 봉식이를 찾지 못하게 되면 팡둥이라도 만나서 사정하여 봉식이를 찾아달라고 하리라 하였던 것이다. 그들이 큰 대문을 둘이나 지나서 들어가니 마침 팡둥이 나왔다.

"왔소, 언제 왔소?"

팡둥은 눈을 크게 뜨고 반가운 뜻을 보이었다. 봉염이 어머니는 그의 반가워하는 눈치를 살피자 찾아온 목적을 절반 남아 성공한 듯하여 한숨을 남몰래 몰아쉬었다. 팡둥은 봉염의 머리를 내리쓸었다.

"그새 어데 갔어? 한 번 갔어 없어 섭섭했서."

"봉식이를 찾아 떠났어요. 봉식이가 어디 있을까요?"

봉염이 어머니는 가슴을 두근거리며 팡둥을 쳐다보았다.

"봉식이 만나지 못했어. 모르갔소."

팡둥은 알까 하여 맥없이 그의 입술을 쳐다보던 그는 머리를 숙였다. 팡둥은 그들 모녀를 데리고 방으로 들어갔다. 캉(坑)[13]에 앉아 있는 팡둥의 아내인 듯한 나이 젊은 부인은 모녀와 팡둥을 번갈아 쳐다보며 의심스러운 눈치를 보이었다. 팡둥은 한참이나 모녀를 소개하니 그제야 팡둥 부인은, "올라앉었어요" 하고 권하였다. 팡둥은 차를 따라 권하였다. 가벼운 차 내를 맡으며 모녀는 방 안을 슬금슬금 돌아보았다. 방 안은 시원하게 넓으며 캉이 좌우로 있었다. 캉 아래는 빛나는 돌로 깔리었으며 저편 창 앞에는 대리석으로 만든 테이블이 놓였고 그 위에는 검은 바탕에 오색빛 나는 화병 한 쌍을 중심으로 작고 큰 시계며, 유리 단지에 유유히 뛰노는 금붕어 등, 기타 이름 모를 기구들이 테이블이 무겁도록 실리어 있다. 창 위 벽에는 팡둥의 사진을 비롯하여 가족들의 사진이며 약간 빛을 잃은 가화[14]들이 어지럽게 꽂히었다. 그리고 테이블과 뚝 떨어져 이편 벽에는 선 굵은 불타의 그림이 조는 듯하고 맞은편에는 문짝 같은 체경이 온 벽을 차지했으며 창문 밖 저편으로는 화단이 눈가가 서늘하도록 푸르렀다.

그들은 어떤 별천지에 들어온 듯 정신이 얼얼하였다. 그리고 그들의 초라한 모양에 새삼스럽게 더 부끄러운 생각이 들며 맘 놓고 숨 쉬는 수도 없었다.

팡둥은 의자에 걸어앉으며 권연[15]을 붙여 물었다.

"여기 친척 있어?"

봉염의 어머니는 머리를 들었다.

"없어요."

이렇게 대답하는 그는 팡둥이 어째서 친척의 유무를 묻는가를 생각할 때 전신에 외로움이 훨씬 끼친다. 동시에 팡둥을 의지하려고 찾아온 자신이 얼마나 가엾은가를 느끼며 팡둥의 어깨 너머로 보이는 화단을 물끄러미 바라보았다. 신록에 무르익은 저 화단! 그는 얼핏 '밭에 조 싹도 이젠 퍽이나 자랐겠구나! 김매기 바쁠 테지. 내가 웬일이야. 김도 안 매구 가을에는 뭘 먹구 사나' 하는 걱정이 불쑥 일었다. 그리고 시선을 멀리 던졌을 때 티 없이 맑게 갠 하늘이 마치 멀리 논물을 바라보는 듯 문득 그들이 부치던 논이 떠오른다. 논귀[16]까지 가랑가랑하도록 올라온 그 논물! 벼 포기도 퍽이나 자랐을게다! 하며 다시 하늘을 쳐다보았을 때 그 하늘은 벼 포기 사이를 헤치고 깔렸던 그 하늘이 아니었느냐! 그 사이로 털이 푸르르한 남편의 굵은 다리가 철버덕철버덕 거닐지 않았느냐! 그는 가슴이 뜨끔해지며 다시 팡둥을 보았다. 남편을 오라고 하여 함께 앉았던 저 팡둥은 살아서 저렇게 있는데 그는 어찌하여 죽었는가 하며 이때껏 참았던 설움이 머리가 무겁도록 올라왔다.

"친척 없어. 어디 왔어?"

팡둥은 한참 후에 이렇게 채쳐[17] 물었다. 목구멍까지 빼듯하게 올라온 억울함과 외로움이 팡둥의 말에 눈물로 변하여 술술 떨어진다. 그는 맥없이 머리를 떨어뜨리며 치맛귀를 쥐어다 눈물을 씻었다. 곁에 앉은 봉염이도 어머니를 보자 눈물이 글썽글썽해졌다. 모녀를 바라보는 팡둥은 난처하였다. 지금 저들의 눈치를 보니 자기에게 무엇을 얻으러 왔거나 그렇지 않으면 자기 집을 바라고 온 것임을 시간이 지날수록 깨달았다. 그는 불쾌하였다. 저들을 오늘로라도 보내려면 돈이라도 몇 푼 집어 줘야 할 것을 느끼며 '당분간 집에서 일이나 시키며 두어둬볼까?' 하는 생각이 어렴풋이 들었다. 팡둥은 약간 웃음을 띠었다.

"친척 없어? 우리 집 있어. 봉식이가 찾아왔어 갔어, 응."

팡둥의 입에서 떨어지는 아들의 이름을 들으니 그는 원망스러움과 그리움, 외로움이 한데 뭉치어 견딜 수가 없었다. 그리고 팡둥의 말과 같이 '봉식이가 언제든지 나를 찾아오려나. 그렇지 않으면 제 아버지와 같이 어디서 어떤 놈에게 죽임을 당해서 다시는 찾지 않으려나?' 하는 의문이 들며 흑흑 느껴 울었다.

그 후부터 모녀는 팡둥 집에서 일이나 해주고 그날그날을 살아

갔다. 팡둥은 날이 갈수록 그들에게 친절하게 굴었다. 그리고 어떤 때는 밤이 오래도록 그들이 있는 방에 나와서 이런 이야기 저런 이야기를 하여주며 때로는 옷감이나 먹을 것 같은 것도 사다주었다. 그때마다 봉염이 어머니는 감격하여 밤 오래도록 잠들지 못하곤 하였다.

팡둥의 아내가 친정집에 다니러 간 그 이튿날 밤이다. 그는 팡둥의 아내가 말라놓고 간 팡둥의 속옷을 재봉침에 하였다. 팡둥의 아내가 언제 올는지는 모르나 어쨌든 그가 오기 전에 말라놓은 일을 다해야 그가 돌아와서 만족해할 것이다. 그러므로 그는 밤잠을 못 자고 미싱을 돌렸다. 그는 이 집에 와서야 미싱을 배웠기 때문에 아직도 서툴렀다. 그래서 그는 바늘이 부러질세라, 기계에 고장이 생길세라 여간 조심이 되지를 않았다.

저편 팡둥 방에서 피리 소리가 처량하게 들려왔다. 팡둥은 밤만 되면 저렇게 피리를 불거나 그렇지 않으면 깡깡이[18]를 뜯었다. 깡깡이 소리는 시끄럽고 때로는 강아지가 문짝을 할퀴며 어미를 부르는 듯하게 차마 듣지 못할 만큼 귓가에 간지러웠다. 그러나 저 피리 소리만은 그럴듯하게 들리었다.

일감을 밟고 씩씩하게 달려오는 바늘 끝을 바라보는 그는 한숨을 후 쉬며 "봉식아, 너는 어째서 어미를 찾지 않느냐" 하고 중얼거렸다. 그는 언제나 봉식이를 생각하였다. 낯선 사람이 이 집에 오는 것을 보면 행여 봉식의 소식을 전하려나 하여 그 사람이 돌아갈 때까지 주의를 게으르지 아니했다. 그러나 이렇게 기다리는 보람도 없이 그날도 그날같이 봉식의 소식은 막막하였다. 팡둥은 그들에게 고마이 구나 팡둥의 아내는 종종 싫은 기색을 완연히 드러내었다. 그때마다 그는 봉식을 원망하고 그리워하며 운 적이 한두 번이 아니었다. 아무래도 장래까지는 이 집을 바라지 못할 일이요 어디로든지 가야 할 것을 그는 날이 갈수록 느꼈다. 그러나 맘만 초조할 뿐이요 어떻게 하는 수는 없었다. 그는 이러한 생각을 되풀이하며 팡둥의 아내가 없는 사이 팡둥보고 집 세나 하나 얻어달라고 해볼까? 하며 피리를 불고 앉았을 팡둥의 뚱뚱한 얼굴을 그려보았다. 그러나 '어찌 그런 말을 해, 집 세를 얻는다더라도 무슨 그릇들이 있어야지. 아무것도 없이 살림을 어떻게 하누' 하며 등불을 물끄러미 바라보았다.

어느덧 피리 소리도 그치고 사방은 고요하였다. 오직 들리느니 잠든 봉염의 그윽한 숨소리뿐이다. 그는 등불을 휩싸고 악을 쓰고 날아드는 하루살이 떼를 보며 문득 남편의 짧았던 일생을 회상하였다. '그렇게 살고 말 것을 반찬 한번 맛있게 못 해주었지. 고춧가루만 땀이 나도록 먹구, 참…… 여기는 왜 소금값이 그리 비쌀까? 그래도 이 집은 소금을 흔하게 쓰두먼. 그게야 돈 많으니 자꾸 사 오니까 그렇겠지. 돈? 돈만 있으면 뭐든지 다 할 수가 있구나. 그 비싼 소금도 맘대로 살 수가 있는 돈. 그 돈을 어째서 우리는 모으지 못했는가' 하였다.

그때 신발 소리가 자박자박 나더니 문이 덜그럭 열린다. 그는 놀라 휘끈 돌아보았다. 검은 바지에 흰 적삼을 입은 팡둥이 빙그레 웃으며 들어온다. 그는 얼른 일어나며 일감을 한 손에 들었다.

"앉았어! 일만 했어?"

팡둥의 시선은 그의 얼굴로부터 일감으로 옮긴다. 그는 등불 곁으로 다가앉으며 팡둥보고 이 말을 할까 말까? '집 세 하나 얻어 주시오' 하고 금방 입술 사이로 흘러나오려는 것을 참으며 팡둥의 기색을 흘금 살피었다.

"누구 옷이야? 내 해[19]야?"

팡둥은 일감 한끝을 쥐어보다가, "내 해야…… 배고프지 않아? 우리 방에 나가 찻물도 먹고 과자도 먹구, 응. 나갔어."

일감을 잡아다린다.[20] 그는 전 같으면 얼른 팡둥의 뒤를 따라 나갈 터이나 팡둥의 아내가 없는 것만큼 주저가 되었다.

"배고프지 않아요."

이렇게 말하는 그는 웬일인지 눈썹 끝에 부끄럼이 사르르 지나친다. 팡둥은 일감을 휙 빼앗았다.

"가, 응. 자, 어서어서."

그는 일감을 바라보며 어쩌야 좋을지 몰랐다. 그리고 이 기회를 타서 집 세를 얻어달라고 할까 말까, 할까……

"안 가?"

팡둥은 일어서며 아까와는 달리 어성[21]을 높인다. 그는 가슴이 선듯해서 얼른 일어났다. 그러나 비쭉비쭉 나가는 팡둥의 살찐 뒷덜미를 보았을 때 싫은 생각이 부쩍 들었다. 그리고 발길이 떨어지지를 않았다. 문밖을 나가던 팡둥은 휘끈 돌아보았다. 그 얼굴은 무어라고 형용할 수 없는 무서움을 띠었다. 그는 맥없이 캉을 내려섰다. 그리고 잠든 봉염이를 바라보았을 때 소리쳐 울고 싶도록 가슴이 답답하였다.

해산

이듬해 늦은 봄 어느 날 석양이다. 봉염이 어머니는 바느질을 하다가 두 눈을 부비치며 방문을 바라보았다. 빨간 문 위에 처마 끝 그림자가 뚜렷하다. '오늘은 팡둥이 오려나, 대체 어딜 가서 그리 오래 있을까?' 그는 또다시 생각하였다. 팡둥의 아내만 대하면 그는 묻고 싶은 것이 이 말이었다. 그러나 언제든지 새초롬해서 있는 그의 기색을 살피다가는 그만 하려던 말을 주리치고 말았다. 그리고 이렇게 석양이 되면 오늘이나 오려나? 하고 가슴을 좋였다. 팡둥이 온대야 그에게 그리 기쁠 것도 없건만 어쩐지 그는 팡둥이 기다려지고 그리웠다. '오면 좋으련만…… 이번에는 꼭 말을 해야지. 무어라구?' 그다음 말은 생각나지 않고 두 귀가 화끈 단다. '어떻거나. 그도 짐작이나 할까? 하기는 뭘 해. 남정들이 그러니 고렇게 내게 하리……' 그는 팡둥의 얼굴을 머리에 그리며 원망스러운 듯이 바라보았다.

그날 밤 후로는 팡둥의 태도가 아무리 좋게 해석해도 냉랭해진 것만 같았다. 처음에는 점잖으신 어른이고 더구나 성미 까다로운 아내가 곁에 있으니 저러나 부다 하였으나 시일이 지날수록 원망스러움이 약간 머리를 들었다. 반면에 끝없는 정이 보이지 않는 줄을 타고 팡둥에게로 자꾸 쏠리는 것을 그는 느꼈다. 그는 한숨을 후— 쉬며 이맛가에 흐르는 땀을 씻었다. 언제나 자기도 팡둥을 대하여 주저 없이 말도 건네고 사랑을 받아볼까? 생각만이라도 그는 진저리가 나도록 좋았다. 그러나 자기 주위를 둘러싸고 있는 모든 환경을 깨닫자 그는 울고 싶었다. 그리고 팡둥의 아내가 끝없이 부러웠다. 그는 시름없이 머리를 숙이며 '원수로 애는 왜 배었는지' 하며 일감을 들었다. 바늘 끝에서 떠오르는 그날 밤. 그날 밤의 팡둥은 성난 호랑이같이도 자기에게 덤벼들지 않았던가. 자기는 너무 무섭고도 두려워서 방 안이 캄캄하도록 느리운 비단 포장을 붙들고 죽기로써 반항하다가도 못 이겨서 애를 배게 되지 않았던가. 생각하면 자기의 죄 같지는 않았다. 그런데 왜 자기는 선뜻 팡둥에게 이 말을 하지 못하는가. 그리고 그렇게 먹고 싶은 냉면도 못 먹고 이때까지 참아왔던가. 모두가 자기의 못난 탓인 것 같다. '왜 말을 못해. 왜 주저해. 이번에는 말할 테야. 꼭 할 테야. 그리고 냉면도 한 그릇 사다 달라지' 하며 그는 눈앞에 냉면을 그리며 침을 꿀꺽 삼켰다. 그러나 이 생각은 헛된 공상임을 깨달으며 한숨을 푸 쉬면서도 픽 하고 웃음이 나왔다. 모든 난 문제가 산과 같이 자기를 둘러싸고 있거늘 어린애같이 먹고 싶은 생각부터 하는 자신이 우습고도 가련해 보이었던 것이다. 그러나 먹고 싶은 것은 어쩔 수 없다. 목이 가렵도록 먹고 싶다. 냉면만 생각하면 한참씩은 안절부절할 노릇이다.

그가 배 속에 애 든 것을 알게 되었을 때 유산시키려고 별짓을 다 하여보았다. 배를 쥐어박아도 보고 일부러 칵 넘어지기도 하며 벽에다 배를 대고 탕탕 부딪쳐도 보았다. 그러고도 유산이 되지를 않아서 나중에는 양잿물을 마시려고 캄캄한 밤중에 그 몇 번이나 일어앉았던가. 그러면서도 그 순간까지도 냉면은 먹고 싶었다. 누가 곁에다 감추고서 주지 않는 것만 같았다. 그렇게 먹고 싶은 냉면을 못 먹어보고 죽는다는 것은 너무나 애달픈 일이다. 더구나 봉염이를 생각하고는 그만 양잿물 그릇을 쏟치고[22] 말았던 것이다.

삭수[23]가 차올수록 그는 어쩔 줄을 몰랐다. 우선 남의 눈에 들키지나 않으려고 끈으로 배를 꼭꼭 동이고 밥도 한두 끼니는 예사로 굶었다. 그리고 될 수 있는 대로 사람을 피하여 이렇게 혼자 일을 하곤 하였다.

그때 지르릉 하는 이십오세(마차) 소리에 그는 머리를 번쩍 들었다. 팡둥 방에서 뛰어나가는 신발 소리가 나더니 바바! 바바! 하고 팡둥의 어린애들이 떠드는 소리가 들린다. 그는 '왔구나!' 하였다. 따라서 가슴이 후닥닥 뛰며 배 속의 애까지 빙빙 돌아간다. 그는 치마주름[24]이 들썩들썩하는 것을 보자 배를 꾹 눌렀다. 신발 소리가 이리로 오므로 그는 얼른 일어났다. 그리고 팡둥이 혹시 나를 보러 오는가 하였다.

"어머이, 팡둥 왔어. 그런데 팡둥이 어머이를 오래."

봉염이는 문을 열고 들여다본다. 그는 팡둥이 아님에 다소 실망은 하면서도 안심되었다. 그러나 팡둥이 자기를 보겠다고 오라는 말을 들으니 부끄럼이 확 끼치며 알 수 없는 겁이 더럭 났다. 그리고 말을 할 수 없이 입이 다물어지며 손발이 후둘후둘 떨린다.

"어머이, 어디 아파?"

봉염이는 중국 계집애같이 앞머리카락을 보기 좋게 잘랐다. 그는 머리카락 새로 눈을 동그랗게 뜨고 어머니를 말뚱히 쳐다본다. 그는 딸에게 눈치를 보이지 않으려고 머리를 돌리며, "아니."

봉염이는 한참이나 무슨 생각을 하더니,

"어머이. 팡둥이 성난 것 같아, 왜."

"왜, 어찌더냐?"

"아니, 글쎄 말야."

봉염이는 솥가에서 닳아져서 보기 싫게 된 그의 손톱을 들여다보면서 아까 팡둥의 얼굴을 생각하였다. 그때 팡둥의 아내 소리가 빽 하고 났다.

"뭣들 하기 그러고 있어. 어서 오라는데."

심상치 않은 그의 어성에 그들은 일시에 불길한 예감을 품으면서 팡둥 방으로 왔다. 팡둥은 어린애를 좌우로 안고서 모녀를 바라보았다. 그리고 잠깐 눈살을 찌푸리며 눈을 거칠게 뜬다. 팡둥의 아내는 입을 비쭉하였다.

"흥, 자식을 얼마나 잘 두었기에 애비 원수인 공산당에 들었을까. 그런 것들은 열 번 죽여도 좋아…… 우리는 공산당 친척[25]은 안 돼. 공산당과는 우리는 원수야. 오늘부터는 우리 집에 못 있어. 나가야지."

모녀를 딱 쏘아본다. 모녀는 갑자기 무슨 말인지를 알아들을 수가 없었다. 그리고 머리가 찔찔해왔다.

"이번 쟝궤듸가 국자가[26] 가서 네 오빠 죽이는 것을 보았단다."

모녀는 어떤 쇠 방망이로 머리를 사정없이 후려치는 듯 아뜩하였다. 한참 후에 봉염의 어머니는 팡둥을 바라보았다. 팡둥은 그의 시선을 피하여 어린애를 보면서도 그 말이 옳다는 뜻을 보이었다. 그는 한층 더 아찔하였다. '그 애가 참말인가' 하고 그는 속으로 부르짖었다.

"어서 나가! 만주국에서는 공산당을 죽이니깐."

팡둥의 아내는 귀고리를 흔들면서 모녀를 밀어내었다. 모녀는 암만 그들이 그래도 그 말이 참말 같지 않았다. 그리고 속 시원히 팡둥이가 말을 해주었으면 하였다. 팡둥은 그들을 바라보자 곧 불쾌하였다. 그날 밤 그의 만족을 채운 그 순간부터 어쩐지 발길로 그의 엉덩이를 냅다 차고 싶게 미운 것을 느꼈다. 그다음부터 그는 봉염의 어머니와 마주 서기를 싫어하였다. 그러나 살림에 서투른 젊은 아내를 둔 그는 그들을 내보내면 아무래도 식모든지 착실한 일꾼이든지를 두어야겠으니 그러자면 먹여주고도 돈을 주어야 할 터이므로 오늘내일하고 이때까지 참아왔던 것이다. 보답도 내보낼 구실 얻기가 거북하였던 것이다.

그러던 차에 이번 국자가에서 봉식이 죽는 것을 보고서는 곧 결정하였다. 무엇보다도 공산당의 가족이니만큼 경비대원들이 나중에라도 알면 자신에게 후환이 미칠까 하는 생각이었고 또 하나는 자기가 극도로 공산당을 미워하느니만큼 공산당이라는 말만 들어도 소름이 끼쳐서 못 견디었던 것이다.

아내에게 밀리어 문밖으로 나가는 모녀를 바라보는 팡둥은 봉식의 죽던 광경이 다시 떠오른다.

친구와 교외에 나갔다가 공산당을 죽인다는 바람에 여러 사람의 뒤를 따라가서 들여다보니 벌써 십여 명의 공산당을 죽이고 꼭 하나가 남아 있었다. 그는 '좀더 빨리 왔더라면' 하고 후회하면서 사람들의 틈을 뻐기고 들어갔다. 마침 경비대에게 끌리어 한가운데로 나앉은 공산당은 봉식이가 아니었느냐! 그는 자기 눈을 의심하고 몇 번이나 눈을 부비친 후에 보았으나 똑똑한 봉식이었다. 전보다 얼굴이 검어지고 거칠게 보이나마 봉식이었다. 그는 기침을 칵 하며 봉식이가 들으리만큼 욕을 하였다. 그리고 행여 봉식이가 돈을 벌어가지고 어미를 찾아오면 자기의 생색도 나고 다소 생각함이 있으리라고 하였던 것이 절망이 되었다.

누런 군복을 입은 경비대원 한 사람은 시퍼런 칼날에 물을 드르르 부었다. 그러니 물방울이 진주같이 흐른 후에 칼날은 무서우리만큼 빛났다. 경비대원은 칼날을 들여다보며 심뻑 웃는다. 그리고 봉식이를 바라보았다. 봉식이는 얼굴이 새하얗게 질리고도 기운 있게 버티고 있었다. 그리고 입모습에는 비웃음을 가득히 띠고 있다. 팡둥은 그 웃음이 여간 불쾌하지 않았다. 그리고 어느 때인가 공산당에게 위협을 당하던 그 순간을 얼핏 연상하며 봉식이가 확실히 공산당이라는 것을 의심하지 않았다. 그러자 칼날이 번쩍할 때 봉식이는 소리를 버럭 지른다. 어느새 머리는 땅에 떨어지고 선혈이 좍 하고 공중으로 뻗칠 때 사람들은 냉수를 잔등에 느끼고 흠칫 물러섰다.

생각만이라도 팡둥은 소름이 끼치어서 어린애를 꼭 껴안으며 어서 모녀가 눈에 보이지 않기를 바랐다. 모녀는 문밖에까지 밀리어 나오고도 팡둥이가 따라 나오며 말리려니 하였다. 그러나 그들이 보따리를 가지고 대문을 향할 때까지 팡둥은 가만히 있었다. 봉염이 어머니는 노염이 치받치어 휙 돌아서서 유리창을 통하여 바라보이는 팡둥의 뒷덜미를 노려보았다. 미친 듯이 자기를 향하여 덤벼들던 저 팡둥이 그가 무어라고 소리를 지르려고 할 때 팡둥의 아내와 웬 알지 못할 사나이가 그를 돌려세우며 그들을 밖으로 내몰았다.

그들은 정신없이 시가를 벗어나 해란강 변으로 나왔다. 강물이 앞을 막으니 그들은 우뚝 섰다. '어디로 가나?' 하는 생각이 분에 흩어졌던 그들의 생각을 집중시켰다. 그들은 눈을 들었다. 해는 뉘엿뉘엿 서산에 걸렸는데 저 멀리 보이는 마을 앞에 둘러선 버들 숲은 흡사히도 그들이 살던 쌴드거우(三頭溝) 앞에 가로놓였던 그 숲과도 같았다. 그곳에는 아직도 남편과 봉식이가 있을 것만 같았다. 그러나 다시 한번 눈을 부비치고 보았을 때 봉염의 어머니는 털썩 주저앉았다. 그리고 소리 높이 흐르는 강물을 들여다보며 그만 죽고 말까 하였다. 동시에 이때까지 거짓으로만 들리던 봉식의 죽음이 새삼스럽게 더 걱정이 되며 가슴이 쪼개지는 듯하였다. 그러나 그 말은 믿고 싶지 않았다. 봉식이는 똑똑한 아이다. 그러한 아이가 애비 원수인 공산당에 들었을 리가 없을 듯하였다.

그것은 자기 모녀를 내보내려는 거짓말이다.

"죽일 년, 그년이 내 아들을 공산당이라구. 에이, 이 연놈들, 벼락 맞을라. 누구를 공산당이래…… 너희 놈들이 그러고 뒈질 때가 있을라. 누구를 공산당이래."

봉염의 어머니는 시가를 돌아보며 이를 북북 갈았다. 시가에는 수없는 벽돌집이 다닥다닥 붙어 앉았다.

저렇게 많은 집이 있건만 지금 그들은 몸담아 있을 곳도 없어 이리 쫓기어 나오는 생각을 하니 기가 꽉 찼다. 그리고 저자들은 모두가 팡둥 같은 그런 무서운 인간들이 사는 것 같아 보였다. 이렇게 원망스러우면서도 이리로 나오는 사람만 보이면 행여 팡둥이가 나를 찾아 나오는가 하여 가슴이 뜨끔해지곤 하였다.

어스름 황혼이 그들을 둘러쌀 때에 그들은 더욱 난처하였다. 봉염이는 훌쩍훌쩍 울면서, "오늘 밤은 어데서 자누? 어머이" 하였다. 그는 순간에 팡둥 집으로 달려 들어가서 모조리 칼로 찔러 죽이고 자기들도 죽고 싶은 충동이 강하게 일어났다. 그래서 그는 벌떡 일어났다. 그러나 그의 앞으로 끝없이 걸어 나간 대철로를 바라보았을 때 소식 모르는 봉식이가 어미를 찾아 이 길로 터벅터벅 걸어올 때가 있지 않으려나…… 그리고 또다시 팡둥의 말과 같이 아주 죽어서 다시는 만나지 못하려나 하는 의문에 그는 소리쳐 울고 싶었다. '속 시원히 국자가를 가서 봉식의 소식을 알아볼까. 그러자. 그 후에 참말이라면 모조리 죽이고 나도 죽자!' 이렇게 결심하고 어정어정 걸었다.

그날 밤 그들은 해란강 변에 있는 중국인 집 헛간에서 자게 되었다. 그것도 모녀가 사정을 하고 내일 시장에 내다 팔 시금치나물과 파 등을 다듬어주고서 승낙을 받았다. 봉염의 어머니는 밤이 깊어 갈수록 배가 자꾸 아팠다. 그는 애가 나오려나 하고 직각하면서 봉염이가 잠들기를 고대하였다. 그러나 잠이 많던 봉염이도 오늘은 잠들지 않고 팡둥 부처를 원망하였다. 그리고 이때까지 몸 아끼지 않고 일해준 것이 분하다고 종알종알하였다.

"용애는 잘 있는지. 우리 학교는 학생이 많은지."

잠꼬대 비슷이 봉염이는 지껄이다가 그만 잠이 들고 만다.

그의 어머니는 한숨을 후 쉬며 어서 봉염이가 잠든 틈을 타서 나오면 얼른 죽여서 해란강에 띄우리라 결심하였다.

그리고 배를 꾹꾹 눌렀다.

바람 소리가 후루루 나더니 빗방울이 후두두 떨어진다.

그는 되기 딴은 잘되었다 하였다. 이런 비 오는 밤에 아무도 몰래 애를 낳아서 죽이면 누가 알랴 싶었던 것이다.

그리고 그는 봉염의 몸을 어루만지며 낡은 옷으로 그의 머리까지 푹 씌워놨다. 비는 출출 새기 시작하였다.

그는 봉염이가 비에 젖었을까 하여 가만히 그를 옮겨 누이고 자기가 비 새는 곳으로 누웠다. 비는 차츰 기세를 더하여 좍좍 퍼부었다. 그리고 그의 몸도 점점 더 아팠다.

그는 봉염이가 깰세라 하여 입술을 깨물고 신음 소리를 밖에 내지 않으려고 애썼다. 그러나 신음 소리가 콧구멍을 뚫고 불길같이 확확 내달았다. 그리고 빗방울은 그의 머리카락을 타고 목덜미로 입술로 새어 흐른다.

"어머이!"

봉염이는 벌떡 일어나서 어머니를 더듬었다.

"에그, 척척해."

어머니의 몸을 만지는 그는 정신이 펄쩍 들었다. 그리고 비가 오는 것을 알았다.

"비가 새네. 아이고, 어떡허나."

딸의 말소리도 이젠 들리지 않고 딸이 들을세라 조심하던 신음

소리도 더 참을 수가 없었다. 그는 "으흥으흥" 하면서 몸부림쳤다. 머리로 벽을 쾅쾅 받다가도 시원하지 않아서 손으로 머리를 감아쥐고 오짝오짝 뜯었다.

봉염이는 어머니를 흔들다가 흔들다가 그만 "흑흑" 하고 울었다.

어머니는 봉염이를 밀치며 "응응" 하고 힘을 썼다. 한참 후에 "으악!" 하는 애기 울음소리가 들렸다. 봉염이는 어머니 곁으로 다가붙으며, "애기?" 하고 부르짖었다.

어머니는 얼른 애기를 더듬어 그의 목을 꼭 쥐려 하였다.

그 순간 두 눈이 화끈 달며 파란 불꽃이 쌍으로 내달았다.

그리고 전신을 통하여 짜르르 흐르는 모성애! 그는 자기의 숨이 턱 막히며 쥐려는 손끝에 맥이 탁 풀리는 것을 느꼈다.

그는 땀을 낙수처럼 흘리며 비켜 누워버렸다. 그리고 "아이구!" 하고 소리쳐 울었다.

유모

애기를 죽이려다 죽이지 못하고 또 무서운 진통기를 벗어난 봉염의 어머니는 이제는 극도로 배고픔을 느꼈다. 지금 따끈한 미역국 한 사발이면 그의 몸은 가뿐해질 것 같다. 미역국! 지난날에는 남편이 미역국과 흰 이팝[27]을 해가지고 들어와서 손수 떠 넣어주던 것을…… 하며 눈을 꾹 감았다. 비에 젖고 또 피에 젖은

헛간 바닥에서는 흙내에 피비린내를 품은 역한 냄새가 물큰물큰
올라왔다. 어떡하나? 내가 무엇이든지 먹구 살아야 저것들을 키
울 터인데, 무엇을 먹나. 누가 지금 냉수라도 쫄쫄 끓여다가만 주
어도 그 물을 마시고 정신을 차릴 것 같다. 그러나 그는 흙을 주
워 먹기 전에는 아무것도 먹을 것이 없지 않은가. '봉염이를 깨울
까. 그래서 이 집 주인에게 밥이나 좀 해달랄까. 아니 아니, 못할
일이야. 무슨 장한 애를 낳았다고 그러랴. 그러면 어떻게? 오래
지 않아 날이 밝을 터이니 아침에나 주인집에서 무엇이든지 얻어
먹지……' 하였다. 그리고 눈을 번쩍 떠서 뚫어진 헛간 문을 바라
보았다. 아직도 캄캄하였다. '날이 언제나 새려나, 이 집에는 닭
이 없는가 있는가' 하며 귀를 기울였다. 사방은 죽은 듯이 고요하
다. 간혹 채마밭에서 나는 듯한 벌레 소리가 어두운 밤에 별빛 같
은 그러한 느낌을 던져주었다. 그는 애기를 그의 뛰는 가슴속에
꼭 대며 자기가 아무렇게서라도 살아야 할 것 같았다. "내가 왜
죽어, 꼭 산다. 너희들을 위하여 꼭 산다" 하고 중얼거렸다. 애를
낳기 전에는, 아니 보다도 이 아픔을 겪기 전에는, 죽는다는 말이
그의 입에서 떠나지 않았고 또 진심으로 죽었으면 하고 생각도 많
이 하였다. 그러나 마침 죽음과 삶의 경계선에서 아차아차한 고
비를 넘기고 겨우 소생한 그는 어쩐지 죽고 싶지는 않았다. 오히
려 삶의 환희를 느꼈다. 그가 하필 이번뿐만이 아니라 이러한 경
우를 여러 번 당하였으나 그러나 남편의 생전에는 죽음에 대하여
한 번도 생각해보지도 않았으며 역시 죽고 싶지도 않았다. 그래
서 죽음이란 아무 생각 없이 대하였을 뿐이었다.

이튿날 봉염이 어머니는 곤히 자는 봉염이를 흔들어 깨웠다. 봉염이는 벌떡 일어났다.

"너 이거 내다가 빨아 오너라. 그저 물에 헤우면²⁸ 된다."

피에 젖은 속옷이며 걸레 뭉치를 뭉쳐서 그의 손에 들려주었다. 그때 봉염의 어머니는 어쩐지 딸이 어려웠다. 그리고 딸의 시선이 거북스러움을 느꼈다. 봉염이는 아직도 가슴이 울렁거리며 모두가 꿈속에 보는 듯 분명하지를 않고 수없는 거미줄 같은 의문과 공포가 그의 조그만 가슴을 꼭 채웠다. 그는 얼른 일어나 밖으로 나왔다. 그의 어머니는 딸이 나가는 것을 보고 '저것이 추울 터인데' 하며 자신이 끝없이 더러워 보였다.

봉염의 신발 소리가 아직도 사라지기 전에 그는 애기의 얼굴을 자세히 들여다보았다. 볼수록 뭉치 정이 푹푹 든다. 그리고 애기의 얼굴에 얼굴을 맞대지 않고는 견디지 못하였다. 주인집에서 깨어 부산하게 구는 소리를 그는 들으며 '밥을 하는가, 밥을 좀 주려나, 좀 주겠지' 하였다. 그리고 미역국 생각이 또 일어나며 김이 어린 미역국이 눈앞에 자꾸 어른거려 보인다. 따라서 배는 점점 더 고파왔다. 이제 몇 시간만 더 이 모양으로 굶었다가는 그가 아무리 살고 싶어도 살 수가 없을 것 같았다. 그는 이러한 생각에 겁이 펄쩍 났다. '무엇을 좀 먹어야 할 터인데.' 그는 눈을 뜨고 사면을 휘돌아보았다. 아직도 헛간은 컴컴하다. 컴컴한 저편 구석으로 약간씩 보이는 파 뿌리! 그는 어제저녁에 주인 여편네가 오늘 장에 내다 팔 파를 헛간으로 옮겨 쌓던 생각을 하며, '옳다! 아무거라도 좀 먹으면 정신이 들겠지' 하고 얼른 몸을 솟구어 파 뿌리를 뽑았다. 그러나 주인이 나오는 듯하여 그는 몇 번이나 뽑은 파를 입에 대다가도 감추곤 하였다. 마침내 그는 파를 입속에 넣었다. 그리고 우쩍[29] 씹었다. 그때 이가 시큼하여 딱 맞질린다. 그래서 그는 얼굴을 찡그리며 입을 쩍 벌린 채 한참이나 벌리고 있었다.

침이 턱 밑으로 흘러내릴 때에야 그는 얼른 손으로 침을 몰아넣으며 이 침이라도 목구멍으로 삼켜야 그가 살 것 같았다. 그는 다시 파를 입에 넣고 이번에는 씹지는 않고 혀끝으로 우물우물하여 목으로 넘겼다. 넘어가는 파는 왜 그리도 차며 뻣뻣한지, 그의 목구멍은 찢어지는 듯 눈물이 쑥 비어졌다. '파를 먹구도 사는가.' 그는 이렇게 생각하며 헛간 문 사이로 보이는 하늘을 멍하니 쳐다보았다.

그때 신발 소리가 나며 헛간 문이 획 열린다.

"어머이, 용애 어머이를 빨래터에서 만났어. 그래서 지금 와!"

말을 채 마치기 전에 용애 어머니가 들어온다. 봉염의 어머니는 얼결에 일어나 그의 손을 붙들고 소리를 내어 울었다. 용애 어머니는 '싼드거우'서 한집안같이 가까이 지내었던 것이다. 그래서 봉염이를 따라 이렇게 왔으나 그들의 참담한 모양에 반가움이란 다 달아나고 내가 어째서 여기를 왔던가 하는 후회가 일었다. 그리고 뭐라고 위로할 말조차 생각나지 않았다.

"아니, 봉염이 어머니. 이게 어찌 된 일이오."

한참 후에 용애 어머니는 입을 열었다. 봉염이 어머니는 울음을 그치고,

"다 팔자 사나워 그렇지요. 왜 죽지 않고 살았겠수…… 그런데 언제 내려왔수, 여기를?"

"우리? 작년에 모두 왔지. 우리 동네서는 모두 떠났다오. 토벌 난 통에 모두 밤도망들을 했지. 어디 농사할 수가 있어야지. 그래, 여기 내려오니 이리 어렵구려."

봉염이 어머니는 퍽이나 반가웠다. 그리고 용애 어머니를 놓쳐서는 안 될 것을 번개같이 깨달으며 모든 것을 숨김없이 말하고 사정하리라고 결심하였다.

"용애 어머이, 난 아이를 낳았다우. 어젯밤에 이걸…… 어떡하우. 사람 하나 살리는 셈치고 날 며칠 동안만 집에 있게 해주. 어떡하겠수. 나 같은 년 만나기가 불찰이지……"

그는 말끝에 또다시 울었다. 용애 어머니를 만나니 남편이며 봉식의 생각까지 겹쳐 일어나는 동시에 어째서 남은 다 저렇게 영감이며 아들딸을 데리고 다니며 잘 사는데 나만이 이런 비운에 빠졌는가 하는 생각이 들었던 것이다.

용애 어머니는 한참이나 난처한 기색을 띠다가 한숨을 푹 쉬었다.

"그러시유. 할 수 있소."

용애 어머니는 더 물으려고도 안 하고 안 나오는 대답을 이렇게 겨우 하였다. 뒤에서 가슴을 졸이고 있던 봉염이까지 구원받은 듯하여 한숨을 호 내쉬었다.

"고맙수. 그 은혜를 어찌 갚겠수."

봉염이 어머니는 떨리는 음성으로 이렇게 말하고 봉염에게 애기를 업혀주었다. 용애 어머니는 '이렇게 모녀를 데리고 가나? 남편이 뭐라고 나무라지나 않으려나?' 하는 불안에 발길이 무거워졌다.

용애네 집으로 온 그들은 사흘을 무사히 지냈다. 용애 어머니는 남의 빨랫삯을 맡아 날이 채 밝지도 않아서 빨랫가로 달아나고 용애 아버지는 철도공사 인부로 역시 그랬다. 그래서 근근이 살아가는 것을 보는 봉염이 어머니는 그들을 마주 바라볼 수 없이 어려웠다. 그래서 얼른 일어나고 말았다. 그날 저녁 봉염이 어머니는 빨랫가에서 돌아오는 용애 어머니를 보고,

"나두 남의 빨래를 하겠으니 좀 맡아다 주."

용애 어머니는 눈을 크게 떴다.

"어서 더 눕고 있지, 웬일이오…… 어려워 말우."

용애 어머니는 갑자기 무슨 생각이 난 듯이 눈을 껌뻑이더니 다가앉았다. 부엌에서는 용애와 봉염의 종알거리는 소리가 들렸다.

"아니, 저 나 빨래 맡아다 하는 집엔 젖유모를 구하는데…… 애가 딸렸다더라도 젖만 많으면 두겠다구 해. 그 대신 돈이 좀 적겠지만…… 어떠우?"

봉염이 어머니는 귀가 번쩍 뜨였다.

"참말이오? 애가 있어도 된대요?"

용애 어머니는 이 말에는 우물쭈물하고, "하여간 말이야. 한 달에 십이삼 원을 받으면 집 세 얻어서 봉염이와 애기는 따루 있게 하고, 애기에겐 봉염이 어머니가 간간이 와서 젖을 먹이고 또 우유를 곁들이지 어떡허나. 큰 애 같지 않아 갓난애니까 저게서 알

면 재미는 좀 적을게요. 그러니 우선은 큰 애라고 속이고 들어가야지. 그러니 그렇게만 되면 그 벌이가 아주 좋지 않우."

봉염이 어머니는 벌이 자리가 난 것만 다행으로 가슴이 뛰도록 기뻤다.

"그러면 어떻게든지 해서 들어가도록 해주우" 하였다. 그리고 돈만 그렇게 벌게 되면 이 집에 신세 진 것은 꼭 갚아야겠다 하며 자는 애기를 돌아보았을 때 '저것을 떼고 남의 애에게 젖을 먹여?' 하였다.

며칠 후에 몸이 다소 튼튼해진 봉염이 어머니는 드디어 젖유모로 채용이 되어 애기와 봉염이를 떨어치고 가게 되었다. 그리고 봉염이와 애기는 조그만 방을 세 얻어 있게 하였다. 그 후부터 애기는 봉염이가 맡아서 길렀다. 애기는 매일같이 밤만 되면 불이 붙는 것처럼 울고 자지 않았다. 그때마다 봉염이는 애기를 업고 잠 오는 눈을 꼬집어 당기면서 방 안을 거닐었다. 그리고 나중에는 애기와 같이 소리를 내어 울면서 어두운 문밖을 내다보곤 하는 때가 종종 있었다.

이렇게 지내기를 한 일 년이 되니 애기는 우는 것도 좀 나아지고 오줌이며 똥두 누겠노라고 낑낑대었다. 봉염이는 애기를 잘 거두어주다가도 동무가 놀러 왔는데 자꾸 운다든지 제 장난감을 흩트려놓는다든지 하면 애기를 사정없이 때리었다. 그리고 미처 오줌과 똥을 누겠노라고 못 하고 방바닥에 싸놓으면 사뭇 죽일 것같이 애기를 메치며 때리곤 하였다. 그것은 애기가 미워서 때리는 게 아니고 제 몸이 고달프고 귀찮으니 그렇게 하는 것이었다. 애기의 이름은 봉염이 이름자를 붙여서 봉희라고 지었다. 봉희는 이젠 우유를 안 먹고 간간이 어머니의 젖과 밥을 먹었다. 그는 이제야 겨우 빨빨 기었다. 그리고 때로는 오뚝 일어서고 자착자착[30] 걸었다. 그러나 눈치는 아주 엉뚱하게 밝았다. 그러므로 어떤 때는 똥과 오줌을 방바닥에 싸놓고도 언니가 때릴 것이 무서워서 "으아" 하고 때리기 전부터 미리 울곤 하였다. 그리고 어떤 때는 봉염이가 동무와 놀 양으로 봉희를 보고 자라고 소리치면 봉희는 잠도 안 오는 것을 눈을 꼭 감고서 땀을 뻘뻘 흘리며 자는 체하였다. 그가 돌이 지나도록 자란 것은 뼈도 아니요 살도 아니요 눈치와 머리통뿐이었다. 머리통은 조그만 바가지 통만은 하였다. 그리고 머리통이 몹시도 굳었다. 그러나 이 머리통을 싸고 있는 머리카락은 갓 났던 그대로 노란 것이 나스스하였다.[31] 어쨌든 그의 전체에서 명 붙어 보이는 곳이란 이 머리통같이도 보이고, 혹은 이 머리통이 너무 체에 맞지 않게 크므로 못 이겨서 오래 살지 못하고 죽을 것같이도 무겁게 보이곤 하였다.

봉희는 어머니를 알아보았다. 그래서 어머니가 왔다 갈 때마다 그는 번번이 울었다. 그때마다 삼모녀는 서로 붙안고 한참씩이나 울다가 헤어지곤 하였다.

어느 여름날이다. 봉염이는 열병에 걸려 밥도 못 지어 먹고서 자리에 누워 있었다. 온몸이 불같이 뜨거워서 미처 어디가 아픈지도 알아낼 수가 없었다. 곁에서 봉희는 "앵앵" 울었다. 봉염이는 어머니나 와주었으면 하면서 어제 먹다 남은 밥을 봉희의 앞에 놔주었다. 봉희는 울음을 그치고 밥을 퍼 넣는다. 봉염이는 눈을 딱 감고 팔을 이마에 올려놓았다. 그러다 신발 소리 같아 눈을 번쩍 떠서 보면 어머니는 아니요, 곁에서 봉희가 밥그릇 쥐어 당기는 소리다. 그는 화가 버럭 났다.

"잡놈의 계집애, 한자리에서 먹지 여기저기 다니며 버려놓니!"

눈을 부릅떴다. 봉희는 금시 울음이 터져 나오는 것을 참으며 입을 비죽비죽하였다. 그리고 문을 돌아보았다. 필시 봉희도 어머니를 찾는 것이라고 봉염이는 얼른 생각되었을 때 그는 "어머이!" 하고 소리치고 싶은 충동을 강하게 받았다. 그는 입술을 꼭 다물고 한참이나 울 듯 울 듯이 봉희를 바라다보았다.

"봉희야, 너 엄마 보고 싶니? 우리 갈까?"

그는 누가 시켜주는 듯이 이런 말을 쑥 뱉었다. 봉희는 말끄러미 보더니 밥술을 뎅그렁 놓고 달려온다. 봉염이는 '아차, 내가 공연한 말을 했구나!' 후회하면서 봉희를 힘껏 껴안았다. 그때 두 줄기 눈물이 그의 볼에 뜨겁게 흘러내리는 것을 그는 깨달았다.

"어머이는 왜 안 나와. 오늘은 꼭 올 차례인데. 그렇지, 봉희야!"

봉희는 아무것도 모르고, "응" 하고 대답할 뿐이었다.

"어서 밥 머. 우리 봉희는 착해."

봉염이는 봉희의 머리를 내리쓸고 내려놨다. 봉희는 또다시 밥술을 쥐고 밥을 먹었다. 봉염이는 멍하니 천장을 바라보았다. 언제인가 어머니가 와서 깨끗이 쓸어주고 가던 거미줄은 또다시 연기같이 슬어 붙었다. "어머니는 거미줄이 슬었는데두 안 온다니" 하였다. 그 후에도 어머니는 몇 번이나 왔건만 그 기억은 아득하여 이런 말을 하지 않고는 견디지 못하였다. 그는 돌아누우며 '어머니가 조반을 먹구서 명수를 업구 문밖을 나오나…… 에크, 이젠 되놈의 상점은 지났겠다. 이젠 문 앞에 왔는지도 모르지' 하고 다시 문 편을 흘금 바라보았다. 그러나 신발 소리는 들리지 않았다. 오직 봉희가 술 구르는 소리뿐이다.

그는 벌떡 일어나서 문을 탁 열어젖혔다. 봉희는 어쩐 까닭을 모르고 한참이나 언니를 말끄러미 바라보다가 발발 기어 왔다.

그는 코에서 단김이 확확 내뿜는 것을 깨달으며 팔싹 주저앉았다.

밖에는 곁집 부인이 흰 빨래를 울바자에 바삭바삭 소리를 내며 널고 있었다. 바자³² 밖으로 넘어오는 손끝은 흡사히 어머니의 다정한 그 손인 듯, 그리고 금시로 젖비린내를 가득히 피우는 어머니가 저 바로 밖에 섰는 듯하였다. 그는 젖비린내 속에 앉아 있으면 어쩐지 맘이 푹 놓이고 평안함을 느꼈다.

그는 못 견디게 어머니 품에 자기의 다는 몸을 탁 안기고 싶었다. 그는 목이 마른 듯하여 물을 찾았다. 그래서 봉희가 밥 말아 먹던 물을 마셨지마는 어쩐지 더 답답하였다.

이렇게 자리에 못 붙고 안타까워하던 그는 어느새 잠이 들었다가 무엇에 놀라 후닥닥 깨었다.

그의 얼굴에 수없이 붙었던 파리 소리만이 윙윙 하고 났다.

그는 얼른 봉희가 없는데 정신이 바짝 들었다.

뒤이어 '어머니가 왔었나? 그래서 봉희만 데리고 어디를 나갔나' 하는 생각이 들자 그만 발악을 하고 울고 싶었다. 그는 미친 듯이 달려 일어났다. 그래서 밖으로 튀어 나가니 어머니와 봉희는 보이지 않았다. 그리고 찌는 듯한 더위는 마당이 붉어지도록 내려 쪼인다. '어데 갔을까? 어머니가?' 하고 울 밖에까지 쫓아 나갔다가 앞집 부인을 만났다.

"우리 어머이 못 봤수?"

"못 봤어…… 왜, 어데 아프냐? 너."

어머니 못 봤다는 말에 더 말하고 싶지 않은 그는 눈이 벌개서 찾아다니다가 방으로 들어왔다. 그때 뒤뜰에서 무슨 소리가 나므로 벌떡 일어나 뛰어나갔다.

저편 뜨물 동이 옆에는 봉희가 붙어 서서 그 큰 머리를 숙이고 마치 젖 빨듯이 입을 뜨물 동이에 대고 뜨물을 꼴깍꼴깍 들이마시고 있다. 그리고 머리털은 햇볕에 불을 댄 것처럼 빨갛다.

어머니의 마음

사흘 후에 봉염이는 드디어 죽고 말았다. 그의 어머니는 할 수 없이 유모를 그만두고 명수네 집에서 나오게 되었으며 봉희 역시 몹시 앓더니 그만 죽었다. 형제가 죽는 것을 본 주인집에서는 그를 나가라고 성화 치듯 하였다. 그는 참다못해서 주인마누라와 아우성을 치면서 싸웠다. 그리고 끌어내기 전에는 움직이지 않을 뜻을 보이고 하루 종일 방 안에 누워 있었다. 전날에 그는 미처 집세를 못 내도 주인 대하기가 거북하였는데 지금은 어디서 이러한 대담함이 생겼는지 그 스스로도 놀랄 만하였다.

이제도 그는 주인마누라와 한참이나 싸웠다. 만일 주인마누라가 좀더 야단을 쳤다면 그는 칼이라도 가지고 달라붙고 싶었다. 그러나 다행히 주인마누라는 그 눈치를 채었음인지 슬그머니 들어가고 말았다.

"흥! 누구를 나가래. 좀 안 나갈걸, 암만 그래두."

이렇게 중얼거리며 그는 문 편을 노려보았다. 그리고 좀더 싸우지 않고 들어가는 주인마누라가 어쩐지 부족한 듯하였다. 그는 지금 땅이라도 몇십 길 파고야 견딜 듯한 분이 우쩍우쩍[33] 올라왔던 것이다.

분이 내려가려니 잠깐 잊었던 봉염이, 봉희, 명수까지 뻔히 떠오른다. 생각하면 할수록 그들은 자기가 일부러 죽인 듯했다. 그가 곁에 있었으면 애들이 그러한 병에 걸렸을는지도 모르거니와 설사 병에 걸렸다더라도 죽기까지는 안 했을 것 같았다. 그는 가슴을 탁탁 쳤다. "남의 새끼 키우느라 제 새끼를 죽인단 말이냐…… 이년들 모두 가면 난 어쩌란 말이냐. 날 마저 데려가라" 하고 소리를 내어 울었다. 그러나 음성도 이미 갈리고 지쳐서 몇 번 나오지 못하고 콱 막힌다. 그러고는 목구멍만 찢어지는 듯했다. 그는 기침을 칵칵 하며 문밖을 흘끔 보았을 때 며칠 전 일이 불현듯이 떠올랐다.

그날 밤 비는 좍좍 퍼부었다. 봉염이 어머니는 봉염이가 않는 것을 보고 가서 도무지 잠들 수가 없었다. 그래서 밤중에 그는 속옷 바람으로 명수의 집을 벗어났다. 그가 젖유모로 처음 들어갔을 때 밤마다 옷을 벗지 못하고 누웠다가는 명수네 식구가 잠만 들면 봉희를 찾아와서 젖을 먹이곤 하였다. 이 눈치를 챈 명수 어머니는 밤마다 눈을 밝히고 감시하는 바람에 그 후로는 감히 옷을 입지 못하고 누웠다가는 틈만 있으면 벗은 채로 달려오는 때가 종종 있었던 것이다. 그 밤, 낮에 다녀온 것을 명수 어머니가 뻔히 아는 고로 다시 가겠단 말을 못하고 누웠다가 그들이 잠든 틈을 타서 소리 없이 문을 열고 나온 것이다. 사방은 지척을 분간할 수 없이 어두우며, 몰아치는 바람결에 굵은 빗방울은 그의 벗은 어깨를 사정없이 내리쳤다. 그리고 눈이 뒤집히는 듯 번갯불이 번쩍이고 요란한 천둥소리가 하늘을 때려 부수는 듯 아뜩아뜩하였다.

그러나 그는 지금 아무것도 무서운 것이 없었다. 오직 그의 앞에는 저 하늘에 빛나는 번갯불같이 딸들의 신변이 각일각[34]으로 걱정되었던 것이다.

그가 숨이 차서 집까지 왔을 때 문밖에 허연 무엇이 있음에 그는 깜짝 놀랐다. 그러나 그것은 봉염인 것을 직각하자 그는 와락 달려들었다.

"이년의 계집애, 뒈지려고 예 가 누웠냐?"

비에 젖은 봉염이 몸은 불 같았다. 그는 또다시 아뜩하였다. 그리고 간폭을 갉아내는 듯함에 그는 부르르 떨었다. 따라서 젖유모고 무엇이고 다 집어뿌리겠다는 생각이 머리가 아프도록 났다. 그러나 그들이 방까지 들어와서 가지런히 누웠을 때 그의 머리에는 또다시 불안이 불 일 듯하였다. 명수가 지금 깨어서 그 큰 집이 떠나갈 듯이 우는 것 같고, 그리고 명수 어머니 아버지까지 깨어서 얼굴을 찡그리고 자기의 지금 행동을 나무라는 듯, 보다도 당장에 젖유모를 그만두고 나가라는 불호령이 떨어지는 듯, 아니 떨어진 듯. 그는 두 딸의 몸을 번갈아 만지면서도 그의 손끝의 감촉을 잃도록 이런 생각만 자꾸 들었다. 그는 마침내 일어났다. 자는 줄 알았던 봉희가 젖꼭지를 쥐고 달려 일어났다. 그리고 "엄마!" 하고 울음을 내쳤다. 봉염이는 차마 어머니를 가지 말란 말은 못하고 흑흑 느껴 울면서 어머니의 치맛자락을 잡고, "조금만 더⋯⋯" 하던 그 떨리는 그 음성— 그는 지금도 들리는 듯하였다. 아니, 영원히 잊히지 않을 것이다.

그는 벌떡 일어났다. 그리고 이 모든 생각을 하지 않으려고 방안을 빙빙 돌았다. 그러나 불똥 튀듯 일어나는 이 쓰라린 기억은 어쩔 수가 없다. 그리고 명수의 얼굴까지 떠올라서 펑펑 돌아간다. 빙긋빙긋 웃는 명수.

"그놈 울지나 않는지⋯⋯"

나오는 줄 모르게 이렇게 중얼거리고는 그는 억지로 생각을 돌리려고 맘에 없는 딴말을 지껄였다.

"에이, 이놈의 자식, 너 때문에 우리 봉희 봉염이는 죽었다. 물러가라!"

그러나 명수의 얼굴은 점점 다가온다. 손을 들어 만지면 만져질 듯이⋯⋯ 그는 얼른 손등을 꽉 물었다. 손등이 아픈 것처럼 그렇게 명수가 그립다. 그리고 발길은 앞으로 나가려고 주춤주춤하는 것을 꾹 참으며 어제 이맘때 명수의 집까지 갔다가도 명수 어머니에게 거절을 당하고 돌아오던 생각을 하며 맥없이 머리를 떨어뜨리었다. "흥! 제 자식 죽이고 남의 새끼 보고 싶어 하는 이 어리석은 년아, 왜 죽지 않고 살아 있어? 왜 살아, 왜 살아, 그때 죽었으면 이 고생은 하지 않지" 하며 남편의 죽은 것을 보고 따라 죽을까? 하던 그때 생각을 되풀이하였다. 그리고 자신이 이러한 비운에 빠지게 된 것은 남편이 죽었기 때문이라고 단정하였다. 그리고 남편을 죽인 공산당, 그에게 있어서는 철천지원수인 듯했다. 생각하면 팡둥도 그의 남편이 없기 때문에 그에게 그러한 일을 감행하지 않았던가. 그렇다. 모두가 공산당 때문이다. 그때 공산당이라고 경비대에게 죽었다는 봉식이가 떠오르며 팡둥의 그 얼굴이 선명하게 나타난다.

"이놈, 내 아들이 공산당이라구…… 내쫓으려면 그냥 내쫓지 무슨 수작이냐, 더러운 놈…… 봉식아, 살았느냐 죽었느냐?"

그는 봉식이를 부르고 나니 어떤 실 끝 같은 희망을 느꼈다. 국자가엘 가자, 그래서 봉식이를 찾자 할 때 그는 가기 전에 명수를 봐야겠다는 생각이 불쑥 일어난다. '명수, 명수야!' 하고 입속으로 부르며 무심히 그는 그의 젖꼭지를 꼭 쥐었다. 지금쯤은 날 부르고 울지 않는가?…… 그는 와락 뛰어나왔다. 그러나 명수 어머니의 그 얼굴이 사정없이 그의 앞을 콱 가로막는 듯했다. 그는 우뚝 섰다. "이년! 명수를 왜 못 보게 하니. 네가 낳기만 했지 내가 입때 키우지 않았니. 죽일 년, 그 애가 날 더 따르지, 널 따르겠니. 명수는 내 거다" 하고 눈을 부릅떴다. 그러나 다음 순간에 명수의 머리카락 하나 자유로 만져보지 못할 자신인 것을 깨달을 때 그는 머리를 푹 숙였다.

고요한 밤이다. 이 밤의 고요함은 그의 활활 타는 듯한 가슴을 눌러 죽이려는 듯했다. 이러한 무거운 공기를 헤치고 물큰[35] 스치는 감자 삶은 내! 그는 지금이 감자 철인 것을 얼핏 느끼며 누구네가 감자를 이리도 구수하게 삶는가 하며 휘돌아보았다. 그리고 뜨끈한 감자 한 톨 먹었으면 하다가 '흥!' 하고 고소를 하였다. 무엇을 먹고 살겠다는 자신이 기막히게 가련해 보였던 것이다. 그는 벽을 의지해서 하늘을 멍하니 바라보았다. 하늘에는 달이 둥실 높이 떴고 별들이 종종 반짝인다. 빛나는 별. 어떤 것은 봉염의 눈 같고 봉희의 눈 같다. 그리고 명수의 맑은 눈 같다. 젖을 주무르며 쳐다보던 명수의 그 눈.

"에이, 이놈, 저리 가라!"

그는 또다시 이렇게 중얼거렸다. 그리고 봉희, 봉염의 눈을 생각하였다. 엄마가 그리워서 퉁퉁 붓도록 울던 그 눈들, 아아 이 세상에서야 어찌 다시 대하랴!…… 공동묘지에나 가볼까 하고 그는 충충 걸어 나올 때 달 아래 고요히 놓인 수없는 묘지들이 휙 지나친다. 그는 갑자기 싫은 생각이 냉수같이 그의 등허리를 지나친다. 여기에 툭 튀어나오는 달 같은 명수의 그 얼굴. 그는 멈칫서며 '죽음이란 참말 무서운 것이다' 하며 시름없이 저편을 바라보았다. 그때 그는 무엇에 놀란 사람처럼 후닥닥 달려나왔다.

앞집 처마 끝 그림자와 이 집 처마 끝 그림자 사이로 눈송이같이 깔리어나간 달빛은 지금 명수가 자지 않고 자기를 부르며 누워 있을 부드러운 흰 포단[36]과 같았던 것이다. 그러나 그것은 그의 볼을 사정없이 후려치는 듯한 달빛이었다. 그는 두 손으로 볼을 쥐고 그 달빛을 밟고 섰다. 그리고 "명수야!" 하고 쏟아져 나오는 것을 숨이 막히게 참으며 조금도 이지러짐이 없는 저 달을 쳐다보았다. 그의 눈에는 어느덧 눈물이 술술 흐른다. 그리고 '정이란 치사한 것이다!'라고 생각하였다.

그는 문득 그의 그림자를 굽어보며 이제로부터 자신은 살아야 하나 죽어야 하나가 의문이 되었다. 맘대로 하면 당장이라도 죽어서 아무것도 잊으면 이 위에 더 행복은 없을 것 같다. 그러고 나니 그의 몸은 천 근인 듯 이 무게는 죽음으로써야 해결할 것 같다. '죽으면 어떻게 죽나? 양잿물을 마시고…… 아니 아니, 그것은 못 할 게야. 오장육부가 다 썩어 내리고야 죽으니 그걸 어떻게. 그러면 물에 빠져……' 그의 앞에는 핑핑 도는 푸른 물결이 무서움게 나타나 보인다. 그는 흠칫하며 벽을 붙들었다. '사는 날까지 살자. 그래서 봉식이도 만나보고 그놈들 공산당들도 잘되나 못되나 보구. 하늘이 있는데 그놈들이 무사할까 부야. 이놈들, 어디 보자.' 그는 치를 부르르 떨었다. 마침 신발 소리가 나므로 그는 주인마누라가 또 싸우러 나오는가 하고 안방 편으로 머리를 돌렸다. 반대 방향에서, "왜 거기 섰수?"

그는 휘끈 돌아보자 용애 어머님임에 반가웠다. 그리고 저가 명수의 소식을 가지고 오는 듯싶었다.

"명수 봤수?"

"명수? 아까 낮에 잠깐 봤수."

"울지? 자꾸 울 게유!"

용애 어머니는 그를 물끄러미 바라보며 아까 명수가 발악을 하고 울던 생각을 하였다. 그리고 봉염이 어머니 역시 얼마나 명수가 보고 싶어 한다는 것을 즉석에서 알 수가 있었다.

"어제 갔댔수? 명수한테."

"예. 그년이 죽일 년이 애를 보게 해야지. 흥! 잡년 같으니."

용애 어머니는 잠깐 주저하다가, "가지 말아요. 명수 어머니가 벌써 어서 알았는지 봉염이 봉희가 염병에 죽었다구 하면서 펄펄 뜁데다. 아예 가지 말아유."

그는 용애 어머니마저 원망스러워졌다.

"염병은 무슨 염병. 그 애들이 없는데야 무슨 잔수작이래유. 그만두래. 내 그 자식 안 보면 죽을까, 뭐. 안 가, 안 가유, 흥!"

명수 어머니가 앞에 섰는 듯 악이 바락바락 치밀었다. 그의 기색을 살피는 용애 어머니는, "그까짓 말은 그만둡시다, 우리! 저녁이나 해 자셨수?"

치마길[37]을 휩싸고 쪼그려 앉는 용애 어머니에게서는 청어 비린내가 물큰 일어난다. 그는 갑자기 자기가 배가 고파서 이렇게 더 어렵다는 것을 알았다. 그리고 용애 어머니에게 말하여 식은 밥이라도 좀 먹어야겠다 하였다.

"오늘도 또 굶었구려. 산 사람은 먹어야지유! 내 그럴 줄 알고 밥을 좀 가져오렸더니…… 잠깐 기다리우. 내 얼른 가져올게."

용애 어머니는 얼른 일어나서 나간다. 봉염이 어머니는 하반신이 끊어지는 듯 배고픔을 느끼며 겨우 방 안으로 들어가서 쾅 하고 누워버렸다. 용애 어머니는 왔다.

"좀 떠보시유. 그리고 정신을 차려유. 그러구 살 도리를 또 해야 지…… 저 참, 이 남는 장사가 있수."

봉염이 어머니는 한참이나 정신없이 밥을 먹다가 용애 어머니를 바라보았다.

"아주 이가 많이 남아유. 저 거시기 우리 영감도 그 벌이 하러 오늘 떠났다오."

"무슨 벌이유?"

벌이라는 말에 그는 귀는 솔깃하였다. 용애 어머니는 음성을 낮추며,

"소금 장사 말유."

"붙잡히면 어찌유?"

봉염이 어머니는 눈을 동그랗게 떴다.

"그러기에 아주 눈치 빠르게 잘해야지. 돈벌이하랴면 어느 것이나 쉬운 것이 어디 있수, 뭐."

그는 이렇게 말하면서 먼 길을 떠난 영감의 신변이 새삼스럽게 더 걱정이 되었다. 한참이나 그들은 잠잠하고 있었다.

"봉염이 어머니두 몸이 튼튼해지거들랑 좀 해봐유. 조선서는 소금 한 말에 삼십 전 안에 든다는데 여기 오면 이 원 삼십 전! 얼마나 남수."

그의 말에 봉염이 어머니는 기운이 버쩍 나면서도 다시 얼핏 생각하니 두 딸을 잃은 자기다. 남들은 아들딸을 먹여 살리려고 소금 짐까지 지지만 자신은 누구를 위하여……? 마침내 자기 일신을 살리려는 결론을 얻었을 때 그는 너무나 적적함을 느꼈다.

그러나 아무리 자기 일신일지라도 스스로 악을 쓰고 벌지 않으면 누가 뜨물 한술이나 거저 줄 것일까? 굶는다는 것은 차라리 죽음보다도 무엇보다 무서운 것이다. 보다도 참기 어려운 것은 그것이다. 요전까지도 그의 정신이 흐리고 온 전신이 나른하더니 지금 밥술을 입에 넣으니 확실히 다르지 않은가. 그리고 가슴을 누르는 듯하던 주위의 공기가 가뿐해오지 않는가. '살아서는 할 수 없다, 먹어야지……' 그때 그는 문득 중국인의 헛간에서 봉회를 낳고 파 뿌리를 씹던 생각이 났다. 그는 몸서리를 쳤다. 그리고 그동안에 그는 명수네 집에서 비록 맘 고통은 있었을지라도 배고픈 일은 당하지 않았다는 것을 처음으로 느꼈다. 그는 명수의 얼굴을 또다시 머리에 그리며 '명수가 못 견디게 자꾸 울어서 명수 어머니가 할 수 없이 날 또다시 데려가지 않으려나?' 하면서 밥술을 놓았다.

"왜 더 자시지. 이젠 아무 생각도 말구 내 몸 튼튼할 생각만 해유."

"튼튼할…… 흥, 사람의 욕심이란…… 영감 죽어. 아들딸……"

그는 음성이 떨리어 목멘 소리를 하면서 문 편을 시름없이 바라보았다. 달빛에 무서우리만큼 파리해 보이는 그의 얼굴을 바라보는 용애 어머니는 나가는 줄 모르게 한숨을 쉬었다.

그리고 '하늘도 무심하다' 하며 달빛을 쳐다보았다.

"그럼 어쩌우. 목숨 끊지 못하구 살 바에는 튼튼해야지. 지나간 일은 아예 생각지 말아유."

이렇게 말하는 용애 어머니는 그의 곁으로 다가앉으며 흐트러진 그의 머리를 만져주었다.

그는 얼핏 명수가 젖을 먹으며 그 토실토실한 손으로 그의 머리 카락을 쥐어뜯던 생각이 나서 저윽이 가라앉았던 가슴이 다시 후 닥닥 뛴다. 그는 무의식 간에 용애 어머니의 손을 덥석 쥐었다.

"명수, 지금 잘까유?"

말을 마치며 용애 어머니 무릎에 그는 머리를 파묻고 소리를 내 어 울었다. 어느덧 용애 어머니 눈에서도 눈물이 흘렀다.

"우지 마우. 그까짓 남의 새끼 생각지 말아유. 쓸데 있수?"

"한 번만 보구는…… 난 안 볼래유. 이제 가유. 네, 용애 어 머니."

자기 혼자 가면 물론 거절할 것 같으므로 그는 용애 어머니를 데리고 가려는 심산이었다.

용애 어머니는 아까 입에 못 담게 욕을 하던 명수 어머니를 얼 핏 생각하며 난처하였다.

그래서 그는 언제까지나 잠잠하고 있었다. 봉염이 어머니는 벌 떡 일어났다. 그리고 용애 어머니의 손을 잡아끌었다.

"봉염이 어머니, 좀 진정해유. 우리 내일 가봅시다."

하고 그를 꼭 붙들어 주저앉히었다. 달빛은 여전히 그들의 얼굴 에 흐르고 있다.

밀수입

북국의 가을은 몹시도 스산하다. 우레 같은 바람 소리가 대지를 뒤흔드는 어느 날 밤 봉염이 어머니는 소금 너 말을 자루에 넣어서 이고 일행의 뒤를 따랐다. 그들 일행은 모두가 여섯 사람인데 그중에 여인은 봉염이 어머니뿐이었다. 앞에서 걷는 길잡이는 십여 년을 이 소금 밀수로 늙었기 때문에 눈 감고도 용이하게 길을 찾아가는 것이다. 그러므로 그들은 이 길잡이에게 무조건 복종을 하였다. 그리고 며칠이든지 소금 짐을 지는 기간까지는 벙어리가 되어야 하며 그 대신 의사 표시는 전부 행동으로 하곤 하였다.

그들은 열을 지어 나란히 걸었다. 바람은 여전히 불었다. 그들은 앞의 사람의 행동을 주의하며 이 바람 소리가 그들을 다그쳐오는 어떤 신발 소리 같고 또 어찌 들으면 순사의 고함치는 소리 같아 숨을 죽이곤 하였다. 그리고 어제도 이 근방 어디서 소금 짐을 지다 총에 맞아 죽은 사람이 있다지 하며 발걸음 옮김을 따라 이러한 불안이 저 어둠과 같이 그렇게 답답하게 그들의 가슴을 캄캄케 하였다.

남들은 솜옷을 입었는데 봉염이 어머니는 겹옷을 입고 발가락이 나오는 고무신을 신었다. 그러나 추운 것은 모르겠고 시간이 지날수록 머리에 인 소금 자루가 무거워서 견딜 수 없다. 머리 복판을 쇠뭉치로 사정없이 뚫는 것 같고 때로는 불덩이를 이고 가는 것처럼 자꾸 따가웠다. 그가 처음에 소금 자루를 일 때 사내들과 같이 엿 말을 이렸으나 사내들이 극력 말리므로 애수한[38] 것을

108

참고 너 말을 이게 된 것이다. 그런 것이 소금 자루를 이고 단 십 리도 오기 전에 이렇게 머리가 아팠다. 그는 얼굴을 잔뜩 찡그리고 두 손으로 소금 자루를 조금씩 쳐들어 아픈 것을 진정하렸으나 아무 쓸데도 없고 팔까지 떨어지는 듯이 아프다. 그는 맘대로 하면 이 소금 자루를 힘껏 쥐어뿌리고 그 자리에서 자신도 그만 넌 쩍 죽고 싶었다. 그러나 그것은 공연한 맘뿐이었다. 발길은 여전히 사내들의 뒤를 따라간다. '사내들과 같이 저렇게 나도 등에 져 보더라면…… 이제라도 질 수가 없을까. 그러려면 끈이 있어야지 끈이…… 좀 쉬어 가지 않으려나. 쉬어 갑시다.' 금시로 이러한 말이 입 밖에까지 나오다는 칵 막히고 만다. 그리고 여전히 손길은 소금 자루를 들어 아픈 것을 진정하려 하였다.

이마와 등허리에서는 땀이 낙수처럼 흘러서 발밑까지 내려왔다. 땀에 젖은 고무신은 왜 그리도 미끄러운지 걸핏하면 그는 쓰러지려 하였다. 그래서 그는 정신을 바짝 차리면 벌써 앞에 신발 소리는 퍽이나 멀어졌다. 그는 기가 나서 따라오면 숨이 칵칵 막히고 옆구리까지 결린다. '두 말이나 일 것을…… 그만 쏟아버릴까? 어쩌누?' 소금 자루를 어루만지면서도 그는 차마 그리하지는 못하였다.

어느덧 강물 소리가 어렴풋이 들린다. 그들은 이 강물 소리만 들어도 한결 답답한 속이 좀 풀리는 듯하였다. 강가에 가면 이 소금 짐을 벗어놓고 잠시라도 쉴 것이며 물이라도 실컷 마실 것 등을 생각하였던 것이다. 그러면서도 '강 저편에 무엇들이 숨어 있지나 않을까?' 하는 불안이 강물 소리를 따라 높아간다. 봉염이 어머니는 시원한 강물 소리조차도 아픔으로 변하여 그의 고막을 바늘 끝으로 꼭꼭 찌르는 듯, 이 모양대로 조금만 더 가면 기진하여 죽을 것 같았다. 마침 앞의 사내가 우뚝 서므로 그도 따라 섰다. 바람이 무섭게 지나친 후에 어디선가 벌레 울음소리가 물결을 따라 들렸다. 낑 하고 앞의 사내가 앉는 모양이다. 그도 털썩 하고 소금 자루를 내려놓으며 쓰러졌다. 그리고 얼른 머리를 두 손으로 움켜쥐며 바늘로 버티어 있는 듯한 눈을 억지로 감았다. 그러면서도 앞의 사내들이 참말로 다들 앉았는가 나만이 이렇게 쓰러졌는가 하여 주의를 게을리하지 않았다.

아픈 것이 진정되니 온몸이 후들후들 떨린다. 그는 몸을 웅크릴 때 앞의 사내가 그를 꾹 찌른다. 그는 후닥닥 일어났다. 사내들의 옷 벗는 소리에 그는 한층 더 정신이 바짝 들었다. 그는 잠깐 주저하다가 옷을 홀홀 벗어 돌돌 뭉쳐서 목에 달아매었다. 그때 그는 놀릴 수 없이 아픈 목을 어루만지며 '용정까지 이 목이 이 자리에 붙어 있을까?' 하는 의문이 들었다. 그리고 사내가 이어주는 소금 자루를 이고 다시 걷기 시작하였다.

벌써 철버덕철버덕하는 물소리가 나는 것을 보아 앞의 사람은 강물에 들어선 모양이다. 벌써 그의 발끝이 모래사장을 거쳐 물속에 들어간다. 그는 오스스 추우며 알 수 없는 겁이 버쩍 들어서 물결을 굽어보았다. 시커멓게 보이는 그 속으로 물결 소리만이 요란하였다. 그리고 뭉클뭉클 내려 밀치는 물결이 그의 몸을 울려주었다. 그때마다 머리끝이 쭈뼛해지며 오한을 느꼈다. 그리고 흑 하고 숨을 들이마셨다.

물이 깊어갈수록 발밑에 깔린 돌이 굵어지며 걷기도 몹시 힘들었다. 그것은 돌이 께느른한 해감탕[39] 속에 묻히어 있기 때문이다. 그래서 걸핏하면 미끈하고 발끝이 줄달음을 치는 바람에 정신이 아득해지곤 하였다. 봉염이 어머니는 몇 번이나 발이 미끄러지고 또 곱디디었다. 물은 젖가슴을 확실히 지나쳤다. 그때 그의 발끝은 어떤 바위를 디디다가 미끈하여 달음질쳐 내려간다. 그 순간 온몸이 화끈해지도록 그는 소금 자루를 버티고 서서 넘어지려는 몸을 바로잡으려 하였다. 그러나 벌어지는 다리와 다리를 모두는[40] 수가 없었다. 그리고 소리를 쳐서 앞의 사내들에게 구원을 청하려 하나 웬일인지 숨이 막히고 답답해지며 암만 소리를 질러도 나오지도 않거니와 약간 나오는 목소리도 물결과 바람결에 묻혀버리곤 하였다. 그는 죽을힘을 다하여 왼발에 힘을 들이고 섰다. 그때 그는 죽는 것도 무서운 것도 아뜩하고, 다만 소금 자루가 물에 젖으면 녹아버린다는 생각만이 미끄러져 내려가는 발끝으로부터 머리털 끝까지 뻗치었다.

앞서가는 사내들은 거의 강가까지 와서야 봉염이 어머니가 따르지 않는 것을 눈치채고 근방을 찾아보다가 하는 수 없이 길잡이가 오던 길로 와보았다. 길잡이는 용이하게 그를 만났다. 그리고 자기가 조금만 더 지체하였더라면 봉염이 어머니는 죽었으리라 직각되었다. 그는 봉염이 어머니의 손을 잡아 일으키며 일변 소금 자루를 내리어 자기의 어깨에 메었다. 그리고 그의 발끝에 밟히는 바위를 직각하자 봉염이 어머니가 이렇게 된 원인이 여기 있는 것을 곧 알았다. 그리고 자기는 이 바위 옆을 훨씬 지나쳐 길을 인도하였는데 어쩐 일인가 하며 봉염이 어머니의 손을 꼭 쥐고 걸었다.

봉염이 어머니는 정신이 흐릿해졌다가 이렇게 걷는 사이에 정신이 조금 들었다. 그러나 몸을 건사하기 어렵게 어지러우며 입 안에서 군물이 실실 돌아 헛구역질이 자꾸 나온다. 그러면서도 머리에는 아직도 소금 자루가 있거니 하고 마음대로 머리를 움직이지 못하였다. 그들이 강가까지 왔을 때 맘을 졸이고 있던 나머지 사람들은 욱 쓸어 일어났다. 그리고 저마끔[41] 두 사람을 어루만지며 어떤 사람은 눈물까지 흘리었다. 자기들의 신세도 신세려니와 이 부인의 신세가 한층 더 불쌍한 맘이 들었다. 동시에 잠 한잠 못 자고 오롯이 굶어왔다 자기들을 기다리고 있을 아내와 어린것들이며 부모까지 생각하고는 뜨거운 한숨을 푸푸 쉬었다.

그 순간이 지나가니 또다시 맘이 졸이고 무서워서 잠시나마 가만히 앉아 있을 수가 없었다. 그래서 그들은 이번에는 봉염이 어머니를 가운데 세우고 여전히 걸었다. 이번에는 밭고랑으로 가는 셈인지 봉염이 어머니는 발끝이 조 벤 자국과 수수 벤 자국에 찔리어서 견딜 수 없이 아팠다. 그는 몇 번이나 고무신을 벗어버렸으나 그나마 버리지는 못하였다. 그는 언제나 이렇게 맘을 내고도 한 번도 그의 속이 흡족하게 실행하지는 못하였다. 그저 망설였다. 나중에는 고무신이 찢어져 조 뿌리나 수수 뿌리에 턱턱 걸려 한참씩이나 진땀을 뽑으면서도 여전히 버리지는 못하였다.

그들이 어떤 산마루턱에 올라왔을 때, "누구냐? 손 들고 꼼짝 말고 서라. 그렇지 않으면 쏠 터이다!" 이러한 고함소리와 함께 눈이 부시게 파란 불빛이 쏵 하고 그들의 얼굴에 비친다. 그들은 이 불빛이 마치 어떤 예리한 칼날 같고 또 그들을 향하여 날아오는 총알 같아서 무의식 간에 두 손을 번쩍 들었다. 그리고 '이젠 소금을 빼앗겼구나!' 하고 그들은 저마끔 속으로 생각하였다. 이렇게 단정은 하면서도 웬일인지 저들이 공산당이나 아닌가 혹은 마적단인가 하며 진심으로 그리되었으면 하고 바란다. 공산당이나 마적단들에게는 잘 빌면 소금 짐 같은 것은 빼앗기지 않기 때문이었다.

길잡이로부터 시작하여 깡그리 몸 뒤짐을 하고 난 저편은 꺼풋하고[42] 불을 끄고 한참이나 중얼중얼하였다. 그들은 불을 끄니 전신이 소름이 오싹 끼치며 저놈들이 칼을 빼어 들었는가 혹은 총부리를 겨누었는가 하여 견딜 수 없이 안타까웠다. 그때 어둠 속에서는, "여러분! 당신네들이 왜 이 밤중에 단잠을 못 자고 이 소금 짐을 지게 되었는지 아십니까!"

쇳소리 같은 웅장한 음성이 바람결을 타고 높았다 떨어진다. 그들은 '옳다! 공산당이구나! 소금은 빼앗기지 않겠구나. 저들에게 뭐라구 사정하면 될까' 하고 두루 생각하였다. 저편의 음성은 여전히 흘러나왔다. 그들의 말하는 시간이 지날수록 어서 말을 그치고 놓아 보냈으면 하였다. 그리고 이 산 아래나 혹은 이 산 저편에 경비대가 숨어 있어 우리들이 공산당의 연설을 듣고 있는 것을 들으면 어쩌나 하는 불안이 자꾸 일어난다. 봉염이 어머니는 저편의 연설을 듣는 사이에 '쌴드거우' 있을 때 봉염이를 따라 학교에 가서 선생의 연설 듣던 것이 얼핏 생각키우며 흡사히도 그 선생의 음성 같았다. 그는 머리를 번쩍 들며 저편을 주의해 보았다. 다만 칠흑 같은 어둠만이 가로막힌 그 속으로 음성만 들릴 뿐이다. 그는 얼른 '우리 봉식이도 저 가운데나 섞이지 않았는가' 하였으나 그는 곧 부인하였다. 그리고 봉식이가 보통 아이와 달라 똑똑한 아이니 절대로 그런 축에는 섞이지 않았을 것이라고 단정되었다. 이렇게 생각하고 나니 봉식이에 대한 불안은 적어지나 저들의 말하는 것이 어쩐지 이 소금 자루를 빼앗으려는 수단 같기도 하고, 저 말을 그치고 나면 우리를 죽이려는가 하는 의문이 자꾸 들었다.

어둠 속에서 연설이 끝난 후에 원로[43]에 잘 다녀가라는 인사까지 받았다. 그들은 얼결에 또다시 걸었다. 그러면서도 '저들이 우리를 돌려보내는 것처럼 하고 뒤로 따라오며 총질이나 하지 않으려나' 하여 발길이 허둥거렸다. 그러나 그들이 산을 넘어 밭머리로 들어설 때 비로소 안심하고 □□□□□□□□□□□□□□□ □□□□□[44]이지 하고 한숨 끝에 탄식하였다.

봉염이 어머니는 조급한 맘을 진정할수록 저들이 의심할 수 없는 공산당이었구나! 하였다. 그리고 아까 그들의 앞에서 깜작하지 못하고 섰던 자신을 비웃으며 세상에 제일 못난 것은 자기라 하였다. 남편을 죽이고 자기를 이와 같은 구렁이에 빠친[45] 저들 원수를 마주 서고도 말 한마디 못 하고 떨고 섰던 자신!보다도 평시에 저주하고 미워하던 그 맘조차도 그들 앞에서는 감히 생각도 못 한 자기. 아아! 이러한 자기는 지금 살겠노라고 소금 자루를 지고 두 다리를 움직인다. 그는 기가 막혀서 웃음이 나올 지경이었다. 그리고 못난 바보일수록 살겠다는 욕망은 더 크다고 깨달았다. 동시에 한 가지 의문되는 것은 저들이 어째서 우리들의 소금 짐을 빼앗지 않고 그냥 보내었을까가 의문이었다. '그렇게 사람 죽이기를 파리 죽이듯 하고 돈과 쌀을 잘 빼앗는 그놈들이……' 하며 그는 이제야 저주하기 시작하였다.

그들은 낮에는 산속에서 혹은 풀숲에서 숨어 지내고 밤에만 걸어서 사흘 만에야 겨우 용정까지 왔다. 집까지 온 봉염이 어머니는 소금 자루를 얻다가 감추어야 좋을지 몰라 한참이나 망설이다가 낡은 상자 안에 넣어서 방 한구석에 놓고야 되는대로 주저앉았다. 방 안에는 찬바람이 실실 돌고 방바닥은 얼음덩이같이 차다. 그는 머리와 발가락을 어루만지며 목이 메어서 울었다. 집에 오니 또다시 봉염이며 봉희며 명수까지 선하게 보이는 듯하였던 것이다. 그들이 곁에 있으면 이렇게 쓰리고 아픈 것도 한결 나을 것 같다. 그는 한참이나 울고 난 뒤에 사흘 동안이나 지난 생각을 하며 무의식 간에 몸서리를 쳤다. 그리고 이 눈물도 여유가 있어야 나온다는 것을 알았다. 그는 "으흠" 하고 신음을 하며 누울 때 소금 처치할 것이 문득 생각키운다. 남들은 벌써 다 팔았을 터인데 누가 소금 사러 오지 않는가 하여 문 편을 흘금 바라보다가 '내가 소금 짐을 져 왔는지 여 왔는지 누가 알아야지. 그만 내가 일어나서 앞집이며 뒷집을 깨워서 물어볼까? 그러다가 참말 순사를 만나면 어떡해' 하며 그는 부시시 일어나려 하였다. 아! 소리를 지르도록 다리 뼈마디가 맞질리어 그는 한참이나 진정해가지고야 상자 곁으로 왔다.

그는 잠깐 귀를 기울여 밖을 주의한 후에 가만히 손을 넣어 소금 자루를 쓸어 만졌다. '이것을 팔면 얼만가…… 팔 원하고 팔십 전! 그러면 밀린 집세나 마저 물고…… 한 달 살까? 이것을 밑천으로 무슨 장사라도 해야지. 무슨 장사?……' 하며 그는 무심히 만져지는 소금 덩이를 입에 넣으니 어느덧 입안에는 군물이 시르르[46] 돌며 밥이라도 한술 먹었으면 싶게 입맛이 버쩍 당긴다. 그는 입맛을 다시며 침을 두어 번 삼킬 때 '소금이란 맛을 나게 한다. 아무리 좋은 음식이나 소금이 들지 않으면 맛이 없다. 그렇다!' 하였다. 그때 그는 문득 남편과 아들딸이 생각키우며 그들이 있으면 이 소금으로 장을 담가서 반찬 해 먹으면 얼마나 맛이 있을까! 그러나 그들을 잃은 오늘에 와서 장을 담글 생각인들 할 수가 있으랴! 그저 죽지 못해 먹는 것이다. 그는 한숨을 푹 쉬었다. 생각하니 자신은 소금 들지 않은 음식과 같이 심심한 생활을 한다. 아니, 괴로운 생활을 한다. 이렇게 괴로운…… 하며 그는 머리를 슬슬 어루만졌다. 머리는 얼마나 이그러지고 부어올랐는지 만질 수도 없이 아프고 쓰리었다. 그는 얼굴을 상자에 대며 "봉식아, 살았느냐 죽었느냐 이 어미를 찾으렴…… 난 더 살 수 없다!"

어느 때인가 되어 무엇에 놀라 그는 벌떡 일어났다. 벌써 날은 환하게 밝았는데 어떤 양복쟁이 두 명이 소금 자루를 내놓고 그를 노려보고 있다. 그는 그들이 순사라는 것을 번개같이 깨닫자 풀풀 떨었다.

"소금 표 내놔!"

관염(官鹽)[47]은 꼭 표를 써주는 것이다. 그때 그는 숨이 콱 막히며 앞이 캄캄해왔다. 그리고 얼른 두만강에서 소금 자루를 빠뜨리지 않으려고 죽을힘을 다하였었던 그때와 흡사하게도 그의 신경이 날카로워지는 것을 느꼈다. 그때는 길잡이가 와서 그의 손을 잡아 살아났지만 아아! 지금에 단포와 칼을 찬 저들을 누가 감히 물리치고 자기를 구원할까?

"이년! 너 사염(私鹽)을 팔러 다니는 년이구나. 당장 일어나라!"

순사는 그의 눈치를 채고 이것이 관염이 아닌 것을 곧 알았다. 그래서 그는 이렇게 소리치며 그의 손을 잡아 낚아챘다. 별안간 그의 몸은 화끈 달며 어젯밤 □□□□□□□□□□□□□□□□ □□□□□□□□□□□□□□□□□□□□□□ □□□□□□□□□□□□□□□□□□□□□□ □□□□□□□□□□□□□□□□□□□□□□ □□□□□□□□□□□□□□□□□□□□□□ □□□□□□□□□□□□□□□□□□□□□□ □□□□□□□□□□□□□□□□□□□□□□ □□□□□□□□□□□□□□□□□□□□□□ □□□□□□□□□□□□□□□□□□□□(□□□)[48]

모자 母子

눈이 펄펄 내리는 오늘 아침에 승호의 어머니는 백일기침에 신음하는 어린 승호를 둘러업고 문밖을 나섰다. 그가 중국인의 상점 앞을 지나칠 때 며칠 전에 어멈을 그만두고 쫓겨 나오듯이 친가로 정신없이 가던 자신을 굽어보며 오늘 또 친가에서 의모와 쌈을 하고 이렇게 나오게 되니 이젠 갈 곳이 없는 듯하였다. 그나마 그는 의모는 말할 것 없지만 아버지만 쳐다보고 그래도 딸자식이니 몇 해는 그만두고라도 몇 달은 보아주려니보다도 승호의 백일기침이 낫기까지는 있게 되려니 하였다가 그 역시 딴 남인 애희네보다도 못하지 않음을 그는 눈물겹게 생각하였다. 어디로 가나? 그는 우뚝 섰다. 사람들은 부절히[1] 그의 옆으로 지나친다. 그는 멍하니 하늘을 쳐다보면서 이제야말로 원수같이 지내던 시형네 집에나마 머리 숙여 들어가지 않을 수가 없었다. 그렇게 생각하고 나니 자신은 도수장에 들어가는 소 모양으로 온몸이 부르르 떨

118

리고 차마 발길을 떼놓는 수가 없었다. 그러나 한편으로 생각하면 비록 그의 남편은 이미 죽었지만 남편의 뒤를 이을 이 승호가 있지 않은가! 이 승호야말로 친가에서보다도 시형네 집에서는 유리한 조건이 되지 않는가. 조카자식도 자식이지. 오냐, 가자! 하고 그는 억지로 발길을 떼어놓았다. 더구나 시형네는 방금 약방을 펼쳐놓고 있으니 들어가기가 어려워서 그렇지 그가 들어만 가면 승호의 이 기침도 곧 나아질 것 같았다. 그는 용기가 났다. 아무러한 모욕을 주더라도 꿀꺽 참자 하고 느려지는 발길에 힘을 주었다. 그러나 동서의 그 낚시눈과 시형의 호박씨 같은 눈이 자꾸 그의 발길을 돌리려고만 하였다.

만주사변 전만 하여도 시형이 자기의 남편을 하늘같이 떠받치었으며 그래서 자기들까지도 시형이 군말 없이 생활비를 대주었던 것이나, 일단 만주사변이 일어나고 그리고 이 용정 사회가 돌변하면서부터는 시형도 맘이 변하여 끔찍하게 알던 그 아우를 밤낮으로 욕질을 해가며 역시 자기네 모자를 한결같이 대하였다. 그래서 일절 생활비도 대주지 않는 까닭에 승호의 어머니는 남의 어멈으로 들어가게 되었던 것이다. 그리고 특히 일 년 전에 남편이 객지에서 죽었다는 기별이 왔을 때 시형은 오히려 좋아하는 눈치를 보였기 때문에 승호의 어머니는 있는 악이 치밀어서 큰 쌈을 하게 되었으며 그 후로는 발길을 아주 끊고 말았던 것이다. 그런데 오늘 이렇게 그가 머리 숙여 들어간대야 시형네 내외가 물론 덜 좋아할 것을 뻔히 아는 터이고 해서 그는 이렇게 주저하고 망설이지 않고는 견디지 못하였다.

가만히 엎디어 있던 승호는 갑자기 머리를 들며 그 몹쓸 기침발을 또 내놓았다. 그리고 기침에 못 이겨서 숨이 꼴깍 넘어가는 소리를 한다. 그는 얼른 승호를 앞으로 돌려 안으며 승호의 볼 위에 볼을 맞대고 몸을 부르르 떨었다.

"승호야! 아가!"

그는 안타까워서 이렇게 부르르 승호의 입에 그의 입술을 대고 입김을 흠뻑 빨았다. 그것은 아들의 백일기침이 자기에게로 옮아오고 말았으면 하는 생각으로 그는 언제나 승호가 기침을 내놓을 때마다 이렇게 하곤 하였다. 그러고는 승호가 기침한 지가 한참이 지나도록 하지 않으면 그가 입김을 빤 효과가 나는가 하여 가슴을 태우다는 번번이 그 기침발을 또다시 만나곤 하였던 것이다. 승호의 기침이 좀 진정한 뒤에야 그는 다시 걸었다. 어느덧 시형네 담 모퉁이로 들어섰다. 그는 멈칫 섰다. '시형이 왜 왔느냐? 물으면 뭐라고 하나? 살러 왔습니다⋯⋯ 그러나 뭐라나? 그만 잠자코 있을까. 아니, 어멈 그만둔 것을 말해야지. 그러나 그 집에서도 모른다면은 어쩌냐?' 그는 어떤 지하에나 떨어지는 듯 아찔하여 그만 돌아섰다. 차라리 그렇게 될 바에는 아예 들어가지도 말았으면도 하였다. 그러나 그러고 보니 갈 곳이 없다. 그만 오늘 밤이나 누구네 집에 가서 자구서 눈이나 그치거든 어디로든지 갈까? 그때는 애희네 집에서 쫓기어 나오던 광경을 머리에 그리며, '남이야 다 같지. 누구라 우리 모자를 하룻밤인들 재울쏘냐. 이 몹쓸 기침에 걸린 우리 승호를 나 외에야 누가 좋다고 할 사람이 어디 있어. 그나마 자식 값에 가니 그래도 시형이 낫겠지.

가서 말이나 해보자. 설마한들 내쫓을까.' 그는 다시 발길을 옮겼다. 발길은 점점 무거워오며 자꾸 망설이게 된다. '그러고 승호가 시형과 마주 앉아 이야기할 때 그 기침을 하면 어쩌나. 그래서 다소 불쌍한 맘이 들어 집에 두랴고 했다가도 그만 그 기침에 놀라 딱 잡아떼면 어떡허나! 좀 기다려서 승호가 기침을 한 후에 들어가지.' 그는 우뚝 서서 승호가 어서 기침을 하기를 고대하였다.

이렇게 바람 차고 눈 오는 날에 밖에서 오래 있는 것이 승호에게 해롭다는 것을 모르는 것은 아니건만 그는 이렇게 망설이며 가슴을 졸이지 않을 수가 없었다.

"승호야, 너 큰아버지 앞에서 기침을 참아야 한다. 그래야 한다."

자는 듯이 엎디어 있는 승호의 등을 가볍게 두드리며 이렇게 애원하다시피 하였다. 그는 멈칫 섰다. 시형네 문이 눈에 선뜻 띄었던 것이다. 그리고 새로 뺑끼칠²을 한 시형네 대문은 그가 오래간만에 왔다는 것을 말해주는 듯 그는 뛰는 가슴을 쥐며 또다시 망설였다. 그때 별안간 문이 열리며 H보통학교에 교사로 있는 시형의 딸이 앞뒤를 굽어보며 나온다. 그는 흠칫하여 물러설 때,

"아이, 작은어머니, 오래간만이네⋯⋯"

눈같이 흰 얼굴에 부드러운 그의 외투 깃 털이 살짝살짝 스친다.

"잘 있었니⋯⋯"

그는 질녀만 보아도 머리가 숙여지며 말문이 꾹 막힌다.

"어서 들어가요. 승호는 자우?"

질녀는 곁으로 오는 체하더니 도로 물러난다.

"난 저기 다녀올게. 작은어머니는 어서 들어가요. 나 오기 전에 집에 가면 못써. 응, 작은어머니."

질녀의 음성은 몹시도 명랑하였다. 그때 그는 질녀를 붙들고 이런 사정을 해볼까? 하는 생각도 들었으나 질녀는 말을 마치자 생긋 웃어 보이고 돌아서 간다. 그는 하는 수 없이 문안으로 들어섰다. 신발 소리를 들었음인지 맏동서의 낚시눈이 유리창으로 나타난다. 그는 얼굴이 화끈 달며 마치 원수를 대하는 듯하였다.

"이거 웬일이어? 자네가 다 우리 집엘 올 때가 있나?"

미닫이를 드르르 열고 내다보는 동서는 은연중에 노기를 띠고 그를 대하여준다. 그는 아무 말 없이 방으로 들어가 앉았다. 약내가 물큰 스치며 훈훈한 방 기운이 그의 달은 볼 위에 콱 덮인다. 그는 승호가 기침을 할까 하여 누더기를 승호 머리까지 뒤집어씌우고 앉아서 가슴을 졸였다.

"그래, 돈벌이한다더니 돈 많이 모았겠구먼…… 사람이 못쓰느니. 자네, 아직도 자네가 옳게 한 것 같으나?"

동서는 장죽을 당기어 담배를 담는다.

"잘못했어요."

"그러구 말이지, 싸울 때는 혹 싸웠더라도 성이 까라지면³ 잘못했다고 빌어야 하는 게지. 그래, 일 년이 넘도록 발길하지 않으니 아랫사람으로 윗사람 대하는 법이 어디 그런가."

잘못했다는 말에 동서는 성이 좀 풀린 모양인지 이러한 말을 한다. 그는 목을 놓아 울고 싶은 것을 겨우 진정하며 자신의 맘이 참말 좀은 것 같았다. 그는 감격하였다. 윗방에서는 중국인이 약을 사러 왔는지 중국인의 음성 틈에 시형의 굵다란 음성이 들린다. 그는 동서가 성이 좀 풀린 때에 모든 것을 탁 털어놓고 사정하리라 하였다. 그리고 무슨 말을 꺼내렸으나 앞서는 것은 눈물뿐이요, 입을 뗄 수가 없었다. 그러자 승호가 머리를 들더니 기침발을 또 내놓았다. 그의 어머니는 어쩔 줄을 몰라 쩔쩔매었다.

"아니, 그 애가 백일기침이 아니라구?"

동서는 금시로 눈이 샐쭉해진다. 승호 어머니가 어째서 온 것을 짐작하였던 것이다.

"백일기침에는 약이 없다네. 언제부터 그 병에 걸렸나?"

승호 어머니는 약 없다는 말에 기가 질리어 얼굴이 새하얗게 되었다. 그러면 승호는 죽는 수밖에 없구나! 하는 생각이 그의 머리를 아뜩하게 하였던 것이다.

"애를 잘 간수할 것이지. 자네 있는 집에 누가 앓는가?"

"아 아니유!"

"그러면 그 집에서도 싫어하지 않겠는가?"

"아 아주 나왔어요!"

말끝에 그는 울고야 말았다. 동서는 휙 돌아앉는다.

"백일기침은 전염병이니 누가 좋아하겠나."

동서는 처음에 약을 얻으러 온 것으로만 알았으나 지금 생각하니 있을 곳이 없어 온 것임을 알았다. 동서는 갑자기 멸시하는 생각과 함께 가라앉으려던 분이 치받친다.

"흥, 좋을 때는 발길 안 하더니 새끼가 죽게 되구 있을 데가 없으니 온단 말이어. 우리는 모르네. 아, 자네 왜 그리 기세 좋게 떠들고 나가더니 일 년이 못 되어 돌아오는가. 우리는 그런 꼴 못 보아. 자네 친정집 있지. 그리 가든지 시집을 가든지. 우리와는 그때부터 인연을 끊지 않았나!"

담뱃대로 재떨이를 땅땅 친다. 승호의 어머니는 볼을 쥐어박힌 듯 온 얼굴이 안 아픈 곳이 없었다. 그는 입술을 꼭 다물며 다시 한번 사정하리라 하였다.

"어쩌겠습니까! 한번 용서하십시오."

"흥! 용서, 용서라는 게 몇 푼짜리 가는 게야. 우리는 몰라."

그때 윗방 미닫이가 열리며 시형의 얼굴이 나타난다.

"이거 왜들 이리 시끄럽게 구니!"

소리를 지르며 눈알을 굴린다.

"글쎄, 생전 면대하지 않을 것같이 굴더니 새끼가 병들고 있을 곳이 없으니 또 왔구려."

"듣기 싫어!"

시형은 소리를 냅다 치며 미닫이를 도로 닫는다. 그나마 실 끝같이 믿었던 시형조차도 저 모양이다. 그는 벌떡 일어났다.

"잘들 살아요."

그는 미친 듯이 밖으로 뛰어나왔다. 그는 정신없이 행길⁴까지 나왔다. 눈은 여전히 소리 없이 푹푹 쏟아진다. 그는 우뚝 섰다. 남편을 그는 원망하지 않을 수 없었다. 그러나 그는 곧 후회하였다. 잠 한잠 뜨뜻이 자지 못하고 밥 한 끼니 달게 먹어보지 못하고 산으로 들로 돌아다니다가 적에게 붙들리어 죽은 남편을 원망하는 자신이야말로 너무나 답답한 여자 같았던 것이다.

남편이 산으로 가기 전에 그를 붙들고 뭐라고 말했던가. 우리는 아무리 잘 살고자 하나 잘 살 수가 없다고 하던 남편의 말. 그때는 무슨 말인가 하였으나 그가 살아올수록 남편의 말이 옳은 것 같았다. 아니, 옳은 것이다. '승호에게도 우리는 그렇게 가르쳐야 하오······' 남편의 말. 아아, 그 남편을 잃은 자신은 어떻게 해야 좋을까. 남편이 살았을 때는 아무러한 고생을 하여도 그래도 희망이 떠나지 않더니 지금에야 그는 무슨 희망이 있으랴. 그저 앞이 캄캄한 것뿐이었다.

그는 우뚝 섰다. 이런 생각을 하니 그런지 남편의 그 눈, 그 입 모습이 자꾸 떠올라서 그는 소리쳐 울고 싶었던 것이다. 그는 떨어지는 눈송이를 멍하니 바라보았다. 그리고 저 눈송이가 혹은 기침에 약이나 되지 않을까 하는 생각에 그는 넙적 입을 벌리고 눈송이를 받았다. 그때 그는 시형네 방에서 맡던 약내를 얼핏 생각하며 혀끝이 선듯해지는 눈송이를 느꼈다. 그러고 매정하게 말하던 동서의 말이 떠올라 그는 눈을 무서웁게 떴다. 다음 순간에 그는 승호가 이 몹쓸 바람을 쐬어서 더 기침을 하게 되면 어쩌나 하는 불안에 그는 머리에 썼던 수건을 벗어 승호를 씌웠다. 그리고 걸었다. 어디로 가나? 아무 데라도 가지. 그저 용정만 벗어나자. 인심이 야박한 이 용정, 아니 돈만 아는 놈이 사는 이 용정! 자기 모자를 내쫓는 이 용정! 이 용정만 떠나서 자기네 모자와 같은 이러한 궁경[5]에 있는 사람들이야말로 자기네 모자를 박대하지는 않을 것 같았다. 이렇게 생각하고 나니 남편이 처음 떠나노라는 그 산이 문득 생각키운다.

"아니, 어딜 가셔요. 글쎄, 말이나 해요."

그의 안타까워 묻던 말에 남편은 묵묵히 앉았다가 "산으로 가우."

남편의 말.

"어느 산?"

"그저 산이라구만 알아두지……"

그 후부터 그는 멀리 바라보이는 산을 유정하게 바라보게 되었으며 누구의 입에서나 산이 어떻다는 말만 들어도 그는 가슴이 뛰곤 하였던 것이다. 산! 남편은 필시 어느 산인지는 모르나 산으로 갔을 것만은 틀림없었고 그래서 죽는 때까지도 산에서 산으로 옮아 다니다가 ×에게 붙들리었을 것이라 하였다. 그는 눈을 들었다. 눈송이에 묻혀 잘 보이지 않는 저 산, 꿈같이 아득히 보이는 저 산. 자기네 모자는 남편의 뒤를 따라 저 산으로 갈 곳밖에 없는 듯하였다.

"가자, 승호야. 아버지를 따라!"

그는 흥분에 겨워 이렇게 말하였다. 그렇게 생각하니 그런지 저 산에를 가면 남편의 해골이나마 대할 것 같고 그러고 죽으면서 자기네 모자에게 남긴 말이나 얻어들을 것 같았다. 그는 힘이 버쩍 났다. 눈 송이송이는 그의 타는 듯한 볼에 떨어지고 또 떨어진다.

한참 후에 그는 휘휘 돌아보았다. 보이는 것은 이 눈에 묻힌 끝도 없는 들뿐이요 아무도 없는 듯하였다. 오직 자기네 모자와 그나마 자기네 모자로 하여금 희망을 가지게 하는 산뿐이었다. 그러나 그 산은 웬일인지 앞으로 가면 갈수록 아득해 보일 뿐이다. 그러고 보니 그의 얼굴도 눈바람에 부닥치어 못 견디게 쓰리고 아팠다. 따라서 그의 전신에서 활활 붙는 듯하던 열도 흔적도 없이 사라지고 자기는 쓸데없는 환영을 쫓고 있었다는 것을 그는 후회하면서 돌아보았다. 용정은 보이지 않았으며 벌써 이 리, 삼 리가량이나 온 듯하였다.

그는 돌아갈까도 하였다. 그러나 용정으로 돌아가기 전에 먼저 얼어 죽을 것 같았다. 그는 다시 돌아섰다. 가는 데까지 가보자. 그래서 집이 있으면 자구서 내일 어떻게 하더라도 우선 가자. 그는 발길을 옮기며 어디가 집이 있는가를 살폈다. 이제부터는 확실히 날이 어두워가는 것임을 그는 알았을 때 그는 한층 더 조급하였다. 그리고 그는 인가를 찾아 헤매었다. 승호는 몇 번이든지 된 기침을 하였다. 그는 기침에도 관심하지 않고 오직 인가만 찾았다. 그가 이 길이 초행이 아니요, 늘 다니던 길이므로 이 길 굽이를 지나가면 마을이 있을 것을 짐작하나 웬일인지 그 길 굽이를 다 지나와도 집이란 없고 그저 눈에 묻힌 들뿐이었다. 한참이나 이렇게 헤매던 그는 그가 필시 길을 잘못 들은 것이라고 해서 눈을 똑바로 뜨고 두루 살펴보았으나 어디가 어딘지를 짐작하는 수가 없었다. 그저 무서운 바람 속에 현기증을 일으킬 만큼 빛나는, 아니 그의 머리를 흔드는 흰 눈뿐이었다. 그는 우뚝 섰다. 그리고 눈에 손을 갖다 대었다. 눈을 비비치고자[6] 함이었다. 그러나 손은 마치 나무로 만든 손 같았으며 이마로 움직이는 수가 없었다. 그는 정신이 바짝 들었다. 자기가 지금 죽어가는 것이 아닐까 하는 생각이 번개같이 들었던 것이다. 그는 손발을 자꾸 놀려보며 승호를 불러도 보았다. 그러나 그는 이러하고 있을 때가 아니라 하여 앞으로 걸었다. 그때 그는 저 멀리 인가 같은 것이 보이는 듯해서 허방지방[7] 뛰어왔다. 그러나 역시 인가가 아니요, 눈을 뒤집어쓰고 있는 기둥 몇 개였다. 그는 놀랐다. 이 집터가 마차 정류소 터였던 것을 알 수가 있었다. 그런데 기둥 몇 개만 남고 이리되지 않았는가. 그때 그는 토벌 난에 농촌의 집이란 대개가 다 탔다던 말을 얼른 생각하며 전신의 맥이 탁 풀리었다. 그는 어쩔 줄을 몰랐다. 그리고 저 앞에 높은 토성을 가지고 있던 중국인의 집을 살펴보았다. 역시 그 집도 보이지 않았다. 그는 몇 걸음 앞으로 나와 살펴보았으나 역시 없었다. 확실히 없었다.

바람은 좀 자는 듯하나 눈은 점점 더 내린다. 그리고 땅에 깔린 눈은 그의 무릎마디를 지나쳤다. 그는 기둥을 바라보며 어쩔까 하다가 '에라, 죽으면 죽고 살면 살구. 가보자!' 그는 이를 악물고 걸었다. 그러나 어쩐지 앞이 캄캄해오고 자꾸만 넘어지려고 하였다. 그리고 그의 고무신은 언제 어디서 벗겨졌는지 버선발뿐이었으며 버선발에는 눈이 떡같이 달라붙어서 무겁기 천 근이나 되는 듯 암만 떨어도 떨어지지는 않고 조금씩이라도 더 붙으므로 어쩌는 수가 없었다. 그리고 머리와 눈썹 끝에는 눈가루가 허옇게 붙었으며 입술에도 역시 그랬다. 그는 달음질쳤다. 그의 생각만이 달음질칠 뿐이요 그 자리에 그냥 서서 있었다.

그는 갑자기 허전해지며 스르르 미끄러지자 눈이 눈으로 코로 입으로 막 쓸어 들며 숨이 콱 막힌다. 그는 어떤 구렁이나 혹은 개천으로 빠져 들어오는 것임을 직각하였을 때, '나는 죽는구나! 참말 죽는구나' 생각이 버석 들었다. 그는 두 손을 내저으며 무엇을 붙잡으려 하였다. 붙잡히는 것은 푸실푸실한 눈덩이뿐이고 아무것도 잡히는 것이 없었다. 그는 소리를 지르려고 악을 썼다. 그러나 들어올 데까지는 들어오고야 만 듯 그는 마침내 우뚝 섰다.

그는 우선 숨이나 쉬도록 손으로 머리를 내휘둘러서 구멍을 내려 하였다. 그러나 구멍을 내면 낼수록 위에서 눈이 자꾸 내려 밀린다. 그때 그는 갑자기 승호가 이 눈에 묻혀서 그만 죽었는가 하여 승호를 붙들고 승호 편을 머리로 자꾸 받아서 구멍을 내놓았다. 눈은 머리털 밑으로 새어서는 차디찬 물로 변하여 그의 목덜미로 뱀같이 길게 달아 내려온다. 그는 이 물이 승호에게로 새어 들어갈까 하여 그의 저고리 깃에 스며들도록 목을 좌우로 내저었다. 그러나 물줄기는 이리저리 스며들어간다. 그는 맥이 탁 풀렸다. 그리고 '우리 모자가 참말 죽는구나—' 하고 다시 한번 생각되었다. 그때 그는 남편의 죽음을 생각하였다. 그가 죽게 된 것은 이러한 눈 속에서 헤어나지 못함도 아니요, 바닷속에서 혹은 어떠한 구렁이나 개천이 아니다.

"우리는 아무리 살려고 갖은 애를 다 써도 결국은 못 살게 되고 또 죽게 된다."

남편의 말. 그렇다! 옳다! 그가 살려고 얼마나 애를 썼던가. 그래도 사람이 산 이상에야 살 수 있겠지, 설마한들 죽을까. 이러한 미련에 그날도 그날같이 애쓰다가 결국은 이러한 눈 속에서 죽게 되지 않았는가. 남편의 죽음과 지금 자기네 모자의 죽음은 얼마나 차이가 있는 죽음이냐.

그는 얼결에 아들을 부르며 이 아들로 하여는 결코 자신과 같은 인간을 만들지 않으리라 결심하였다. 그리고 아버지가 못다 한 사업을 이 아들로 완성하게 하리라 하였다.

"승호야!"

그는 가슴이 벅차서 이렇게 승호를 부르지 않고는 견디지 못하였다. 그리고 이까짓 눈 속 같은 것은 아무 꺼릴 것이 없다고 부쩍 생각키웠다.

원고료 이백 원 原稿料 二百圓

친애하는 동생 K야.

간번[1] 너의 편지는 반갑게 받아 읽었다. 그러고 약해졌던 너의 몸도 다소 튼튼해짐을 알았다. 기쁘다. 무어니 무어니 해야 건강밖에 더 있느냐.

K야, 졸업기를 앞둔 너는 기쁨보다도 괴롬이 앞서고 희망보다도 낙망을 하게 된다고? 오냐, 네 환경이 그러하니만큼 응당 그러하리라. 그러나 너는 그 괴롬과 낙망 가운데서 단연히 깨달음이 있어야 한다. 그래서 기쁘고 희망에 불타는 새로운 길을 발견해야 한다.

K야, 네가 물은바 이 언니의 연애관과 내지 결혼관은 간단하게 문장으로 표현할 만한 지식이 아직도 나는 부족하구나. 그러니 나는 요새 내가 지내는 생활 전부와 그 생활로부터 일어나는 나의 감정 전부를 아무 꾸밀 줄 모르는 서투른 문장으로 적어놓을 터이

니 현명한 너는 거기서 버릴 것은 버리고 취하여다고.

K야, 내가 요새 D신문에 장편소설을 연재하여 원고료로 이백여 원을 받은 것은 너도 잘 알지. 그것이 내 일생을 통하여 처음으로 많이 가져보는 돈이구나. 그러니 내 머리는 갑자기 활기를 얻어 온갖 공상을 다하게 되두구나.

K야, 너도 짐작하는지 모르겠다만은! 나는 어려서부터 순조롭지 못한 가정에서 자랐고 또 커서까지라도 순경²에 처하지 못한 나는 그나마 쥐꼬리만큼 배운 이 지식까지라도 우리 형부의 덕이었니라. 그러니 어려서부터 명일빔³ 한 벌 색 들여 못 입어봤으며 먹는 것이란 언제나 조밥이었구나. 그리고 학교에 다니면서도 맘대로 학용품을 어디 써보았겠니. 학기 초마다 책을 못 사서 울고 울다가는 겨우 남의 낡은 책을 얻어 가졌으며 종이와 붓이 없어 나의 조고만 가슴은 그 몇 번이나 달막거리었는지⁴ 모른다.

K야, 나는 아직도 잘 기억한다. 내가 학교 일 년급 때 일이다. 내일처럼 학기 시험을 치겠는데는 종이 붓이 없구나. 그래서 생각다 못해서 나는 옆의 동무의 것을 훔치었다가 선생님한테 얼마나 꾸지람을 받았겠니. 그러구 애들한테서는 '애! 도적년 도적년' 하는 놀림을 얼마나 받았겠니. 더구나 선생님은 그 큰 눈을 부라리면서 놀 시간에도 나가 놀지 못하게 하고 벌을 세우지 않겠니. 나는 두 손을 버리고 유리창 곁에 우두커니 서 있었구나. 동무들은 운동장에서 눈사람을 맨들어놓고 손뼉을 치며 좋아하지 않겠니. 나는 벌을 서면서도 눈사람의 그 입과 그 눈이 우스워서 킥 하고 웃다가 또 울다가 하였다.

K야, 어려서는 천진하니까 남의 것을 훔칠 생각을 했지만 소위 중학교까지 오게 된 나는 아무리 바뿌더라도 그러한 맘은 먹지 못하였다. 형부한테서 학비로 오는 돈은 겨우 식비와 월사금밖에는 못 물겠더구나. 어떤 때는 월사금도 못 물어서 머리를 들고 선생님을 바루 보지 못한 적이 많았으며 모르는 학과가 있어도 맘 놓고 물어보지를 못했구나. 그러니 나는 자연히 기운이 죽고 바보같이 되더라. 따라서 친한 동무 한 사람 가져보지 못하였다. 이렇게 외로운 까닭에 하느님을 더 의지하게 되었으니 나는 밤마다 기숙사 강당에 들어가서 목을 놓고 울면서 기도하였다. 그러나 그 괴롬은 없어지지 않고 날마다 달마다 자라만 가두구나. 동무들은 양산을 가진다, 세루⁵ 치마저고리를 입는다, 털목도리 자켓을 짠다, 시계를 가진다. 지금 생각하면 그 모든 것이 우습게 생각되지마는 그때는 왜 그리도 부러운지 눈물이 날 만큼 부럽두구나. 그 폭신폭신한 털실로 목도리를 짜는 동무를 보면 나도 모르게 그 실을 만져보다가는 앞서는 것이 눈물이두구나. 여학교 시대가 아니구서는 맛보지 못하는 이 털실의 맛! 어떤 때 남편은 당신은 왜 자켓 하나 짤 줄 모루? 하고 처다볼 때마다 나는 문득 여학교 시절을 회상하며 동무가 가진 털실을 만지며 가이⁶ 짜르르하게 느끼던 그 감정을 다시 한번 느끼군 하였다.

K야, 어느 여름인데 내일같이 방학을 하고 고향으로 떠날 터인데 동무들은 떠날 준비에 바뿌구나. 그때는 인조견이 나지 않았을 때이다. 모두가 쟁친⁷ 모시 치마 적삼을 잠자리 날개처럼 가볍게 해 입고 흰 양산 검은 양산을 제각기 사두구나. 그때에 나는 어

째야 좋을지 모르겠더라. 무엇보다도 양산이 가지고 싶어 영 죽 겠두구나. 지금은 여염집 부인들도 양산을 가지지만 그때야말로 여학생이 아니구서는 양산을 못 가지는 줄로 알았다. 그러니 양 산이야말로 무언중에 여학생을 말해주는 무슨 표인 것같이 생각 되었니라. 철없는 내 맘에 양산을 못 가지면 고향에도 가고 싶지 를 않두구나. 그래서 자꾸만 울지 않았겠니. 한방에 있는 동무 하 나가 이 눈치를 채었음인지 혹은 나를 놀리누라구 그랬는지는 모 르나 대 부러진 낡은 양산 하나를 어데서 갖다주두구나. 나는 그 만 기뻤다. 그러나 어쩐지 화끈 달며 냉큼 그 양산을 가질 수가 없 두구나. 그래서 새침하고 앉았노라니 동무는 킥 웃으며 나가두구 나. 그 동무가 나가자마자 나는 얼른 양산을 쥐고 벌리어보니 하 나도 성한 곳이 없더라. 그때 나는 무어라 말할 수 없는 울분과 슬 픔이 목이 막히도록 치받치두구나. 그러나 나는 그 양산을 버리 지는 못하였다.

K야, 나는 너무나 딴 길로 달아나는 듯싶다. 이만하면 나의 과 거 생활을 너는 짐작할 터이지…… 나의 현재를 말하려니 말하기 싫은 과거까지 들추어놓았다. 그런데 K야, 아까 말한 그 원고료가 오기 전에 나는 밤 오래도록 잠을 못 이루고 그 돈으로 무엇을 할 까? 하고 생각하였다. 지금 생각하면 부끄러운 말이지만 우선 겨 울이니 털외투나 하고, 목도리, 구두, 내 앞니가 너무 새가 넓으 니 가늘게 금니나 하고, 가늘게 금반지나 하고, 시계나…… 아니, 남편이 뭐랄지 모르지. 그래두 뭘 내 벌어서 내 해 가지는데야 제 가 입이 열이니 무슨 말을 한담. 이번 기회에 못 하면 나는 금시계

하나도 못 가지게— 눈 딱 감고 한다. 그러고 남편의 양복이나 한 벌 해줘야지, 양복이 그 꼴이니. 나는 이렇게 깡그리 생각해두었구나. 그런데 어느 날 원고료가 내 손에 쥐어졌구나. K야, 남편과 나와는 어쩔 줄을 모르게 기뻐했다.

그날 밤 나는 유난히 빛나는 등불을 바라보면서, "이 돈으로 뭘 하는 것이 좋우?"

남편의 말을 들어보기 위하여 나는 이렇게 물었구나. 남편은 묵묵히 앉았다가 혼자 하는 말처럼, "거참, 우리 같은 형편에는 돈이 없는 것이 오히려 맘 편하거든…… 글쎄, 이왕 생긴 것이니 써야지. 우선 제일 급한 것이 응호 동무를 입원시키는 게지……"

나는 이같이 뜻밖의 말에 앞이 아뜩해지며 아무 말도 할 수가 없두구나. 그러고 나를 쳐다보는 남편의 그 얼굴이 금시로 개 모양 같고 또 그 눈이 예전 소눈깔 같두구나.

"그러고 다음으로는 홍식의 부인이지. 이 겨울 동안은 우리가 돌봐야지 어찌겠수?"

나는 이 이상 남편의 말을 듣고 싶지 않더라. 그래서 머리를 돌려 저편 벽을 물끄러미 바라보았구나. 물론 남편의 동지인 응호라든지 혹은 같은 친구인 홍식의 부인이라든지를 나 역시 불쌍하게 생각하지 않는 배는 아니요, 그래서 이 돈이 오기 전까지는 우리의 힘 미치는 데까지는 도와주고 싶은 맘까지 가졌지만 그러나 막상 내 손에 이백여 원이라는 돈을 쥐고 나니 그때의 그 생각은 흔적도 없이 사라지두구나. 어쩔 수 없는 나의 감정이더라. 남편은 대답이 없는 나를 한참이나 바라보다가 약간 거센 음성으로,

"그래, 당신은 그 돈을 어떻게 썼으면 좋을 듯싶소?"

그 물음에 나는 혀를 깨물고 참았던 눈물이 샘솟듯 쏟아지두구나. 그 순간에 남편이야말로 돌이나 깎아논 듯 그렇게도 답답하고 안타깝게 내 눈에 비치어지두구나. 무엇보다도 제가 결혼 당시에 있어서도 남들이 다 하는 결혼반지 하나 못 해주었고 구두한 켤레 못 사주지 않었겠니. 물론 그것이야 제가 돈이 없어서 그리한 것이니 내가 그만한 것은 이해 못 하는 것은 아니다. 그러나돈이 생긴 오늘에 그것도 남편이 번 것도 아니요, 내 손으로 번 돈을 가지고 평생의 원이던 반지나 혹은 구두나를 선선히 해 신으라는 것이 떳떳한 일이 아니겠니. 그런데 이 등신 같은 사내는 그런 것은 염두에도 먹지 않는 모양이더라. 나는 이것이 무엇보다도 원망스러웠다. 그러고 지금 신는 구두도 몇 해 전에 내가 중이염으로 서울 갔을 때 남편의 친구인 김경호가 그의 아내가 신다가벗어논 구두를 자꾸만 신으라구 하두구나. 내 신발이 오죽잖아야그리했겠니. 그때 나의 불쾌함이란 말할 수 없었다. 사람의 맘은일반이지 낸들 왜 남이 신다 벗어논 것을 신고 싶겠니. 그러나 내신발을 굽어볼 때는 차마 딱 잘라 거절할 수는 없두구나. 그래서그 구두를 둘러보니 구멍 난 곳은 없더라. 그래서 약간 신고 싶은맘이 있지만 남편이 알면 뭐라고 할지 몰라 그다음으로 남편에게편지를 했구나. 며칠 후에 남편에게서는 승낙의 편지가 왔겠지.그래서 나는 그 구두를 신게 되지 않었겠니. 그러나 항상 그 구두를 볼 때마다 나는 불쾌한 맘이 사라지지 않두구나. 그런데 오늘밤 새삼스레 그 구두를 빌어 신던 그때의 감정이 목구멍까지 치받치며 참을 수 없이 울음이 응응 터지는구나. 나는 마침내 어린애 같이 입을 벌리고 울지 않었겠니. 남편은 벌떡 일어나며 윙 소리가 나도록 나의 뺨을 후려치누나. 가뜩이나 울분에 못 이겨 울던 나는 악이 있는 대로 쓸어 나두구나.

"왜 때려. 날 왜 때려!"

나는 달려들지 않었겠니. 남편은 호랑이 눈 같은 눈을 번쩍이며 재차 달려들더니 나의 머리꼬덩이를 치는 바람에 등불까지 웽그렁 젱 하고 깨지두구나. 따라서 온 방 안에 석유 내가 확 뿜기누나.

"죽여라. 죽여라."

나는 목이 메어 소리쳤다. 이제야말로 이 사나이와는 마지막이다— 싶더라. 남편은 씨근벌떡이며, "응, 너 따위는 백번 죽여 싸다. 내 네 맘을 모르는 줄 아니. 흥, 돈푼이나 생기니까 남편을 남편같이 안 알구. 에이, 치사한 년, 가라! 그 돈 다 가지고 내일 네 집으로 가. 너 같은 치사한 년, 가라! 그 돈 다 가지고 내일 네 집으로 가. 너 같은 치사한 년과는 내 못 살아. 온 여우 같은 년…… 너도 요새 소위 모던걸이라는 두리홰능년[8]이 되고 싶은 게구나. 아, 일류 문인으로서 그리해야 하는 게지. 허허, 난 그런 일류 문인의 사내 될 자격은 못 가졌다. 머리를 지지고 볶고, 상판에 밀가루 칠을 하구, 금시계에 금강석 반지에 털외투를 입고, 입으로만 아! 무산자여 하고 부르짖는 그런 문인이 되고 싶단 말이지. 당장 나가라!"

내 손을 잡아 끌어내누나. 나는 문밖으로 쫓기어났구나.

K야, 북국의 바람이 얼마나 찬 것은 말할 수 없다. 내가 여기에 온 지 네 개 성상[9]을 맞이했건만 그날 밤 같은 그러한 매서운 바람은 맛보지 못하였다. 온 세상이 얼음덩이로 된 듯하두구나. 쳐다보기만 해도 눈등이 차오는 달은 중천에 뚜렷한데 매서운 바람결에 가루눈이 씽씽 날리누나. 마치 예리한 칼끝으로 내 피부를 찌르는 듯 내 몸에 부딪히는 눈발이 그렇게 따굽구나. 나는 팔짱을 찌르고 우두커니 눈 위에 서 있었다. 그때에 나의 머리란 너머나[10] 많은 생각으로 터질 듯하두구나. 어떻게 하나? 나는 이 여러 가지 생각 중에서 어떤 결정적 태도를 취하려고 이렇게 중얼거리며 머릿속에 돌아가는 생각을 한 가지씩 붙잡아내었다. 제일 먼저 내달 아오는 것이 저 사나이와는 이전 못 사는 게다. 금을 줘도 못 사는 게다. 그러면 나는 어떡허나. 고향으로 가나? 고향…… 저년 또 다 살았나, 글쎄 그렇지. 며칠 살겠기, 저런 홰눙년 하고 비웃는 고향 사람들의 얼굴과 어머니의 안타까워하는 모양! 나는 흠칫하였다. 그러면 서울로 가서 어느 신문사나 잡지사에 취직을 해? 종래의 여기자들이 염문만 퍼친[11] 것을 보아 나 역시 별다른 인간이 못 된다는 것을 깨닫자 그 말로는 타락할 것밖에 없는 듯…… 그러면 어디로 어떡허나. 동경으로 가서 공부나 좀 해봐. 학비는 무엇이 대구. 내 처지로서는 공부가 아니라 타락 공부가 될 것 같다. 나는 이러한 결론을 얻을 때 어쩐지 이 세상에서 버림을 받은 듯, 나는 여기를 가나 저기를 가나 누가 반가이 맞받아줄 사람이라구는 없는 듯하구나. 그나마 호랑이같이 씨근거리며 저 방 안에 앉아 있을 저 사나이가 아니면 이 손을 잡아줄 사람이 없는 듯

하구나.

K야, 이것이 애정일까? 무엇일까. 나는 그때 또다시 더운 눈물을 푹푹 쏟았다. 동시에 그 호랑이 같은 사나이가 넙쩍넙쩍[12] 지껄이던 말을 문득 생각하였다. 그리고 홍식의 부인이며 그 어린 것이 헐벗은 모양, 또는 뼈만 남은 응호의 얼굴이 무시무시하리만큼 떠오루구나. 남편을 감옥에 보내고 떠는 그들 모자! 감옥에서 심장병을 얻어가지고 나와서 신음하는 응호! 내 손에 쥐어진 이백여 원…… 이것이면 그들을 구할 수가 있는 것이다. 나는 아직까지 몸이 성하다. 그리고 헐벗지는 않았다. 이 위에 무엇을 더 바라는 것이 허영 그것이 아니냐! 나는 갑자기 이때까지 어떤 위태한 꿈을 꾸고 있었다는 것을 확실히 알았다.

K야, 나와 같은 처지에서 금시계 금반지 털외투가 무슨 소용이 있는 게냐. 그것을 사는 돈으로 동지의 한 생명을 구원할 수 있다면 구원하는 것이 얼마나 떳떳한 일이냐. 더구나 남편의 동지임에랴. 아니, 내 동지가 아니냐. 나는 단박에 문 앞으로 뛰어갔다.

"여보, 나 잘못했소."

뒤미처 문이 홱 열리두나. 그래서 나는 뛰어 들어가 남편을 붙들었다.

"여보, 나 잘못했소. 다시는, 응."

목이 메어 울음이 쏠어 나왔다. 이 울음은 아까 그 울음과는 아주 차이가 있는 울음이었던 것만은 알아다고. K야, 남편은 한숨을 푹 쉬면서 내 머리를 매만진다.

"당신의 맘을 내 전연히 모르는 배는 아니오. 단벌 치마에 단벌

저고리를 입고 있으니…… 그러나 벗지는 않았지. 입었지. 무슨 걱정이 있소. 그러나 응호 동무라든가 홍식의 부인을 보구려. 그래, 우리 손에 돈이 있으면서 동지는 앓아 죽거나 굶어 죽거나 내버려둬야 옳단 말이오…… 그러기에 환경이 같아야 하는 게야, 환경이. 나부터라도 그 돈이 생기기 전과는 확실히 다르니까."

남편은 입맛을 다시며 잠잠하다. 그도 나 없는 동안에 이리저리 생각해본 후의 말이며 그가 그렇게 분풀이를 한 것도 내게 함보다도 자기 자신에서 일어나는 모든 불쾌한 생각을 제어하고저 함이었던 것을 나는 알 수가 있었다. 나는 도리혀[13] 대담해지며 가슴에서 뜨거운 불길이 확 일어나두구나.

"여보, 값 헐한 것으로 우리 옷이나 한 벌씩 하고 쌀이나 한 말, 나무나 한 바리 사구는 그들에게 노나 줍시다! 우리는 앞으로 또 벌지 않겠소."

남편은 와락 나를 쓸어안으며, "잘 생각했소!"

K야, 네가 지루할 줄도 모르고 내 말만 길게 늘어놓았구나. 너는 지금 졸업기를 앞두고 별의별 공상을 다 할 줄 안다. 물론 그 공상도 한때는 없지 못할 것이니 나는 결코 너의 그 공상을 나무라려고 드는 것은 아니다. 그러나 그 공상에서 한 보 뛰어나와서 현실에 착안하여라.

지금 삼남의 이재민은 어떠하냐? 그리운 고향을 등지고 쓸쓸한 이 만주를 향하여 몇만의 군중이 달려오고 있지 않느냐. 만주에 와야 누가 그들에게 옷을 주고 밥을 주더냐. 그러나 행여 고향보다는 날까 하고 와서는 처자는 요릿간에, 혹은 부호의 첩으로 빼앗기우고 울고불고하며 이 넓은 벌을 헤매지 않느냐. 하필 삼남의 이재민뿐이냐. 요전에 울릉도에서도 수많은 군중이 남부여대하여 원산에 상륙하지 않았더냐. 하여간 전 조선의 빈한한 군중은, 아니 전 세계의 무산대중은 방금 기아선상에서 헤매이고 있는 것을 너는 아느냐 모르느냐.

K야, 이 간도는 토벌단이 들어 밀리어서 지금 한창 총소리와 칼소리에 전 대중이 공포에 떨고 있는 중이다. 그러니 농민들은 들에서 농사를 짓지 못하였으며 또 산에서 나무를 베지 못하고 혹시 목숨이나 구해볼까 하여 비교적 안전지대인 용정시와 국자가 같은 도시로 몰려드나 장차 그들은 무엇을 먹고 살겠느냐. 이곳에서는 개 목숨보다도 사람의 목숨이 헐하구나.

K야, 너는 지금 상급 학교에 가게 되지 못한다고, 혹은 스위트홈을 이루게 되지 못한다고 비관하느냐? 너의 그러한 비관이야말로 얼마나 값없는 비관인가를 눈 감고 가만히 생각해보아라. 네가 만일 어떠한 기회로 잠시 동안 너의 이상하는 바가 실현될지 모르나 그러나 그것은 잠깐 동안이고 너는 또다시 대중과 같은 그러한 처지에 서게 될 터이니 너는 그때에는 그만 자살하려느냐.

K야, 너는 책상 위에서 배운 그 지식은 그것만으로도 훌륭하다. 이제야말로 실천으로 말미암아 참된 지식을 얻어야 할 때이다. 그리하여 너는 오직 너의 사회적 가치(社會的 價値)를 향상시킴에 힘써야 한다. 이 사회적 가치를 떠난 그야말로 교환가치(交換價値)를 향상시킴에만 몰두한다면 너는 낙오자요 퇴패자이다. 이것은 결코 너를 상품시 혹은 물건시하는 데서 하는 말이 아니요, 사

람이란 인격상 취하는 방면도 이러한 두 방면이 있다는 것을 네게
알려주고자 함이다.

번뇌 煩惱

"이 보톨[1](홀아비)아, 왜 이려."

남편은 술이 얼근하여 일어나는 R을 붙잡았습니다. 그 바람에 상에서 저가 내려지며 쟁그렁 소리를 냈습니다.

"이 사람아, 놓아. 난 취했네. 가서 자야지. 아주머니, 참말 미안합니다. 종종 이렇게 와서 폐를 끼쳐서……"

"원, 선생님두 별말씀 다 하시네. 어서 앉으셔요. 술 더 사 올 터이니……"

"오라잇! 그저 우리 마누라지. 얼른 사 오우."

R은 내 손에 쥐어지는 술병을 앗아 빼앗으며,

"이젠 더 못하겠습니다."

"이놈의 보톨이."

남편은 R의 손을 덮쳐 쥐어 술병을 빼앗아 나에게 돌립니다. 나는 나는 듯이 밖으로 튀어나왔습니다.

밤은 어지간히 깊어진 듯 나는 깊은 산림 속으로 들어서는 듯함을 내 뺨에 찰싹 느꼈습니다. 나는 종종걸음으로 중국인의 상점까지 와서 술을 사가지고 돌아왔을 때 R은 내 신발 소리를 들었음인지 문을 박차고 내달아 와서 술병을 받으며,

"아주머니, 수고했습니다. 어이구, 어 뭐…… 이거 미안합니다."

술내를 밤 김처럼 피우면서 이렇게 말하였습니다. 나는 잠잠히 R의 뒤를 따라 방으로 들어오니 남편은 술병을 바라보며 그 넓은 입이 네모가 져서 좋아했습니다. R은 술을 잔에 따르면서, "몹시 어둡지요" 하고 다시 한번 물었습니다. 나는 어쩐지 그가 다정한 사람이라고 생각하였습니다.

"이 사람아, 그래 장가를 안 간단 말인가 어쩐 말인가?"

남편은 이런 말을 툭 했습니다. 나 없는 사이에 하던 말을 계속하는 것이라고 직각하며 나는 R의 눈치를 보았습니다. R은 미소를 띠며 술을 쭉 들이마신 후에, "……글쎄……?"

남편은 목에 핏대줄을 세우며 「사께와 나미다가」[2]를 멋들게[3] 불렀습니다. R은 탐탁하지 않게 안주를 질겅질겅 씹다가, "감옥이란 못쓸 곳이네. 사람을 영 못쓰게 만든단 말이어" 하고 한숨을 푹 쉬었습니다.

"아주머니, 이놈은 감옥에서 버려졌답니다. 이야기 한마디 할 것이니 들어주겠어요."

그의 긴 눈에는 슬픈 빛이 핑그르르 돌았습니다. 나도 웬셈인지 두어 번이나 눈을 깜박이다 시선을 돌려 남편을 보았습니다. 그는 술만 보면서 벙글벙글 웃습니다.

"술은 이따 마시고 이야기나 들어요."

남편은 정이 뛰는 눈으로 나를 보며, "저건 술 먹는 사람의 심리를 모른단 말이야. 술을 이렇게 쭉 들어 마시며 듣는 이야기란 기막힌 거야. 자, 이 군, 이야기하게. 허허."

R은 남편의 웃음에 곁따라 웃으면서도 머리로는 무엇을 생각하는 듯 그리고 그의 코끝은 불빛에 날카롭습니다.

"이거 그저 술김에나 하는 말이니 용서해주셔요."

"어, 좋다. 더구나 좋다."

남편의 혀끝은 곱아가는 반면에 R의 혀끝은 점점 더 분명하였습니다. R은 쓸쓸한 웃음을 입가에 띠며, "아까도 말했지만 참말 장가는 가지 못했습니다. 원체 가고 싶지도 않았지만 어디 갈 형편이었나요. 이미 취처를 한 동지들조차 후회를 절실히 하게 되는데. 실은 우리 같은 처지에 가정을 갖게 된다는 것이 얼마나 두려운 일이라구요.

고향은 함흥이라 하지만 내 뼈가 굵어진 곳은 해삼위입니다. 그래서 해삼위가 제 고향이 되고 말았지요. 당시에 로서아에서는 적당과 백당의 싸움에 민중이 극도로 불안에 싸여 있었지요. 그런데 어느 날 나는 적당에게 붙들리어 갔던 것을 계기로 일약 주의자가 되어서 나왔더랍니다. 그때 내 나이 어렸더니만치 또 코치받은 시일이 짧은 것만큼 무슨 철저한 깨달음에서가 아니라 분위기가 그러하니까 나 역시 그 물에 젖었던 모양이지요. 그 후부터 나는 무장을 하고서 적당의 뒤를 따르게 되었지요. 이러기를 몇 해 하다가 로서아가 건설기에 초보[4]를 옮겨놀 때 나는 만주로 나오게 되었더랍니다.

만주로 나온 후에도 역시 엉덩이를 붙여 앉을 사이 없이 뛰어다녔지요. 이러는 동안에 실패와 성공을 거듭하면서 때로는 관군(官軍)과 홍의적(紅義賊)에게 쫓기어 아슬아슬한 사지에서 헤매면서 비로소 나는 나의 주견을 가지게 되었으며 여기에 일생을 바치리라고 굳게 결심했습니다. 그러니 장가 같은 것이야 생각이나 해보았겠습니까. 그렇다고 여자들을 대하게 될 때 성적 충동을 받지 않은 바는 아니지만 그런 것은 우리들에게는 너무나 적은 문제였으니까요. 허허, 그때야말로 기운이 버쩍 나던 좋은 시절입니다.

되놈의 만두 몇 개만 포케트⁵에 넣어 가지면 이 넓은 만주 천지를 번갯불같이 뛰었지요. 여기에 따라 일어나는 민중의 의식이야말로 바람에 풍기는 불길 같았지요. 간도의 민중! 그들은 조선에서 살려야 살 수 없어 죽을 각오를 하고 뛰쳐나온 사람들의 모임이 아닙니까. 어쨌든 간도의 군중처럼 총칼의 맛을 본 군중은 없으리다. 뚜렷이 드러난 사변만으로도 이번까지 그 몇 번입니까. 그들의 이러한 환경이 그들로 하여금 무서운 분노와 결심을 일으키게 하였단 말이지요."

그는 잠깐 말을 그치고 묵묵하였습니다. 나는 숨을 가볍게 쉬며 돌아보니 남편은 상 옆에 엎드려 코를 골고 있습니다. 나는 얼른 베개를 내리어 남편에게 베어주고 나서 어서 이야기를 계속하라고 재촉하였습니다.

"제가 말하랴는 요건은 거기에 있지 않으니 그만해두고…… 제가 감옥에서 나오기는 재작년 이때입니다. 어찌했든 붙잡힌 지만 칠 년 만에 나왔으니까요. 햇수로는 팔 년이 잡혔지요. 감옥에서 나올 때만 해도 세상이 이리도 변했으리라고는 짐작 못 했지요. 하기야 다소 변했으리라고야 했지만 이리도 변했다구는…… 그런데 어리석은 맘에 감옥 문만 나서면, 보다도 이 용정역에 내리면 그립던 동지들이 정거장이 좁도록 나왔으리라고 했지요. 허, 우습지요. 그때만 해도 내가 명예에 취하여 다녔다는 것을 지금이야 다소 알았습니다마는…… 그래서 기대를 잔뜩 가지고 이용정역에 내리지 않았습니까. 웬걸요. 한 사람이나 아는 얼굴이 있겠어요. 전에 없던 수비대만이 올신갈신합디다그려. 나는 갑자기 몸이 천 근이나 되어지며 정거장이 텅 빈 것을 느꼈어요. 그러고 어린애같이 울음이 터져 나오고 분이 치밀고 말할 수 없두면요.

정거장을 벗어난 나는 동지도 부모도 없고 하늘에서 달랑 떨어진 듯하두면요. 나는 어디로 가야 좋을지 몰라 우두머니 섰노라니 나와 같이 차에서 내린 승객들은 쌍쌍이 활기 있게 앞으로 앞으로 가고 또 가지 않습니까. 허, 그때에 딱함이란…… 그래서 생각다 못해서 어떤 동지의 집을 찾아 떠났지요. 시가도 팔 년 전과는 아주 달라진 듯하두면요. 그래서 어릿어릿 찾는 것이 아마 두어 시간은 걸렸으리다. 이리하여 겨우 찾아놓으니 동지는 어디로 돈벌이 떠나고 그의 부인만이 애기들을 데리고 있는 모양인데 동지가 돌아올 시일도 분명하지 않두면요. 하는 수 없이 나는 또 다른 동지의 집을 찾기로 하였지요. 그러나 그 동지는 국자가로 이

사해 갔다는 것을 나중에야 어떤 친구에게 들어서 알았습니다마는. 그러니 그 밤이 깊도록 헛수고만 했지요. 그러다 나중에는 기운이 진해서 더 찾아볼 용기가 나지 않두먼요. 그래서 어떤 여관에 들어 그 밤을 자고 이튿날 또다시 친구를 찾아 떠났지요. 한껏[6]이나 진하여 동지 한 사람을 길에서 만났는데 그는 영사관 순사의 정복을 입었겠지요! 아주머니, 난 더 말하지 않으렵니다. 물론 환경이 변함을 따라 인심도 변했을 것이 아니겠습니까. 하나 당시의 나로서는 말할 수 없는 분이 치밀두먼요. 그때의 나의 분노란 살도 피도 다 깎인 뼈끝에 불이 당기는 듯하겠지요. 나는 그 동지를 만나본 후로 이 용정이 딱 싫어져서 그날 하루를 저목공원에서 갈팡질팡 쏘다니다가 그만 표연히 떠났지요.

로서아로 가랴고 했으나 국경의 수비가 심하니 어디 갈 수가 있어요. 그래서 무정처하고 떠난 것이 용정서 삼 리 가량이나 나와서 명동이란 곳에 발길을 멈추게 되었지요. 때마침 감옥에서 나오지 못한 동지의 집이 여기 있음을 문득 깨닫고 그리로 들어갔더니 동지의 어머님은 너무 반가운 끝에, 그리고 자기 아들을 생각해서 통곡을 하겠지요. 나도 울 곳을 찾지 못해서 애쓰던 차이라 그 어머님을 붙들고 실컷 울었지요. 허, 참!

이거 너무 길어집니다, 원. 그런데 동지의 어머니는 제일차 토벌 난에 남편을 잃어버리고 감옥에 있는 아들 하나를 바라고 눈이 까매서 있는 불쌍한 부인입니다. 그리고 동지의 아내 되는 이는……"

그는 기침을 칵 하고 나서,

"동지에게로 시집온 지 근 십 년이나 되지만 남편과 함께 단 사흘을 있어보지 못하였답니다. 그러나 그 시어머니를 모시고 갖은 고생을 다하면서 아직까지도 곱게 지내고 있습니다. 적적히 지내던 이 집에보다도 생활상 말 못 할 쓰림을 받던 이 집에 내가 뛰어든 것은…… 어쨌든 모녀가 대단히 기뻐하는 눈치만은 알았습니다. 그러나 내가 예정하고 이 집에 온 것도 아니요, 더구나 찢어지게 어려운 형편임을 잘 아는 나는 더 오래 있을 수가 없어서 그이튿날로 곧 떠나렸으나 그 어머니가 울면서 놔줘야지요. 굶든지 먹든지 자기의 아들이 나올 때까지는 같이 있자는 것입니다. 그래, 딱하두먼요. 해서 주저앉어 며칠 있는 동안에 심심하면 그곳에 있는 명동학교에 놀러 가지 않았습니까. 마침 그 학교 교원이 한 명 부족하야 구망 중에 있었으므로 나는 쉽게 교원으로 채용이되었지요. 그러나 나는 아주 그 집에 머물러 있게 되었더랍니다. 학교에 들어가면서부터 비록 적은 봉급이나마 우리 그 어머님의 손에 꼭 쥐어드렸지요. 그리고 그 어머님의 편의를 돕기 위하여 나는 아침마다 일찍 일어나서 마당 쓸고 변간 쳐내고 화초에 물주고 호박 넝쿨을 살피고 때로는 텃밭까지 매었지요. 이렇게 흙을 자유로이 만지고 아침 공기를 맘껏 들이마실 때에 나의 기분이야말로 무어라 형용할 수 없두먼요.

그 지긋지긋한 독방에서 오륙 년을 지나는 동안에 나는 자유가 얼마나 그리웠는지…… 어쨌든 어떠한 된 고문보다도 못 당할 것은 독방에 있는 것이라고 나는 절실히 느꼈지요. 맘대로 서지도 못해, 눕지도 못해. 그 긴긴 여름날에는 앉은 그 자리에 그냥 앉아 있어야 하지 않습니까. 그러니 기계가 아니고 사람인 바에는 어찌 여기에 고통이 없겠습니까. 더구나 옆방에서 두런두런 이야기하는 소리란 기막히게 나를 못살게 하두면요. 그리고 불덩어리를 문 것처럼 온 입안이 따가워지며 무슨 말이든지 툭 하고 싶습니다. 그저 툭 하고 싶습니다."

"아이, 참말!"

나는 무의식 간에 이렇게 탄식하였습니다. R의 얼굴은 불같이 달았습니다.

"이렇게 지나던 나인지라 모든 것에 무심할 리가 있나요. 내 머리털이 미풍에 서늘히 나부낄 때, 만지고 싶은 것을 내 손으로 맘껏 만질 때, 나는 문득 '이전 감옥에서 나왔나!' 하고 중얼거리게 됩니다. 허허, 아주머니……

그런데 동지의 부인인 계순이는 누구나 다 밉게 생겼다고 합니다. 실은 그의 얼굴에서 특색을 고를 수 없이 그저 되는대로 주먹처럼 생긴 얼굴이어요. 허허. 이마가 멋없이 넓은 데다 눈과 코는 왜 그리도 밭게 붙었는지 픽도 딱해 보입니다. 그러나 항상 꼭 다물어 있는 그의 입술 속에 가득 차 있는 그의 이야말로 진주같이 빛납니다. 그리고 그의 맘도 그의 이같이 튼튼하고도 결백합니다. 그의 몸가짐이며 늘 하는 음식 제도며 옷 범절까지 그의 이같이 질서 있고 얌전하다고 보았습니다.

그는 첫째 빨래를 희게 합니다. 혹 아주머니는 누구는 빨래를 희게 하지 않더냐고 물으실지 모르나 그러나 계순이가 한 빨래는 박꽃처럼 희고 부드러우며 비누와 양잿물 내가 일절 없고 맑은 샘물 내가 몰씬하니 나지요."

"선생님, 모르시는 것이 없구먼요. 어쩌문 그래……"

나는 크게 말했습니다.

그는 약간 미소를 띠며,

"그것은 내가 열일곱 살부터 빨래를 늘 해본 까닭에 잘 압니다. 감옥으로 가기 전까지는 내 옷은 말할 것 없고 동지들의 옷까지도 빨아주었습니다."

"그래요? 참말."

나는 그의 빛나는 눈과 뾰죽한 코끝이 어쩐지 예술가답다고 문득 생각했습니다.

"음식에 있어서는 특색을 말하기 어려우나 내가 그 집에 일 년이나 있는 동안에 밥에서 돌 한 개 씹은 일이 없고 머리카락 한 오라기 골라내지 못하였습니다. 그러고 밥알은 기름기를 띠고 입안에 찰찰 붙는다고 그것은 지금이야 생각납니다마는…… 찬에 있어서도 별한 진찬은 아니나 그 맛이 구수합니다. 보통 여관집 같은 데서 아지노모도[7]를 치거나 사탕을 쳐서 혀끝을 아첨하는 그러한 찬의 맛보다는 훨씬 고가의 맛인 것을 맛보았습니다. 이래뵈도 내 성미가 여간 까다롭지 않아서 옷이며 음식을 심하게 둘러봅니다. 허허, 저 사람 잘두 잔다."

그의 타는 듯한 얼굴이 갑자기 흐려지므로 나는 등불의 관계인가 하고 등불을 쳐다보다가 다시 그를 보았습니다.

"아주머니, 나는 그 집을 뛰쳐나온 이후로 한 번도 입에 맞는 음식을 못 먹어봤습니다. 이거 무엇한 말입니다마는, 허허허. 그런데 아주머니, 나는 계순이가 손수 만든 음식과 남이 만든 음식을 즉석에서 분간하게쯤 되었습니다그려. 심한 말로 손수건 한 개라도 그가 빤 것과 남이 빤 것을 곧 알게 되었단 말이지요. 여기서부터 나도 모르는 사이에 나는 계순을 마치 어린애가 어머니를 신임하듯 하는 감정으로 대하게 되었으며 잠시도 그가 내 눈에 뜨이지 않으면 내 맘은 어두워지고 전신이 나른해집디다그려. 허허, 아주머니. 이것이 흔히 말하는 사랑인지요.

동지의 아내를 그리워하게 된 나. 글쎄, 될 뻔이나 한 짓입니까.

한때는 계급을 위하여 이 만주를 무인지경같이 달려다니던[8] 내가 이게 웬일이겠습니까. 바로 말하면 지금이라도 실천 운동에 몸을 적시어 적과 맹렬히 싸워야 당연한 일이 아니겠습니까. 그런데 나는 그런 생각만으로도 앞이 아뜩해지고 맙니다그려. 이런 타락한 일이 어디 있겠습니까.

감옥에 있는 동안에 나의 심신은 이렇게도 나약해졌단 말이지요.

나는 이러한 쓸데없는 고민 때문에 회복되어가던 건강이 또다시 쇠약해집디다. 그러고 나의 이성과 나날이 예민해오는 감정과의 충돌 때문에 나는 밤마다 잠을 이루지 못하게 되었지요. 이러면서도 계순이만 보면 입이 떡 벌어지고 눈에 웃음이 뚝뚝 듯지요.

나는 그 투실투실한 계순이의 손이 얼마나 쥐고 싶었는지……"

R은 이마에 굵은 힘줄을 세우며 입을 꼭 다물었습니다. 나는

어쩐지 맘이 민망해지며 차마 그를 바라볼 수 없었습니다. 그는 술병을 기울여 한 잔 따라 마신 후에,

"아주머니, 졸리지 않습니까?"

"아니요. 어서 마자 허세요."

그는 잠깐 무슨 생각을 하는 듯하더니, "아주머니 지루한 대로 들어주세요…… 바루 작년 여름입니다. 어머니께서 친척 집의 혼인으로 인하야 이 용정으로 들어오시게 되었더랍니다. 그날 나는 어머니를 산모퉁이까지 전송하고 돌아오면서부터 무어라고 꼭 집어낼 수는 없이 나의 온 정신이 북적북적했습니다. 그래서 그런지 교수 시간에 손에서 토필[9]이 자꾸 흘러 떨어지고 칠판 위에 수없는 글자를 쓰고 지우고 쓰고 지우곤 하여 애들한테서 귀여운 웃음을 한바탕 샀습니다. 그러고 하학 후에도 집으로 가기가 웬일인지 스스러워지며 걱정이 되어 나 혼자 학교에 남아 있었습니다. 학교에서 어떠한 결정이라도 지어가지고 돌아가기 전에는 무슨 일이나 저지를 듯하야 침착히 생각코저 했으나 그저 소변 급한 때와 같이 조급해지면서 아무 생각도 나지 않습니다. 그래서 나는 사무실에서 빙빙 돌았지요. 또 교실마다 뒤지다가도 못 견디어 밖으로 나와버렸지요.

운동장은 왜 그리도 쓸쓸해 뵐까요. 그러고 전에 없이 휑하니 넓어 뵈이겠지요. 나는 발이 따굽도록[10] 왔다 갔다 하다가 무심히 머리를 들어 바라보니 학교 앞으로 흐르는 조고만 시냇물은 핏빛으로 뵈이겠지요. 나는 머리에 햇빛을 느끼며 냇가로 달려가니 담담한 시냇물 내가 내 코끝을 후려칩니다. 나는 얼른 계순의 몸

에서 발산하는 냄새를 문득 맡았지요. 그러고 나니 못 견디게 집이 그리워지며 나도 모르게 한참이나 걸었지요. 그러다 내 정신이 들었을 때 나는 다시 냇가로 와서 되는대로 주저앉았습니다. 머리 위에는 새소리 어지럽고 발밑에는 샘물 소리 돌돌 구르는데 또한 아무 생각도 할 수 없습니다. 나는 갑자기 벌떡 일어났나이다. '사내 자식이 고린내 나게 무슨 잡생각이냐. 되어가는 대로, 맘 내키우는 대로 할 것이지' 하는 생각이 번개같이 들었기 때문입니다. 그래서 두어 발걸음 옮겨놨을 때, 그래도 사람인 이상 더구나…… 하자, 나는 맥없이 주저앉았지요. 냇물 속에는 차돌이 희게 빛나고 또 버들가지의 푸른 그림자가 이끼같이 깔렸겠지요. 그 밑으로 고기들이 쌍쌍이 밀려다니는구려. 아마 그들도 짝을 지어 다니는 모양입니다. 그리고 물 위에 실실이[11] 늘어진 버들가지는 왜 그리도 물에 닿을 듯 닿을 듯할까요. 그렇게도 물이 연연할까요.[12] 나는 그만 참을 수 없어서 일어났나이다. 버들 숲을 떠나 걸었나이다.

어느덧 석양인데 대지의 모롱이 모롱이는 검은 그림자로 가득하지요. 그러고 저 멀리 지평선 위에 걸린 해는 너 울지 않으련, 너 울지 않으련 하고 나를 조롱하는 듯하지요. 나는 머리를 푹 숙이고 걸었나이다. 황혼이 되어가니 그런지 벌레 소리도 그 수를 더해갑디다. 나는 집까지 와서도 웬일인지 망슬망슬[13]하다가 소리 없이 대문을 밀고 들어섰지요. 계순이는 내 아내인 듯이 나를 기다린 듯 마루에 걸터앉았다가 사뿐 일어납디다. 나는 눈이 어둡도록 열이 오르는 것을 느끼며 방으로 들어왔나이다. 조금 있다가, "세수허세요."

나는 벌떡 일어나서 나오니 계순이는 대야 옆에 섰다가 물러납니다. 나는 욱 달려가서 그의 허리를 꽉 껴안고 싶습디다. 그러니 내 가슴은 무섭게 동하며 전신이 부루루[14] 떨리지요. 나는 그만 우뚝 섰나이다. 과거의 위태위태한 지경에서 받은 경험이 나로 하여금 이렇게 서게 하는 듯하였습니다. 그러나 순간이지 그 맘이 불 일 듯하두먼요. 다행히 계순이가 부엌으로 들어가기 때문에 그 맘은 실행하지 못했습니다마는……

저녁을 몇 술 떠보는 체한 나는 동료의 집으로 가서 이 한밤을 지내랴고 작정하였지요. 그러고 나니 그런지 온몸이 나른해지며 뼈끝이 짜릿해오두먼요. 그래서 조금만 누웠다가 가리라 하고 누워버렸지요. 어느덧 설거질 소리도 끝나고 고요합니다. 나는 계순이가 어디를 나갔는가? 하는 궁금증이 일었을 때 성냥 긋는 소리가 팍 하고 들렸습니다. 마치 나 여기 있소 하는 소리같이 반갑게 들리더이다. 나는 다시 눈을 감고 계순의 얼굴을 그려보았지요. 그러나 웬일인지 잘 그려지지 않습니다. 눈이 보이면 코가 없어지고 입이 보이면 눈이 없어져서 나로 하여금 안타깝게 하였습니다. 그러고 무엇이 자꾸 안방에를 가면 보지, 안방에를 가면 보지 하고 속삭여주는 까닭에 또한 애가 있는 대로 쓰였습니다. 무엇을 빙자로 안방에를 갈까. 양복이 따졌으니 바늘을 좀 달랄까…… 아차, 어제 얻어온 바늘이 있지. 무엇을? 무엇을? 오! 물을 달래. 아까 떠 온 물이 있지 않나? 아니, 그건 숭능이니깐 냉수를 달래…… 나는 벌떡 일어났습니다. 에이, 이 자식! 하는 소리가 쨍하니 내 귀를 울려줍니다. 나는 맥없이 주저앉으며 문을 바라보았지요. 어느덧 방 안은 캄캄하였으며 문만이 힐끄므르하더이다. 그리고 시커멓게 가로세로 건너간 문살은 흡사히도 철창 같아서 나는 흠칫하였지요. 따라서 지금 감옥에서 있는 동지들의 얼굴들이 선하게 떠오릅니다. 그중에 계순의 남편만은 내 머리를 떠나지 않습니다. 그리고 손에 손을 맞잡고 일하던 과거가 새삼스레 생각나겠지요. 나는 무거운 돌을 삼킨 것 같아서 가슴을 탁탁 쳤나이다. 그리고 눈에는 눈물이 철철 넘지요. 나는 이래서는 안 되겠다는 것을 깨닫자 책상 위를 더듬어서 아까 골라놓은 교과서를 들고 일어났지요. 왜 이리도 엉덩이가 무거울까요. 나는 겨우 방문 앞까지 와서 우뚝 섰지요. 그리고 문을 열까 말까 한참이나 망설이다가 가만히 열었지요. 햇빛같이 빛나는 안방 문! 나는 '계순이' 하고 부르짖고 싶더이다. 따라서 동지고 무엇이구가 다 귀찮은 생각이 불쑥 일어나며 안방으로 건너가고 싶더이다. 나는 대담히 한 발 내놓았지요. 두 발 옮겨놨지요. 세 발 내디디었지요. 가슴은 무섭게 뛰고 얼굴은 불덩이같이 달고…… 별안간 어머니가 돌아오지 않았나? 하는 의문이 부쩍 들며 나는 멈칫 물러섰습니다. 다음 순간에 방문이 너무 밝기 때문에 이러한 의문을 일으키게 되었다고 깨달으면서도 웬 잔걱정이 뒤를 이어 내달아왔습니다. 나는 뒤를 돌아보고 뜰을 살피고 부엌 편을 바라보았습니다. 그리고 대문 걸지 않은 것이 꺼리어서는 나는 가만히 뜰로 내려섰지요. 대문 앞까지 왔을 때 나는 대문 밖이 또 걱정이 되어 한참이나 서서 동정을 살피다가 소리 없이 문을 걸고 들어왔지요. 내 몸은 하늘에 오를 듯 어떻게 그리도 가벼운지 모르겠습니다. 내 방으로 들어온 나는 책을 책상 위에 놓으며 숨을 후 하고 몰아쉬었지요. 내 손끝에 닿는 책상조차도 어쩌문 그리도 매끄럽고 부드러운지 여자의 손을 만지는 듯하두먼요. 허허, 아주머니 오늘 밤만은 제발 용서해주셔요."

R은 이마에 땀을 씻으면서 나의 눈치를 살폈습니다. 나는 얼굴을 잠깐 붉히면서 자는 남편을 보았습니다. 그는 아무 걱정 근심 없는 사람 같아 보였습니다.

"그래서요?"

나는 그 뒤에 일이 궁금하여 이렇게 급히 물었습니다. 그는 침을 넘긴 후에, "그래서 어떻게 하면 계순이를 대할까. 대하여서는 어떠한 행동을 취할까. 만일 저편에서 거절하는 지경이면 어떻게 할까…… 등을 곰곰이 생각했지요. 이러한 생각만으로도 나는 어찌나 좋은지 모르겠습니다. 이거 실례의 말입니다마는 입안에서 군물은 왜 그리도 흘러나오는지…… 냉면이나 먹는 놈같이 흑흑 하고 침을 넘겼나이다. 나는 벌떡 일어났지요. 아직 이르다 조금 이따가…… 그러다 누가 찾아온다든지 하면 재미없는 일이 아닌가. 나는 도루 주저앉았지요. 앉기만 하면 엉덩이에 불이 붙는 것 같고 좋은 시기를 놓치는가 하는 불안이 고문하는 형사의 매손같이 쉴 새 없두먼요. 나는 또 일어나지요. 방 안을 빙빙 돌지요. 안방으로 귀를 기울이면서 문걸쇠를 붙들지요. 손에는 웬 땀이 그리도 날까요. 문걸쇠가 땀에 젖어 미끈미끈하겠지요. 그리고 손에서는 쇠 비린내가 마치 생선을 만진 손 같구려. 나는 이 손이 계순이의 그 손을 덥석 쥐일 생각을 하고는 바람벽에다 손을 부비고 양복바지에다 손을 부비고도 시원치 않아 타월을 얻으려 온 방안을 휘더듬다가 책상 귀에 대가리를 부딪치고 나서야 방 안이 굴 속같이 어둡다는 것을 알았지요. 아뿔싸, 내가 불을 켜지 않았으니 계순이가 건너오지 않는가 하는 생각에 나는 불시에 더듬어 성냥을 얻어서 불을 켰지요. 곧 앞에 있는 등잔이 왜 그리도 안 뵐까요. 그래서 성냥가치만 수없이 소비를 하고 말았지요. 그때에 나는 의심이 부쩍 들더이다. 등이 방 안에 있을 것만은 틀림없는데 웬일일까? 계순이가 혹은 등을 내갔나…… 등잔 생각을 수없이 하다가 다시 성냥을 그었을 때 등은 예전 그 자리에 '호야'[15]를 빛내면서 달려 있단 말이지요. 나는 불을 켜고 보니 방 안이 수라장이 되었지요. 학생들의 작문지들이 방 안으로 가득 찼겠지요. 그때에 나는 정신이 펄쩍 들더이다. 그래서 나는 옷깃을 여미고 작문지를 하나하나 주웠지요. 석 장이 지나가기 전에 나는 벌써 지루한 생각이 들며 마구 탕 작문지를 모아 뭉쳐서 책상 위에 놓았나이다. 나는 또 일어났지요. 이번에야말로 어떠한 규정을 내리라고 결심하였지요. 나는 방문을 배움하고 보니 안방은 여전히 휘황하겠지요. 필시 계순이도 이 밤만은 잠이 안 오는 게로구나 생각됩디다. 나는 밖으로 나섰소이다. 여러 가지로 망설인 끝에, "물 한 그릇 주세요!" 하고 말하였나이다. 조금 있다가 안방 문 소리가 바시시 나며 계순이가 나타나더이다. 참말 기막힙디다. 정작 물그릇을 받아 드니 맘이 조금 대담해지더이다. 그래서 나는, "지무셨소?" 물으니,

"아니요."

"좀 놀다가 지무시지 않으려우?"

계순이는 잠잠하더이다. 나는 갑자기 그의 앞으로 한 걸음 다가갔을 때 계순이는 주춤 물러서며, "어머니가 내일 오신대요" 하고 떨리는 음성으로 묻더이다. 그 순간 나의 등허리는 찬물을 끼치는 듯 선듯했습니다. 나는 목멘 소리로, "그 글쎄요······" 하고는 우뚝 섰지요. 그때에야 손에 든 물그릇이 보여서 물을 마시는 체하고 도루 돌렸지요. 그는 물그릇을 받아 들고 발길을 옮깁니다. 왼편 치맛자락에 불빛이 곱게 흘러 부드러운 살결 같겠지요. 나는 무의식 간에 그를 따르며, "이거 보세요!" 하고 소리쳤습니다. 계순이는 얼른 문 안으로 들어서면서 머리만을 돌리지요. 나는 갑자기 말문이 꾹 막히며 더듬거리다가, "감옥에 편지 않으시······랴오" 했습니다. 나는 두 번 등허리가 오싹했습니다. 글쎄, 생각지도 않은 말이 왜 이렇게 툭 나갔을까요. 계순이는 머뭇머뭇하더니, "어머니 오시거던 아라 허세요."

그의 음성은 애원하듯이 들리더이다. 순간에 나는 계순이와 나사이에는 철벽이 가로막혔다는 것을 느꼈습니다. 그때에 나는 목을 놓아 울고 싶더이다. 너 왜 동지의 아내가 되었냐! 하고 고함을 치고 싶더이다. 계순이는 두 볼이 능금빛 같아지며 문을 닫겠지요. 나는 왈칵 달려가니 벌써 문을 잘그륵 하고 거는구려. 나는 세 번 찬물을 느끼는 동시에 말로 형용 못 할 울분이 칵 내밀칩디다. 문을 건다. 내 어찌하기에 문을 거는가. 이러한 말이 입안에 가뜩 담기겠지요. 그러면서 불길 같은 정열은, 아니 야수성은 내 머리털이 떨리도록 내밀칩다.

"계순이!"

나는 문을 지긋지긋 잡아당기다 못해서 쾅쾅 쳐버렸지요. 계순이는 미친 듯이 날뛰는 내 행동에 무서워 그랬던지 어째서 그러는지는 모르나 앉았다 섰다 문 곁으로 왔다가 갔다가 하는 동작이 선하게 들립다. 한참이나 이러던 계순이는 문 곁으로 다가서며, "어머니, 어머니 오시거든 아라 허세요!"

겨우 말끝을 어무르고는[16] 흑흑 느껴 울지요. 나는 그 울음소리에 전신이 짜르르해지며 같이 울음이 탁 터지는구려. 그래서 맥없이 주저앉아버렸지요. 동시에 계순이 역시 나 못지않았다는 것을 알자 측은한 생각과 함께 우리의 역경을 새삼스레 더 느끼게 되겠지요. 계순이는 차마 방문은 열지 못하고 자꾸 울기만 합다. 여자의 울음이란…… 후…… 나는 벌떡 일어나서, "계순이 내 오늘 일은 다 용서허우…… 난 동무네 집에 가서…… 자구자구."

나는 숨이 막혀서 말을 끊지 못하고 내달았지요.

밖은 먹칠한 듯이 어둡지요. 나는 한참이나 닫다가 짐짓 섰을 때 채마밭에서 불어오는 듯한 생기 있는 바람결이 내 가슴을 어루만져주겠지요. 나는 또다시 계순의 실팍한 몸을 그리며 어정어정 걸었나이다. 길가 좌우 옆에 빽빽이 들어선 강낭대는 시원히 흔들리겠지요. 나는 어느덧 동무의 집 앞에 섰사오나 들어가고 싶지 않겠지요. 그래서 학교로 왔지요. 운동장을 몇 번이나 돌던 나는 한참 후에 정신을 차려보니 운동장이 아니구 우리 집 대문 앞이란 말이지요. 나는 기가 막히다 못해서 웃음이 터져 나옵디다. 나는 한참이나 멍하니 섰다가 돌아섰지요. 그래서 날개 부러진 새 모양으로 맥없이 걸었지요. 아차, 대문이나 걸고 자라고 할 것을 하고 나는 또다시 집으로 발길을 돌렸지요. 문앞까지 오고난 나는 하늘을 향하여 두어 번 긴 한숨을 토하고 돌아서서 이번에는 맘먹고 학교까지 왔습니다. 그리고 여러 잡생각을 제할 양으로 애들 모양으로 가께아시¹⁷를 하였지요. 먼지가 콜콜 올라오고 숨이 하늘에 닿았을 때 나는 되는대로 주저앉았습니다. 이마에서는 비지땀이 흐르고 눈에는 알 수 없는 눈물이 잔뜩 고여서 나를 괴롭게 하겠지요. 나는 기진하여 누워버렸지요. 그때까지도 내 눈구석에는 영롱한 안방 문이 눈곱같이 끼어 있다는 것을 알았습니다. 나는 어릿한 잠에 잠깐 붙들리었다가 무엇에 놀라 후닥딱 일어났습니다. 동이 훤하게 밝아오는구려. 그리고 쌀쌀한 바람이 내 마음속까지 스며드는 듯하겠지요. 나는 호흡 운동을 한참이나 계속한 후에 천천히 동편으로 걸었나이다. 그리고 어젯밤 일을 곰곰이 생각하면서 미친놈! 하고 나를 향하여 몇 번이나 소리쳤습니다.

나는 내 앞길에 걸리는 버드나무에 의지하여 나의 과거를 회상하는 반면에 나의 앞길을 뻔히 내다보았습니다. 머리 위에서 조잘거리는 새소리는 내 어린 학생들의 글 읽는 소리 같두구먼요. 허허, 아주머니 졸리시지요."

그는 선뜻 일어났습니다.

나는 따라 일어나면서, "그 뒤엔 어찌 되었습니까?"

그는 빙글빙글 웃으면서, "그 뒤는 후담 또 이야기하지요. 안녕히 주무셔요."

그는 밖으로 뛰어나갔습니다.

나는 문밖까지 따라 나갔으나 멀리 그는 자취를 감추었습니다.

지하촌 地下村

해는 서산 위에서 이글이글 타고 있다.

칠성이는 오늘도 동냥자루를 비스듬히 어깨에 메고 비틀비틀이 동리 앞을 지났다. 밑 뚫어진 밀짚모자를 연신 내려 쓰나, 이마는 따갑고 땀방울이 흐르고 먼지가 연기같이 끼어, 그의 코밑이 매워 견딜 수 없다.

"이애, 또 온다."

"어아."

동리서 놀던 애들은 소리를 지르며 달려온다. 칠성이는 조놈의 자식들을 또 만나는구나 하면서 속히 걸었으나, 벌써 애들은 그의 옷자락을 툭툭 잡아당겼다.

"이애, 울어라 울어."

한 놈이 칠성의 앞을 막아서고 그 큰 입을 헤벌리고 웃는다. 여러 애들은 죽 돌아섰다.

"이애, 이애, 네 나이 얼마?"

"거게 뭐 얻어 오니? 보자꾸나."

한 놈이 동냥자루를 툭 잡아채니 애들은 손뼉을 치며 좋아한다. 칠성이는 우뚝 서서 그중 큰 놈을 노려보고 가만히 서 있었다. 앞으로 가려든지 또 욕을 건네면 애들은 더 흥미가 나서 달라붙는 것임을 잘 알기 때문이다.

"바루 바루 점잖은데."

머리 뾰족 나온 놈이 나무 꼬챙이로 가지[1] 눈 듯한 쇠똥을 찍어 들고 대들었다. 여러 놈은 깔깔거리면서 저만큼 쇠똥을 찍어 들고 덤볐다. 칠성이도 여기는 참을 수 없어서 막 서두르며 내달아 갔다.

두 팔을 번쩍 들고 부르르 떨면서 머리를 비틀비틀 꼬다가 한 발 지척[2] 내디디곤 했다. 애들은 이 흉내를 내며 따른다. 앞으로 막아서고 뒤로 따르면서 깡충깡충 뛰어 칠성의 얼굴까지 쇠똥 칠을 해놓는다. 그는 눈을 부릅뜨고, "이 이놈들."

입을 실룩실룩하다가 겨우 내놓은 말이다. 애들은 "이 이놈들" 하고 또한 흉내를 내고는 대굴대굴 굴면서 웃는다. 쇠똥이 그의 입술에 올라가자, 앱 투 하고 침을 뱉으면서 무섭게 눈을 떴다.

"무섭다, 바루 바루."

애들은 참말 무섭게 보았는지 슬금슬금 꽁무니를 빼기 시작하였다. 칠성이는 팔로 입술을 비비치고 떠들며 돌아가는 애들을 물끄러미 바라보았다. 웬일인지 자신은 세상에서 버림을 받은 듯 그렇게 고적하고 분하였다.

그들이 물러간 후에 신작로는 적적하고 죽 뻗어나가다가 조밭을 끼고 조금 굽어진 저 앞이 뚜렷했다. 그 위에 수수밭 그림자 서늘하고…… 그는 걸었다. 옷에 묻은 쇠똥을 털었으나, 떨어지지 않을 뿐만 아니라 퍼렇게 물이 든다. 그는 어디라 없이 멍하니 바라보다가, 산 밑으로 와서 주저앉았다.

　긴 풀에 잔바람이 홀홀히 감기고 이따금 들리는 벌레 소리, 어디 샘물이 있는가 싶었다. 그는 보기 싫게 돋은 머리를 벅벅 긁어당기며 무심히 앞을 보았다. 수림 속에 햇발이 길게 드리웠고 쩩쩩하는 새소리 처량하게 들렸다. 난 왜 병신이 되어, 그놈의 새끼들한테 놀림을 받나 하고, 불쑥 생각하면서 곁의 풀대를 북 뽑았다. 손목은 찌르르 울렸다.

　큰년이가 살까! 그는 눈이 멀고도 사는데 난 그보다야 훨씬 낫지. 강아지의 털같이 보드라운 털을 가진 풀 열매를 바라보며 이렇게 생각하였다. 큰년이가 천천히 떠오른다. 곱게 감은 눈, 고것 참! 그는 진저리를 쳤다. 그리고 곁에 놓인 동냥자루를 보면서, 오늘 얻어 온 것 중에 가장 맛있고 좋은 것으로 큰년에게 보내야지 하였다. 어떻게 보낼까. 밤에 바자 위로 넘겨줄까. 큰년이가 나와 바자 곁에 서 있어야 되지. 그럼 누구 나오라고는 해둬야지. 누구가 그래. 안 되어. 그럼 칠운이 들여서 보내지. 아니 아니, 큰년의 어머니가 알게 되고, 또 우리 어머니 알지. 안 되어. 낮에 김들 매러 간 담에 몰래 바자로 넘겨주지. 그는 가슴이 설레어서 부시시 일어나고 말았다.

　가죽을 벗겨낼 듯이 내리쬐던 해도 어느덧 산속으로 숨어버리고, 어디선가 불어오는 바람이 풀잎을 살랑살랑 흔들고 그의 몸에 스며든다. 그는 동냥자루를 매만지다가, 어깨에 메고 지척하고 발길을 내디디었다.

하늘은 망망한 바다와 같이 탁 터지고, 저 멀리 붉은 너울[3]이 유유히 떠돌고 있다. 그는 밀짚모자를 젖혀 쓰고 산 밑을 떠났다. 걸음에 따라 쇠똥 내가 물씬하고 났다.

그가 산모롱이를 돌아 동리 앞까지 왔을 때 그의 동생인 칠운이가 아기를 업고 쪼루루 달려온다.

"성, 이제 오네. 히, 자꾸자꾸 봐도 안 오더니."

큰 눈에 웃음을 북실북실 띠고 형의 곁으로 다가서는 칠운이는 시커먼 동냥자루를 덥석 쥐어 무엇을 얻어 온 것을 어서 알려고 하였다.

"오늘도 과자 얻어 왔어?"

"아 아니."

칠성이는 얼른 동냥자루를 옮기고 주춤 물러섰다. 칠운이는 따라섰다.

"나 하나만, 응야, 성아."

침을 꿀떡 넘기고 새카만 손을 내민다. 그 바람에 아기까지 두 손을 쪽 펴 들고 칠성이를 말뚱히 쳐다본다.

"이 이 새끼는."

칠성이는 홱 돌아섰다. 칠운이는 넘어질 듯이 쫓아갔다.

"응야, 성아, 나 하나만."

"없 없어!"

형은 눈을 치떴다. 칠운이는 금시로 눈물이 글썽글썽해서 형을 보았다.

"난 어마이 오면 이르겠네, 씨, 도무지 안 준다고, 아까아까 어마이가 밭에 가면서 아기 보라면서 저 성이 사탕 얻어다 준다구 했는데, 씨, 난 안 준다고 다 일러, 씨, 흥."

칠운이는 입을 비쭉하더니 주먹으로 눈물을 씻는다. 아기는 영문도 모르고 "으아" 하고 울음을 내쳤다.

주위는 감실감실[4] 어두워오는데 칠운이는 흑흑 느껴 울면서 그들의 어머니가 올라가 있을 저 산을 바라고 뛰어간다.

"어머이 어머이!" 하고 칠운이는 목메어 부르면 번번이 아기도, "엄마 엄마!" 하고 또랑또랑히 불렀다. "응응" 하는 앞산의 반응은 어찌 들으면 어머니의 "왜" 하는 대답 같기도 했다. 칠성이는 칠운이와 영애가 보이지 않는 것으로만 다행으로 돌아서 걸었다.

동네는 어둠에 폭 싸여 아무것도 보이지 않으나 동네 앞으로 우뚝 서 있는 늙은 홰나무만이 별을 따려는 듯 높아 보였다. 그는 이제 어떻게 해서라도 큰년이를 만날 것과 또 얻어 오는 이 과자를 큰년의 손에 꼭 쥐여줄 것을 생각하며 걸었다.

"칠성이냐?"

어머니의 음성이 들린다. 그는 돌아보았다.

나무를 한 임 이고 이리로 오는 어머니의 얼굴은 보이지 않으나 웬일인지 그의 머리가 숙여지는 듯해서 번쩍 머리를 들었다.

"왜 오늘 늦었느냐?"

아까 밭에서 산으로 올라갈 때 몇 번이나 아들이 나오는가 하여 눈이 가물가물해지도록 읍 길을 바라보아도 안 보이므로, 어디가 넘어져 애를 쓰는가? 또 애새끼들한테서 돌팔매질을 당하는가 하여 읍에까지 가볼까 하였던 것이다. 칠성이는 어머니의 이 같은 물음에 애들에게 쇠똥 칠 당하던 것이 불시에 떠오르고 코허리가 살살 간지럽기 시작하였다.

어머니는 갈잎 내를 확 풍기면서 그의 곁으로 다가선다. 그 큰 임을 이고도 아기까지 둘러업었다.

"어마이, 나 사탕. 성은 안 준다야, 씨."

칠운이는 어머니의 치맛귀를 잡고 늘어진다. 그 바람에 어머니는 앞으로 쓰러질 듯했다가 도로 서서 한 손으로 칠운이를 어루만졌다.

"저놈의 새 새끼, 주 죽이고 말라."

칠성이는 발길로 칠운이를 차려 하였다. 어머니는 또 쓰러질 듯 막아섰다.

"그러지 말어라. 원, 그것이 해종일 아기 보느라 혼났다. 허리엔 땀띠가 좁쌀알같이 쪽 돋았구나. 여북 아프겠니, 원."

어머니는 말끝에 한숨을 푹 쉰다. 칠성이는 문득 쇠똥 내를 물큰 맡으면서 화를 버럭 올리었다.

"누 누구는 가 가만히 앉아 있었나!"

"아니, 그렇게 하는 말이 아니어, 칠성아."

어머니는 목이 메어 다시 말을 계속하지 못한다. 그들은 잠잠히 걸었다.

집에 온 그들은 나뭇단 위에 되는대로 주저앉았다. 어머니는 칠성의 마음을 위로하느라고 이 말 저 말 끄집어냈다.

"올해는 웬 쌀 쒜기[5] 그리 많으냐. 손이 얼벌벌하구나."[6]

어머니는 그 손을 한 번쯤 들여다보고 싶은 것을 참고, 아기를 어루만지다가 젖을 꺼냈다. 칠운이는 나뭇단을 통통 차면서 흥흥거린다. 칠성이는 동생들이 미워서 더 앉아 있을 수가 없어 일어났다. 그는 어둠 속을 휘 살피고 큰년이가 저 속에 어디 섰지 않는가 했다.

방으로 들어온 칠성이는 이제 툇돌에 움찔린 발가락을 엉덩이로 꼭 눌러 앉고 일변 칠운이가 들어오지 않는가 귀를 기울이며 문을 걸었다. 그리고 동냥자루를 가만히 쏟았다. 흩어지는 성냥과 쌀알 흐르는 소리. 솜털이 오싹 일어 그는 몸을 움찔하면서 얼른 손을 내밀어 하나하나 만져보았다. 역시 그 안에 있는 돈 생각이 나서, 돈마저 꺼내가지고 우두커니 들여다보았다. 비록 방 안이 어두워서 그 모든 것이 보이지 않으나, 눈곱같이 눈구석에 박혀 있는 듯했다.

성냥갑 따로, 쌀과 과자 부스러기 따로 골라놓고 문득 큰년이를 생각하였다. 어느 것을 주나, 얼른 과자를 쥐며, 이것을 주지 하고 하나 집어 입에 넣었다. 바작 소리가 이 사이에 돌고 달콤한 물이 사르르 흐른다. 그는 입맛을 다시고 나서 칠운이가 엿듣는가 다시 한번 조심했다.

그는 온 손에 땀이 나도록 쥐고 있는 돈을 펴서 보고 한 푼 두 푼 세어보다가, '이것으로 큰년이의 옷감을 끊어다 주면 얼마나 큰년이가 좋아할까.' 그의 가슴은 씩씩 뛰었다. '고것, 왜 우리 집엘 안 올까? 오면 내가 돈도 주고 이 과자도 주고, 또 또 큰년이가 달라는 것이면 내 다 주지. 응, 그래.' 이리 생각되자 그는 어쩐지 마음이 송구해졌다. 해서 성냥갑과 과자 부스러기를 한데 싸서 저편 갈자리 밑에 밀어 넣고, 돈은 거기에 넣은 담에 쌀만 아랫방에 내려놓았다. 그리고 뒷문 곁으로 바싹 다가앉아서, 큰년네 바자를 바라보았다.

바자에 호박 넌출[7]이 엉키었고 그 위에 벌들이 팔팔 날았다. 어떻게 만날까. 그는 무심히 발가락을 쥐고 아픔을 느꼈다. 서늘한 바람이 그의 볼 위에 흘러내렸다. 그는 안타까웠다. 지금 이 발끝이 아픈 것보다는 어딘지 모르게 또 아픈 것을 느낀다.

"이애, 밥 먹어."

칠성이는 놀라 돌아다보았다. 어머니가 샛문 밖에 서 있다는 것을 알자, 웬일인지 가슴 한구석에 공허를 아득하게 느꼈다.

"왜 문은 걸었나."

어머니는 문을 잡아챈다. 과자를 달라거나 돈을 달라려고 저리도 문을 잡아 흔드는 것 같다. 그는 와락 미운 생각이 치올랐다.

"난 난 안 먹어!"

꽥 소리쳤다. 전신이 후루루 떨린다.

"장에서 뭐 먹고 왔니."

어머니의 음성은 가늘어진다. 언제나 칠성이가 화를 낼 땐 어머니는 저리도 기운이 없어진다. 한참 후에,

"좀더 먹으렴."

"시 싫어."

170

역시 소리를 질렀다. 그러니 어머니는 뭐라구 웅얼웅얼하더니 잠잠해버린다. 칠성이는 우두커니 앉았노라니 자꾸만 갈자리 속에 넣어둔 과자가 먹고 싶어 가만히 갈자리를 들썩하였다. 먼지내 싸하게 올라오고 빈대 냄새 역하다. 그는 자리를 도로 놓고 내일 아침에 큰년이 줄 것인데 내가 먹으면 안 되지 하고, 휙 돌아앉고도 부지중에 손은 갈자리를 어루쓸고[8] 있다. 큰년이 줘야지. 냉큼 손을 떼고 문턱을 꽉 붙들었다.

마침 바람이 산들산들 밀려들어 이마에 흐른 땀을 선뜻하게 한다. 그는 얼른 적삼을 벗어 던지고, 그 바람을 안았다. 온몸이 가려운 듯하여 벽에다 몸을 비비치니 어떤 쾌미[9]가 일어, 부지중에 그는 몸을 사정없이 비비치고 나니 숨이 차고 등가죽이 벗겨져 아팠다. 그래서 벽을 붙들고 일어나 나왔다.

몸을 움직이니 아니 아픈 곳이 없다. 손끝에 가시가 박혔는지 따끔거리고 팔뚝이 쓰라리고 아까 다친 발가락이 새삼스러이 더 쏘고, 그는 꾹 참고 걸었다.

울바자 밑에 나란히 서 있는 부초종 끝에 별빛인가도 의심나게 흰 꽃이 다문다문 빛나고 간혹 맡을 수 있는 부초 냄새는 계집이 곁에 와 섰는가 싶게 야릇했다. 그는 바자 곁으로 다가섰다.

큰년네 집에선 모깃불을 피우는지 향긋한 쑥 내가 솔솔 넘어오고, 이따금 모깃불이 껌벅껌벅하는데 두런두런하는 소리에 귀를 세우니, 바자가 바삭바삭 소리를 내고, 호박잎의 솜털이 그의 볼에 따끔거린다. 문득 그는 바자 저편에 큰년이가 숨어서 나를 엿보지나 않나 하자 얼굴이 확확 달았다.

어느 때인가 되어 가만히 둘러보니, 옷에 이슬이 촉촉하였고, 부초꽃이 물속에 잠긴 차돌처럼 그 빛을 환히 던지고 있다. 모깃불도 보이지 않고 캄캄하며, 어디선가 벌레 소리가 쓰르릉 하고 났다. 그는 방으로 들어서자 가슴이 답답하였다.

이튿날 아침에 눈을 뜨니, 벌써 뒤뜰은 햇빛으로 가득하였다. 칠성이는 일어나는 참 어머니와 칠운이가 아직도 집에 있는가 살핀 담에 아무도 없음을 알고, 뒷문 턱에 걸터앉아서 큰년의 바자를 물끄러미 바라보았다. 큰년의 아버지 어머니도 김매러 갔을 테고 고것 혼자 있을 터인데…… 혹 마을꾼이나 오지 않았는지 오늘은 꼭 만나야 할 터인데, 이런 생각을 하다가 무심히 그의 팔을 들여다보았다. 다 해진 적삼 소매로 맥없이 늘어진 팔목은 뼈도 살도 없고, 오직 누렇다 못해서 푸른빛이 도는 가죽만이 있을 뿐이다. 갑자기 슬픈 마음이 들어 그는 머리를 들고 한숨을 푹 쉬었다. 큰년이가 눈을 감았기로 잘했지, 만일 두 눈이 동글하게 뜨였다면 이 손을 보고 십 리나 달아날 것도 같다. 그러나 큰년이가 이 손을 만져보고 왜 이리 맥이 없어요, 이 손으로 뭘 하겠소 할 때엔…… 그는 가슴이 답답해서 견딜 수 없다. 그저 한숨만 맥없이 내쉬고 들이쉬다가 문득 약이 없을까? 하였다. '약이 있기는 있을 터인데……' 큰년네 바자 위에 둥글하게 심어 붙인 거미줄에는 수없는 이슬방울이 대롱대롱했다. 저런 것도 약이 될지 모르지, 그는 벌떡 일어 나왔다.

거미줄에서 빛나는 저 이슬방울들이 참으로 약이 되었으면 하면서, 그는 조심히 거미줄을 잡아당겼다. 팔은 맥을 잃고, 뿐만 아니라 자꾸만 떨리어 거미줄을 잡을 수도 없지만 바자만 흔들리고, 따라서 이슬방울이 후두두 떨어진다. 그는 손으로 떨어져 내려오는 이슬방울을 받으려고 했다. 그러나 한 방울도 그의 손에는 떨어지지 않았다.

"에이, 비 빌어먹을 것!"

그는 이런 경우를 당할 때마다 이렇게 소리치고 말없이 하늘을 노려보는 버릇이 있다. 한참이나 이러하고 있을 때, 자박자박하는 신발 소리에 그는 가만히 머리를 돌리어 바라보았다. 호박잎이 그의 눈썹 끝에 삭삭 비비치자 눈물이 핑그르르 돈다. 눈물 속에 비치는 저 큰년이! 그는 눈가가 가려운 것도 참고 눈을 점점 더 크게 떴다.

빨래 함지를 무겁게 든 큰년이는 이리로 와서 빨래 함지를 쿵 내려놓고 일어난다. 눈은 자는 듯 감았고, 또 어찌 보면 감은 듯 뜬 것같이도 보였다. 이제 빨래를 했음인지, 양 볼에 붉은 점이 한 점 두 점 보이고, 턱이 뾰족한 것이 어디 며칠 앓은 사람 같다. 큰년이는 빨래를 한 가지씩 들어 활 펴가지고 더듬더듬 바자에 넌다.

칠성이는 숨이 턱턱 막혀서 견딜 수 없다. 소리 나지 않게 숨을 쉬려니 가슴이 터지는 것 같고, 뱃가죽이 다 잡아 쐬웠다. 그는 잠깐 머리를 숙여 눈물을 씻어낸 후에 여전히 들여다보았다. 지금 그의 머리엔 아무런 생각도 할 수 없다. 그저 큰년의 동작으로 가득했을 뿐이다. 큰년이는 한 가지 남은 빨래를 마저 가지고 그의 앞으로 다가온다. 그때 칠성이는 손이라도 쑥 내밀어 큰년의 손을 덥석[10] 잡아보고 싶었으나, 몸은 움찔 뒤로 물러나지며, 온 전신이 풀풀 떨리었다.

바삭바삭 빨래 널리는 소리가 칠성의 귓바퀴에 돌아내릴 때 가슴엔 웬 새 새끼 같은 것이 수없이 팔딱거리고 귀가 우석우석 울고 눈은 캄캄하였다. 큰년의 신발 소리가 멀리 들릴 때 그는 비로소 몸을 움직일 수 있었고, 또 호박잎을 젖히고 들여다보았다. 큰년이는 빈 함지를 들고 부엌문을 향하여 들어가고 있다. 그는 급하여 소리라도 쳐서 큰년이를 멈추고 싶었으나, 역시 맘뿐이었다. 큰년의 해어진 치마폭 사이로 뻘건 다리가 두어 번 보이다가 없어진다. 또 나올까 해서 그 컴컴한 부엌문을 뚫어지도록 보았으나, 끝끝내 큰년이는 나오지 않았다. 그는 후 하고 한숨을 내쉬고 물러섰다. 햇볕은 따갑게 내리쬔다. 과자나 들려줄걸…… 돈이나 줄 것을, 아니 돈은 내가 모았다가 치마나 해주지 하고 다시 들여다보았다. 바자만 바삭바삭 소리를 내고 고요하다. 이제 큰년의 손으로 넌 빨래는 희다 못해서 햇빛같이 빛나고, 그는 눈을 떼고 돌아섰다. 자기가 옷가지라도 해주지 않으면 큰년이는 언제나 그 뻘건 다리를 감추지 못할 것 같다.

"성아, 나 사탕 좀……"

돌아보니, 칠운이가 아기를 업고 부엌문으로 나온다. 그는 도둑질이나 하다가 들킨 것처럼 무안해서 얼른 바자 곁을 떠났다. 칠운이는 저를 다그쳐 형이 저리도 급히 오는 것으로 알고 부엌으로 달아나다가 살짝 돌아보고 또 이리 온다.

"응야, 나 하나만……"

174

손을 내민다.

아기도 머리를 갸웃하여 오빠를 바라보고 손을 내민다. 아기의 조 머리엔 종기가 지질하게 났고, 거기에는 언제나 진물이 마를 사이 없다. 그 위에 가늘고 노란 머리카락이 이기어 달라붙었고, 또 파리가 안타깝게 달라붙어 떨어지지 않는다. 아기는 자꾸 그 가는 손가락으로 머리를 쥐어 당기고, 종기 딱지를 떼어 오물오물 먹고 있다.

아기는 그 손을 오빠 앞에 쳐들었다. 손가락을 모을 줄 모르고 쫙 펴 들고 조른다. 칠성이는 눈을 부릅떠 보이고 방으로 들어왔다. 칠운이는 문 앞에 딱 막아서서 흥흥거렸다.

"응야, 성아, 한 알만 주면 안 그래."

시퍼런 코를 홀떡 들이마신다.

"보 보기 싫다!"

칠운이 역시 옷이 없어 잠뱅이[11]만 입었고, 그래서 저 등은 햇빛에 타다 못해서 허옇게 까풀이 일고 있으며, 아기는 그나마도 없어서 쫄 벗겨두었다. 동생들의 이러한 모양을 바라보는 그의 눈에서 불이 확확 일어난다. 눈을 돌리어 벽을 바라보자, 문득 읍의 상점에 첩첩이 쌓인 옷감을 생각하였다. 그는 자기도 모르게 손을 번쩍 들어 칠운이를 치려 했으나 그 손은 맥을 잃고 늘어진다.

"난 그럼, 아기 안 보겠다야, 씨."

칠운이는 아기를 내려놓고 달아난다. 그러니 아기는 악을 쓰고 운다. 칠성이는 눈도 거듭떠보지 않고 돌아앉아 파리가 우글우글 끓는 곳을 바라보니 밥그릇이 눈에 띄었다. 언제나 어머니는 그가 늦게 일어나므로 저렇게 밥바리[12]에 보를 덮어놓고 김매러 가는 것이다. 그는 슬그머니 다가앉아 술을 들고 보를 들치었다. 국에는 파리가 빠져 둥둥 떠다니고, 밥바리에 붙었던 수없는 바퀴떼는 기겁을 해서 달아난다. 그는 파리를 건져내고 밥을 푹 떠서 입에 넣었다. 밥이란 도토리뿐으로 밥알은 어쩌다가 씹히곤 했다. 씹히는 그 밥알이야말로 극히 부드럽고 풀기가 있으며, 그 맛이 달큼해서 기침을 할 지경이었다. 그러나 그 맛은 잠깐이고, 또 도토리가 미끈하게 씹혀 밥맛이 쓰디쓴 맛으로 변한다. 그래 도토리만은 잘 씹지 않고 우물우물해서 얼른 삼키려면 그만큼 더 넘어가지 않고 쓴 물을 뿌리며 혀끝에 넘나들었다.

얼마 후에 바라보니, 아기가 언제 울음을 그쳤는지 눈이 보송보송해서 발발 기어오다가, 오빠를 보고 멀거니 쳐다보다가는 그 눈을 밥그릇에 돌리곤 또 오빠의 눈치를 살핀다. 칠성이는 그 듣기 싫은 울음을 그친 것이 대견해서 얼른 밥알을 골라 내쳐주었다. 그러니 아기는 그 조그만 손으로 밥알을 쥐어 먹다가, 성이 차지 않아서 납작 엎드리어서 밥알을 쫄쫄 핥아 먹고는 또 말가니[13] 오빠를 본다. 이번에는 도토리알을 내쳐주었다. 아기는 웬일인지 당길 성 없게 도토리를 쥐고는 손으로 조모락조모락[14] 만지기만 하고 먹지는 않는다.

"아, 안 먹게이!"

도토리를 분간해서 아는 아기가 어쩐지 미운 생각이 왈칵 들어 그는 이렇게 소리쳤다. 그러니 아기는 입을 비죽비죽하다가 으아 하고 울었다.

"우 울겠니?"

칠성이는 발길로 아기를 찼다. 아기는 눈을 꼭 감고 방바닥에 쓰러졌다. 그 바람에 아기 머리의 파리는 옹 하고 조금 떴다가 곧 달라붙는다. 칠성이는 재차 차려고 달려드니, 아기는 코만 풀찐 풀찐하면서 울음소리를 뚝 끊었다. 그러나 그 눈엔 눈물이 샘솟 듯 흐른다. 칠성이는 모른 체하고 돌아앉아 밥만 퍼먹다가 캑 하 는 소리에 머리를 돌렸다.

아기는 언제 그 도토리를 먹었던지 캑캑하고 게워놓는다. 깨느 르르한 침에 섞이어 나오는 도토리 쪽은 조금도 씹히지 않은 그대 로였고 그 빛이 약간 붉은 기를 띤 것을 보아 피가 묻어 나오는 것 임을 알 수가 있었다. 아기의 얼굴은 빨갛게 상기되고 목에 힘줄 이 불쑥 일어났다.

그 찰나에 칠성이는 입에 문 도토리가 모래알 같아 씹을 수 없 고, 쓴내가 콧구멍 깊이 칵 올려 받혀 견딜 수 없었다. 그는 술을 뎅겅 내치고 아기를 번쩍 들어 문밖으로 내놓았다. 그리고 뼈만 남은 아기의 볼기를 짝 붙이니, 얼굴이 새카매지면서도 여전히 느껴 운다. 이번에는 밥그릇을 냅다 차서 요란스레 굴리고 윗방 으로 올라오나, 게우는 소리에 몸이 오시러워서[15] 가만히 있을 수 없었다. 문득 갈자리 속의 과자를 생각하고, 그것을 남김없이 꺼 내다가 아기 앞에 팽개치고 뒤뜰로 나와버렸다. 그는 빙빙 돌다 기침을 탁 뱉었다.

한참 만에 칠성이는 방으로 들어오니 방 안은 단 가마 속 같 았다.

그는 앉았다 섰다 안달을 하다가, 머리를 기웃하여 보니, 아기는 손을 깔고 봉당에 엎디어 잠들었고, 게워놓은 자리엔 쉬파리가 날개 없는 듯이 벌벌 기고 있으며, 아기 머리와 빠끔히 벌린 입에는 잔파리 왕파리가 아글바글 들싼다. 과자! 그는 놀라 둘러보았다. 부스러기도 볼 수 없었다. 아기가 다 먹을 수 없고 필시 칠운이가 들어왔던 것이라 생각될 때 좀 남기고 줄 것을 하는 후회가 일며 칠운이를 보면 실컷 때리고 싶었다. 그는 달려 나오면서 발길로 애기를 차고 나왔다. 손을 거북스레 깔고 모로 누운 꼴이 눈에 꺼리고 또 여윈 팔다리가 보기 싫어서 이러하고 나온 것이다.

아기 울음소리를 들으면서 그는 칠운이를 찾았다. 저편 버드나무 아래에 애들이 몰려 떠든다. 옳지, 저기 있구나 하고 씩씩거리며 그리로 발길을 떼어놓았다.

몰래몰래 오느라 했건만, 칠운이는 벌써 형을 보고서 달아난다. 애들은 수숫대를 시시하고 씹고 서서 칠성이를 힐끔힐끔 보다가는 히히 웃었다. 어떤 놈은 칠성의 걸음 흉내를 내기도 한다.

칠운이는 조밭으로 들어갔는지 보이지도 않는다. 그가 잡풀에 얽히어 넘어지니, 뒤로 따르던 애들은 허 하고 웃고 떠든다. 칠성이는 겨우 일어나서 애들을 노려보았다. 이놈들도 달려들지나 않으려나 하는 불안이 약간 일어 이렇게 딱 버티어 보인 것이다. 애들은 무서웠던지 슬금슬금 달아난다. 애들 같지 않고 무슨 원숭이 무리가 먹을 것을 구하려 눈이 뒤집혀서 다니는 것 같았다. 이동리 애들은 모두가 미운 애들만이라고 부지중에 생각되어 한참이나 바라보다가 걸었다. 이마가 따갑고 발가락이 따가운데, 또 애들이 벗겨버린 수숫대 껍질이 발끝에 따끔거린다. 애들은 내를 바라고 달아난다. 그 무리에 칠운이도 섞이었을 것이라고 그는 버드나무 아래로 왔다.

여기는 수숫대 껍질이 더 많고 또 소를 갖다 매는 탓인지 소똥이 지저분했다. 버드나무에 기대서서 그는 바라보았다. 저절로 그의 눈이 큰년네 집에 멈추고 또 큰년이를 만나볼 마음으로 가득하다. 지금 혼자 있을 텐데 가볼까. 그러다 누가 있으면…… 무엇이 따끔하기에 보니, 왕개미 몇 마리가 다리로 올라온다. 그는 툭툭 털고 다시 보았다.

멀리 큰년네 바자엔 빨래가 희게 널렸는데, 방금 날려는 새와 같이 되룩되룩하여 쉬 하면 푸르릉 날 듯하다. 있기는 누가 있어, 김매러 다 갔을 터인데…… 신발 소리에 그는 돌아보았다. 개똥 어머니가 어떤 여인을 무겁게 업고 숨이 차서 온다. 전 같으면 "요새 성냥 많이 벌었겠구먼, 한 갑 선사하게나" 하고 농담을 건넬 터인데 오늘은 울상을 하고 잠잠히 지나친다. 이마에 비지땀이 흐르고 다리가 비틀비틀 꼬이고 숨이 하늘에 닿고, 그는 머리를 들어보니 등에 업힌 여인인즉 죽은 시체 같았다. 흩어진 머리 주제며 입에 끓는 거품 꼴, 피투성이 된 옷! 눈을 크게 뜨고 머리카락에 휩싸인 여인의 얼굴을 똑바로 보니 큰년의 어머니였다. 그는 놀랐다. 해서 뭐라고 묻고 싶은데 벌써 개똥 어머니는 버드나무를 지나 퍽이나 갔다. 웬일일까, 어디 넘어졌나, 누구와 쌈을 했나 하고 두루 생각하다가, 못 견디어 일어나 따랐다. 맘대로 하면 얼른 가서 개똥 어머니에게 어찌 된 곡절을 묻겠는데, 다리가 말을 듣지 않고 점점 더 비틀거리기만 하고 앞으로 가지지는 않는다. 그는 화를 더럭 내고 몸짓만 하다가 콱 꺼꾸러졌다. 한참이나 버둥거리다가 일어나서 천천히 걸었다.

큰년네 굴뚝에는 연기가 흐른다. 옳구나, 큰년의 어머니가 어찌해서 그 모양이 되었을까, 또다시 이러한 궁금증이 일어난다. 그가 큰년네 마당까지 오니 큰년네 집으로 들어가고 싶어 발길이 자꾸만 돌려진다. 그런 것을 참고 무슨 소리나 들을까 하여 한참이나 왔다 갔다 하다가 집으로 왔다.

봉당[16]에 들어서니 파리가 와그그 끓는데, 그 속에서 아기가 똥을 누고 있다. 깽깽 힘을 쓰니, 똥은 안 나오고 밑이 손길같이 빠지고 거기서 빨간 핏방울이 똑똑 떨어진다. 아기는 기를 쓰느라 두 눈을 동그랗게 비켜뜨니, 얼굴의 힘줄이 칼날같이 일어난다. 그 조그만 이마에 땀이 비 오듯 하고, 그는 못 볼 것이나 본 것처럼 머리를 돌리고 방으로 들어왔다. 마음대로 하면 아기를 콱 밟아 죽여버리든지 어디 멀리로 들어다 버리든지 했으면 오히려 시원할 것 같다.

칠성이는 발길에 채어 구르는 도토리를 집어 먹으며 아기 기 쓰는 소리에 눈살을 잔뜩 찌푸리고 그만 뒤뜰로 나와버렸다. 아기로 인하여 잠깐 잊었던 큰년 어머니의 생각이 또 나서, 그는 바자 곁으로 다가섰다.

"으아 으아" 하는 아기 울음소리에 머리를 돌렸다. 영애의 울음소리가 아니요, 아주 갓난 어린 아기의 울음인 것을 직각하자, 큰

년의 어머니가 아기를 낳았는가 했다. 그러나 불안하던 마음이
다소 덜리나 '아기' 하고 입에만 올려도 입에서 신물이 돌 지경이
었다. 지금 봉당에서 피똥을 누느라 병든 고양이 꼴 한 그런 아기
를 낳을 바엔 차라리 진자리[17]에서 눌러 죽여버리는 것이 훨씬 나
을 것 같았다.

　큰년이 같은 그런 계집애를 낳았나, 또 눈먼 것을…… 그는 히
하고 웃음이 터졌다. 그 웃음이 입가에서 사라지기도 전에 '왜 이
동네 여인들은 그런 병신만을 낳을까?' 하니, 어쩐지 이상하였다.
'하기야 큰년이가 어디 나면서부터 눈멀었다니, 우선 나도 네 살
때에 홍역을 하고 난 담에 경풍[18]이라는 병에 걸리어 이런 병신이
되었다는데' 하자, 어머니가 항상 외우던 말이 생각되었다.

　그때 어머니는 앓는 자기를 업고, 눈이 길같이 쌓여 길도 찾을
수 없는 데를 눈 속에 푹푹 빠지면서 읍의 병원에를 갔다는 것이
다. 의사는 보지도 못한 채 어머니는 난로도 없는 복도에 한겻이
나 서고 있다가, 하도 갑갑해서 진찰실 문을 열었더니 의사가 눈
을 거칠게 떠 보이고, 어서 나가 있으라는 뜻을 보이므로, 하는
수 없이 복도로 와서 해가 지도록 기다리는데 나중에 심부름하는
애가 나와서 어머니 손가락만 한 병을 주고 어서 가라고 하였다는
것이다.

　어머니는 그 말만 하면 흥분이 되어 의사를 욕하고 또 세상을
원망하는 것이다. 그때마다 그는 어머니를 핀잔하고 그 말을 막
아버리곤 하였다. 무엇보다도 불쾌하여 견딜 수 없었던 것이다.

　약만 먹으면 이제라도 내 병이 나을까, 큰년이 병도…… 아니

야. 이미 병신이 된 담에야 약을 쓴다고 나을까. 그래도 알 수가 있나, 어쩌다 좋은 약만 쓰면 나도 남처럼 다리팔을 맘대로 놀리고 해서 동냥도 하러 다니지 않고, 내 손으로 김도 매고 또 산에 가서 나무도 쾅쾅 찍어 오고, 애새끼들한테서 놀림도 받지 않고…… 그의 가슴은 우쩍하였다. 눈을 번쩍 떴다. 병원에나 가서 물어볼까…… 그까짓 놈들이 돈만 알지 뭘 알아. 어머니의 하던 말 그대로 되풀이하고 맥없이 주저앉았다.

큰년네 집도 조용하고, 아기의 울음소리도 그쳤는데, 배가 쌀쌀 고팠다. 그는 해를 짐작해보고, 어머니가 이제 들어오면 얼굴에 수심을 띠고 귀밑에 머리카락을 담북[19] 흘리고서, 너 왜 동냥하러 가지 않았니, 내일은 뭘 먹겠니 할 것을 머리에 그리며 무심히 옆에 서 있는 댑싸리나무를 바라보았다.

혹시 이 댑싸리나무가 내 병에 약이 되지나 않을까. 그는 댑싸리나무 냄새를 코밑에 서늘히 느끼자, 이러한 생각이 불쑥 일어, 댑싸리나무 곁으로 가서 한 입 뜯어 물었다. 잘강잘강[20] 씹으니, 풀내가 역하게 일며 욱 하고 구역질이 나온다. 그래도 눈을 꾹 감고 숨도 쉬지 않고 대강 씹어서 삼켰다. 목이 찢어지는 듯이 아프고 맑은 침이 자꾸만 흘러내린다. 그는 이 침마저 삼켜야 약이 될 듯해서 눈을 꿈쩍거리면서 그 침을 삼키고 나니, 까닭 없이 두 줄기 눈물이 주루루 흘러내린다.

그는 하늘을 바라보고 제발 이 손을 조금만이라도 놀려서 어머니가 하는 나무를 내가 하도록 합시사 하였다. 평소에 이런 생각을 한 번도 해본 적이 없건만, 어머니가 나무를 무겁게 이고 걸음도 잘 걷지 못하는 것을 보아도 무심했건만, 웬일인지 이 순간엔 이러한 생각이 일었다.

한참이나 꿈쩍 않고 있던 그는 손을 가만히 들어보고 이번에나 하는 마음이 가슴에서 후닥닥 어렸다. 하나 손은 여전히 떨리어 옴츠러든다. 갑자기 윽 하고 구역질을 하자 땅에 머리를 쾅! 들이 쪼고 훌쩍훌쩍 울었다.

아주 캄캄해서야 어머니는 돌아왔다. 또 산으로 가서 나무를 해 이고 온 것이다.

"어디 아프냐?"

어둠 속에 약간 드러나는 어머니의 윤곽은 피로에 쌓여 넘어질 듯하다. 그리고 짙은 풀내가 치마폭에 흠씬 배어 마늘 내같이 강하게 품겼다.[21]

"이애야, 왜 대답이 없어."

아들의 몸을 어루만지는 장작개비 같은 그 손에도 온기만은 돌았다.

칠성이는 어머니의 손을 뿌리치고 돌아누웠다. 어머니는 물러앉아 아들의 눈치를 살피다가 혼자 하는 말처럼, "어디가 아픈 모양인데, 말을 해야지 잡놈 같으니라구." 이 말을 남기고 일어서 나갔다. 한참 후에 어머니는 푸성귓국에다 밥을 말아가지고 들어와서 아들을 일으켰다. 칠성이는 언제나처럼 어머니 팔목에서 뚝 하는 소리를 들으면서 일어앉아 떨리는 손으로 숱을 붙들었다.

"이애야, 어디 아프냐?"

아까와 달리 어머니 옷가에 그을음 내가 품기고 숨소리에 따라 밥내 구수한데, 무겁던 몸이 가벼워진다.

"아 아니."

마음을 졸이던 끝에 비로소 안심하고 아들이 국 마시는 것을 들여다보았다.

"에그, 큰년네 어머니는 오늘 밭에서 아기를 낳았다누나. 내남없이 가난한 것들에게 새끼가 무어겠니."

아까 버드나무 아래서 본 큰년의 어머니가 떠오르고, 으아으아 울던 아기 울음소리가 들리는 듯, 또 영애의 그 꼴이 선히 나타난다. 그는 눈살을 찌푸렸다.

"글쎄, 새끼가 왜 태어, 진절머리 나지."

한숨 섞어 어머니는 이렇게 탄식하고, 빈 그릇을 들고 나가버린다. 칠성이는 방 안이 덥기도 하지만, 큰년네 일이 궁금해서 그만 일어나 나왔다.

뜰 한 모퉁이에 쌓여 있는 나뭇단에서 짙은 풀내가 산속인 듯싶게 흘러나오고, 검푸른 하늘의 별들은 아기 눈같이 이쁘다.

왱왱거리는 모기를 쫓으면서 나무 말려 모아놓은 곳에 주저앉았다. 마른 갈잎이 버석버석 소리를 내고 더운 김에 밑이 뜨뜻하였다. 어머니가 저리로부터 온다.

"칠성이냐? 왜 나왔니."

버석 소리를 내고 곁에 앉는다. 땀내와 영애의 똥내가 훅 끼치므로, 그는 머리를 돌리었다. 어머니는 젖을 꺼내 아기에게 물리고 한숨을 푹 쉰다. 무슨 말을 하려나 하고 칠성이는 어머니의 눈치를 살피나, 안타깝게 병든 고양이 새끼 같은 영애를 어루만지기만 하고, 쉽사리 입을 열지 않았다.

해종일 김매기에 그 몸이 고달팠겠고, 더구나 산에 가서 나무를 해 오려기에 그 몸이 지칠 대로 지쳤으련만, 또 아기에게서라도 시달림을 받으니, 오늘 날이라도 잠만 들면 깨지 못할 것 같다. 그렇게 피로한 몸을 돌아보지 않는 어머니가 어딘지 모르게 미웠다.

"계집애는 자지도 않아!"

칠성이는 보다 못해서 꽥 소리쳤다. 영애는 젖꼭지를 문 채 울음을 내쳤다. '그 애가 어디 자게 되었니. 몸이 아픈 데다 해종일 굶었고, 또 이리 젖이 안 나니까' 하는 말이 혀끝에서 똑 떨어지려는 것을 꾹 참으니 눈물이 핑그르르 돌았다.

"오오, 널 보고 안 그런다. 어서 머."

겨우 말을 마치자, 눈물이 줄줄 흘렀다. 문득 어머니는 이 눈물이 겉으로 흘러서 영애의 타는 목을 축여줬으면 가슴은 이다지도 쓰리지 않으련만 하였다.

한참 후에 어머니는, "글쎄, 살지도 못할 것이 왜 태어나서 어미만 죽을 경을 치게 하겠니. 이제 가보니, 큰년네 아기는 죽었더구나. 잘되기는 했더라만…… 에그, 불쌍하지. 얼마나 밭고랑을 타고 헤매었는지 아기 머리는 그냥 흙투성이더라구나. 그게 살면 또 병신이나 되지 뭘 하겠니. 눈에 귀에 흙이 잔뜩 들었더라니, 아이구, 죽기를 잘했지, 잘했지!"

어머니는 흥분이 되어 이렇게 중얼거린다. 칠성이도 가슴이 답답해서 숨을 크게 쉬었다. 그리고 자신도 어려서 죽었더라면 이 모양은 되지 않을 것을 하였다.

"사는 게 뭔지 큰년네 어머니는 내일 또 김매러 가겠다더구나. 하루쯤 쉬어야 할 텐데. 이게 이게 어느 때냐, 그럴 처지가 되어야지. 없는 놈에게 글쎄 자식이 뭐냐, 웬 자식이냐."

영애를 낳아놓고 그다음 날로 보리마당질하던, 그 지긋지긋하던 때가 떠오른다. 하늘이 노랗고, 핑핑 돌고, 보리 이삭이 작았다 커 보이고, 도리깨를 들 때, 내릴 때, 아래서는 무엇이 뭉클뭉클 나오다가 나중엔 무엇이 묵직하게 매달리는 듯해서 좀 만져보았으나, 사이도 없고 또 남들이 볼까 꺼리어 그냥 참고 있다가 소변보면서 보니 허벅다리에 피가 흥건했고, 또 주먹같이 살덩이가 축 늘어져 있었다. 겁이 더럭 났지만, 누구보고 물어보기도 부끄럽고 해서 그냥 내버려두었더니, 그 살덩이가 오늘까지 늘어져서 들어갈 줄 모르고 또 무슨 물을 줄줄 흘리고 있다.

그것 때문에 여름에는 더 덥고 또 고약스런 악취가 나고, 겨울엔 더하고 항상 몸살이 오는 듯 오삭오삭 추웠다. 먼 길이나 걸으면 그 살덩이가 불이 붙는 듯 쓰라리고 또 염증을 일으켜 퉁퉁 부어서 걸음 걸을 수가 없으며 나중엔 주위로 수없는 종기가 나서 그것이 곪아 터지느라 기막히게 아팠다. 이리 아파도 누구에게 아프다는 말도 할 수 없는 그런 종류의 병이었다.

어머니는 지금도 척척히 늘어져 있는 그 살덩이를 느끼면서 한숨을 폭 쉬었다. 갈잎이 바삭바삭 소리를 낸다. 마침 영애는 젖꼭지를 깍 깨물었다. "아이그!" 소리까지 내치고도 얼른 칠성이가 이런 줄을 알면 욕할 것이 싫어서 그다음 말은 뚝 그치고 손으로 영애의 머리를 꼭 눌러 아프다는 뜻을 영애에게만 알리었다. 그러고도 너무 눌렀는가 하여 누른 자리를 금시로 어루만져주었다.

"정말 오늘 그 난시에 글쎄 큰년네 집에는 손님이 와서 방 안에 앉아도 못 보고 갔다누나."

칠성이는 머리를 들었다. 어디서 불어오는 모기쑥 내는 향긋하였다.

"전에부터 말 있는 그 집에서 왔다는데, 넌 정 모르기 쉽겠구나. 읍에서 무슨 장사를 한다나, 꽤 돈푼이나 있다더라. 한데, 손을 이때까지 못 보았다누나, 해서, 첩을 여남은도 넘어 얻었으나 이때까지 못 낳았단다. 에그, 그런 집에나 태이지."

어머니는 영애를 잠잠히 내려다본다. 칠성이는 이야기하면서도 아기를 생각하는 어머니가 보기 싫었다. 하나 다음 말을 들으려니 가만히 앉아 있었다.

"그런데 어찌어찌하다가 큰년의 말이 났는데 사내는 펄쩍 뛰더란다. 그래두 안으로 맘이 켕기어서 그러하다고 하더니, 하필 오늘 같은 날, 글쎄 선보러 왔다 갔다니…… 큰년이는 이제 복 좋을라! 언제 봐도 덕성스러워. 그 애가 눈이 멀었다 뿐이지 못하는 게 뭐 있어야지. 서드레일[22]이나 앉아 하는 일이나 휭 잡았으니 눈 뜬 사람보다 낫다. 이제 그런 집으로 시집가게 되고 달덩이 같은 아들을 낳아놀 게다. 아이그, 좀 잘살아야지……"

"눈먼 것을 얻어다 뭘을 해!"

칠성이는 뜻밖에 이런 말을 퉁명스레 내친다. 그의 가슴은 지금

질투의 불길로 꼭 찼고, 누구든지 큰년이만 다친다면 사생을 결단하리라 하였다. 이러고 나니 머리에 열이 오르고 다리팔이 떨리었다.

"그 그래, 시 시집가기로 됐나?"

어머니는 아들의 눈치를 살피고 어쩐지 대답하기가 어려웠다. 동시에 저것도 계집이 그리우려니 하니, 불쌍한 마음이 들고 또 아들의 장래가 캄캄해 보이었다.

"아직은 되지 않았다더라마는……"

이 말에 그의 마음은 다소 가라앉은 듯하나, 웬일인지 슬픈 생각이 들어 그는 일어났다.

"들어가 자거라, 내일은 일찍이 읍에 가게 해. 어떻게 건나."

칠성이는 화를 버럭 내고 어머니 곁을 떠나 되는대로 걸었다.

발걸음에 따라 모기쑥 내 없어지고 산듯한 공기 속에 풀내 가득히 흐른다. 멀리 곡식 대 비벼치는 소리 바람결에 은은하고, 산기를 띤 실바람이 그의 몸에 싸물싸물²³ 기고 있다. 잠방이 가랑이 이슬에 젖고, 벌레 소리 발끝에 채어 요리 졸졸졸, 조리 쓸쓸……

그는 우뚝 섰다. 저 앞은 지척을 분간할 수 없는 어둠으로 덮였고, 하늘 아래 저 불타산의 윤곽만이 검은 구름같이 뭉실뭉실 떠 있다. 그 위에 별들이 너도나도 빛나고, 별빛이 눈가에 흐르자 눈물이 핑그르르 돌며 통곡이라도 하고 싶었다. 저 산도 저 하늘도 너무나 그에겐 무심한 것 같다.

"이애야, 들어가자."

어머니의 기운 없는 음성이 들린다.

"왜 왜 쫓아다녀유."

칠성이는 마음에 잠겼던 어떤 원한이 일시에 머리를 들려고 하였다.

"제발 들어가. 이리 나오면 어쩌겠니."

어머니는 그의 손을 붙들었다. 칠성이는 뿌리치렸으나 힘이 부친다. 길 풀이 그들의 옷에 비비쳐 실실 소리를 낸다. 어머니는 절반 울면서 사정을 하였다. 그는 어머니 손에 붙들리어 돌아오면서, 오냐, 내일 저를 만나보고 시집가는지 안 가는지 물어보고, 또 나한테 시집오겠니도 물어야지 할 때, 가슴은 씩씩 뛰고 어떤 실 같은 희망이 보인다.

"날 보고 네 동생들을 봐라."

어머니는 이러한 말을 하여 아들을 달래려고 한다. 칠성이는 말 없이 그의 집까지 왔다.

이튿날 일부러 늦게 일어난 칠성이는 오늘은 기어코 큰년이를 만나 무슨 말이든지 하리라, 만일 시집가기로 되었다면…… 그는 아뜩하였다. 그때는 그만 죽여버릴까, 나는 그 칼에 죽지 하고 뒤뜰로 나와서 바자 곁에 다가섰다. 큰년네 집은 고요하고, 뜨물 동이에서 왕왕거리는 파리 소리만이 간혹 들릴 뿐이다. 가자! 바자에서 선뜻 물러섰다. 눈에 마주 띄는 저 앞의 큰 차돌은 웬일인지 노랗게 보이었다.

그는 숨이 차서 방으로 들어왔다. 옷을 이 모양을 하구 가, 하고 굽어보았다. 쇠똥 자국이 여기저기 있고, 군데군데 해졌고. 뭘 눈이 멀었는데 이게 보이나, 그럼 만나서는 뭐라구 말을 해야지. 그는 천장을 바라보고 생각하였다. 입가에 흐르는 침을 몇 번이나 시 하고 들이마시나 그저 캄캄한 것뿐이다. 생전 말이라고는 못해 본 것처럼 아뜩하였다.

내가 병신임을 저가 아나 하는 불안이 불쑥 일어 맥이 탁 풀린다. "네까짓 것에게 시집가!" 하는 큰년의 말이 들리는 듯해서, 그는 시름없이 밖을 내다보았다.

바자에 얽힌 호박 넌출, 박 넌출, 그 옆으로 옥수숫대, 썩 나와서 살구나무, 작고 큰 댑싸리가 아무 기탄 없이 하늘을 바라보고 가지가지를 쭉쭉 쳤으니, 잎잎이 자유스럽게 미풍에 흔들리지 않는가. 웬일인지 자신은 저러한 초목만큼도 자유롭지 못한 것을 전신에 느끼고 한숨을 후 쉬었다.

한참 후에 칠성이는 마음을 단단히 먹고 마당으로 나와서, 큰년네 집 앞으로 몇 번이나 왔다 갔다 하다가, 싸리문을 가만히 밀고 껑충 뛰어들었다.

봉당 문도 꼭 닫히었고 싸리비만이 한가롭게 놓여 있다. 얼떨결에 봉당 문을 삐걱 열었을 때 고양이 한 마리가 야옹 하고 튀어 나간다. 그는 어찌 놀랐는지 숨이 하늘에 닿을 것처럼 뛰었다. 봉당으로 들어서서 한참이나 망설이다가 방문을 열어보았다. 무거운 공기만이 밀려 나오고 큰년이는 없었다. 시집을 갔나? 하고 얼른 생각하면서, 부엌으로 뒤뜰로 인기척을 찾으려 하였으나 조용하였다. 그는 이러하고 언제까지나 있을 수가 없어서 발길을 돌리려했을 때 싸리문 소리가 난다. 그는 얼떨결에 기둥 이편으로 와서 그 뒤 멍석 곁에 바싹 다가섰다. 부엌문 소리가 덜거렁 나더니 큰년이가 빨래 함지를 이고 들어온다. 그의 눈은 캄캄해지고 정신이 나른해진다. 큰년이가 그를 알아보고 이리 오는 것만 같고, 그의 눈은 먼 것이 아니요, 언제나 창틈으로 볼 수 있는 별 눈을 빠끔히 뜨고서 쳐다보는 듯했다. 숨이 차서 견딜 수 없으므로 멍석 아래 뒤로 돌아가며 숨을 죽이었으나 점점 더 숨결이 항항거리고 멍석 눈에 코가 맞닿아서 기절을 할 지경이었다.

큰년이는 뒤뜰로 나간다. 짤짤 끄는 신발 소리를 들으면서 머리를 내밀어 밖을 살피고 발길을 옮기려 했으나 온몸이 비비 꼬이어 한 보를 옮길 수가 없다. 어색하여 그만 집으로 가려고도 했다. 그의 몸은 돌로 된 것 같았으나 마침 빨래 널리는 소리가 바삭바삭 나자 큰년이가 읍으로 시집간다! 하는 생각이 들며 발길이 허둥하고 떨어진다.

큰년이는 빨래를 바자에 걸치다가 휘끈 돌아보고 주춤한다. 칠성이는 차마 큰년이를 쳐다보지 못하고 우두커니 서 있었다.

"누구요?"

"……"

"누구야요?"

큰년의 음성은 떨려 나왔다. 칠성이는 무슨 말이든지 해야 할 터인데 입이 꽉 붙고 떨어지지 않는다. 한참 후에 발길을 지척하고 내디디었다.

"난 누구라구……"

큰년이는 바자 곁으로 다가서고 머리를 다소곳한다. 곱게 감은 그의 눈등은 발랑발랑 떨렸다. 칠성이는 자기를 알아보는 것을 알고 조금 마음이 대담해졌다. 이번엔 밖이 걱정이 되어 연신 눈이 그리로만 간다.

"나가. 야, 어머니 오신다."

큰년이는 암팡지게 말을 했다. 어려서 음성이 그대로 남아 있다.

"너 너 시집간다지. 조 좋겠구나!"

"새끼두 별소리 다 하네. 나가. 야."

큰년이는 빨래를 조물락거리고 서서 숨을 가볍게 쉰다. 해어진 적삼 등에 흰 살이 불룩 솟아 있다. 칠성이는 무의식 간에 다가섰다.

"아이구머니!"

큰년이는 바자를 붙들고 소리쳤다. 칠성이는 와락 겁이 일어 주춤 물러서고 나갈까도 했다. 앞이 캄캄해지고 또 빙글빙글 돌아가는 것 같았다.

"어머니 오신다. 야."

칠성이는 잠깐 눈을 감았다가 덜덜 떨리어 나오는 이 소리에 눈을 떴다. 등어리²⁴로 흘러 내려온 삼단 같은 머리채는 큰년의 냄새를 물씬물씬 피우고 있다. 칠성이는 얼른 큰년의 발을 짐짓 밟았다. 큰년이는 얼굴이 새빨개서 발을 냉큼 빼어가지고 저리로 간다. 손에 들었던 빨래는 맥없이 툭 떨어진다.

쟤가 돌을 집어 치려고 저러나 하고 겁을 먹었으나, 큰년이는 바자 곁에 다가서서 바자를 보시락보시락 만지고 있는데, 댕기꼬리는 풀풀 날린다. 야물야물[25]하던 말도 쑥 들어가고 애꿎이 바자만 만지고 있다.

"사탕두 주구, 옷 옷감두 주 주께, 시집 안 가지?"

큰년이는 언제까지나 잠잠하게 있다가, 조금 머리를 드는 척하더니, "누가…… 사탕…… 히."

속으로 웃는다. 칠성이도 따라 웃고,

"응, 야, 안 안 가지?"

"내가 아니, 아버지가 알지."

이 말엔 말이 막힌다. 그래서 우두커니 섰노라니,

"어서 나가. 야."

큰년이는 얼굴을 돌린다. 곱게 감은 눈에 속눈썹이 가무레하게[26] 났는데 그 눈썹 끝에 걱정이 대글대글 맺혀 있다.

"그 그럼 시집 가 가겄니?"

큰년이는 머리를 푹 숙이고, 발끝으로 돌을 굴리고 있다. 칠성이는 슬픈 맘이 들어 울고 싶었다.

"안 안 안 가지, 응야?"

큰년이는 대답 대신으로 한숨을 푹 쉬고 머리를 들다가 돌아선다. 그때 어린애 울음소리가 들렸다. 칠성이는 놀라 뛰어나왔다.

집에 오니, 칠운이가 아기를 부엌 바닥에 내려 굴리고 띠로 아기를 꽁꽁 동이려고 한다. 아기가 다리팔을 함부로 놀리고 발악을 하니, 칠운이는 사뭇 죽일 고기 다루듯 아기를 각각 쥐어박는다.

"이 계집애 자겄니 안 자겄니. 안 자면 죽이고 말겠다."

시퍼런 코를 쌍줄로 흘리고서 주먹을 겨누어 보인다. 아기는 바르르 떨면서 눈을 꼭 감고, 눈물을 졸졸 흘리고 있다.

"그러구 자라. 이 계집애."

칠운이는 아기 옆에 엎어지고, 한 손으로 그의 허리를 꼬집어 당긴다.

"어마이, 난 여기 자꾸자꾸 아파서 아기 못 보겠다야, 씨……흥."

코를 혀끝으로 빨아올리면서 칠운이는 이렇게 중얼거렸다. 그 눈에 졸음이 가득하더니, 그만 씩씩 자버린다.

칠성이는 무심히 이 꼴을 보고 봉당으로 들어섰다.

"엄마!"

자는 줄 알았던 아기가 눈을 동글하게 뜨고 오빠를 바라본다. 칠성이는 머리끝이 쭈볏하도록 놀랐다. 해서 얼결에 발을 이어 찰 것처럼 하고 눈을 딱 부릅떠 보이니, 아기는 그 얇은 입술을 비죽비죽하며 눈을 감는다.

"엄마! 엄마!"

아기는 그 입으로 이렇게 부르고 울었다. 칠성이는 방으로 들어와서 빙빙 돌다가 뒤뜰로 나와 큰년이가 아직도 그 자리에 서 있으면 하고 바자를 가만히 뻐기고 들여다보니, 큰년이는 보이지 않고 빨래만이 가득히 널려 있었다.

방으로 들어와서 벽에 걸린 동냥자루를 한참이나 바라보면서 큰년의 옷감 끊어다 줄 궁량²⁷을 하고, 그러면 큰년이와 그의 부모들도 나에게로 뜻이 옮겨질지 누가 아나 하고, 동냥자루를 벗

겨 메고서 밀짚모를 비스듬히 제껴 쓴 다음에 방문을 나섰다. 눈
결에 보니, 아기는 무엇을 먹고 있으므로, 그는 머리를 넘석하여
보았다. 아기는 띠 동인 데서 벗어나와 아궁 곁에 오줌을 눈 듯한
데, 그 오줌을 쪽쪽 핥아 먹고 있다.

"이애! 이 계집애!"

칠성이는 이렇게 버럭 소리 지르고 밖으로 나왔다. 뜨거운 물속
에 들어서는 듯 전신이 후끈하였다. 신작로에 올라서며, 그는 옷
을 바로 하고 모자를 고쳐 쓰고 아주 점잖은 양하였다. 이제부터
는 이래야 할 것 같다. 에헴! 하고 큰 기침도 하여 보고, 걸음도
천천히 걸으려 했다. 이러면 애들도 달려들지 못하고 어른들도
놀리지 못할 테지 할 때 큰년이가 떠오른다. 슬며시 돌아보니, 벌
써 그의 마을은 보이지 않고, 수수밭이 탁 막아섰다. 수수밭 곁으
로 다가서니, 싱싱한 수수잎 내가 훅 끼치고, 등허리가 근질근질
하게 땀이 흘러내린다. 두어 번 몸을 움직이고 어디라 없이 바라
보았다.

수수밭 머리로 파랗게 보이는 저 불타산은 몇 발걸음 옮기면 올
라갈 듯이 그렇게 가까워 보인다. 그의 집 창문 곁에 비껴 서서 맘
놓고 바라볼 수 있는 것은 저 산이요, 또 이런 수수밭 머리에서 쉬
어가며 바라볼 수 있는 것이 저 산이다.

그는 한숨을 푹 쉬었다. 언제나 저 산을 바라볼 때엔 흩어졌던
마음이 한데 모이는 듯하고, 또한 깜박 잊었던 옛날 일이 한두 가
지 생각되곤 하였다.

먼 산에 아지랑이 아물아물 기는 어느 봄날, 그는 자리에서 일

어나 창문 곁에 서니, 동무들이 조그만 지게를 지고, 지팡이를 지게에 끼웃이[28] 꽂아가지고, 열을 지어 산으로 가고 있다. 어찌나 부럽던지 한숨에 뛰어나와서, 우두커니 바라볼 때, '언제나 나도 이 병이 나아서 쟤들처럼 지팡이를 저리 꽂아가지고 나무하러 가보나. 난 어른이 되면 저 산에 가서 이런 굵은 나무를 탕탕 찍어서 한참 잔뜩 지고 올 테야.'

여기까지 생각한 그는 흠 하고 코웃음 쳤다. 뼈 마디마디가 짜릿해오고, 가슴이 죄는 것 같다. 두어 번 머리를 설레설레 흔들고 터벅터벅 걸었다. 지금 그의 앞엔 큰년이가 있을 따름이다.

이틀 후.

칠성이는 그의 마을로부터 육 리나 떨어져 있는 송화읍 어귀에 우두커니 서 있었다. 읍에 와서 돌아다니나 수입이 잘 되지 않으므로, 이렇게 송화읍까지 오게 되었고, 그제서야 겨우 큰년의 옷 감을 인조견으로 바꾸어가지고 돌아오는 길이었던 것이다.

이 밤이나 어디서 지낼까 망설이나, 어서 빨리 이 옷감을 큰년의 손에 쥐어주고 싶은 마음, 또는 큰년의 혼사 사건이 궁금하고 불안해서 그는 가기로 결정하고 걸었다.

쳐다보니, 별도 없는 하늘 검정 강아지 같은 어둠이 눈 속을 아물아물하게 하는데, 웬일인지 마음이 푹 놓이고 어떤 희망으로 그의 눈은 차차로 열렸다. 산과 물은 그의 맘속에 파랗게 솟아 있는 듯, 그렇게 분명히 구별할 수 있고, 신작로에 깔린 자개돌[29]은 심심하면 장난치기 알맞았다.

사람들이 연락부절[30]하고, 자동차가 먼지를 피우며 달아나는 그 낮 길보다는 오히려 이 밤길이 그에게는 퍽이나 좋게 생각되었다. 그래서 다리 아픈 것도 모르고 걸었다.

가다가 우뚝 서면 산냄새 그윽하고, 또 가다가 들으면 물소리 돌돌하는데, 논물 내 확 풍기고, 간혹 산새 울음 끊겼다 이어질 제, 멀리 깜박여오는 동네의 등불은 포르릉 날아오는 것 같다가도 다시 보면 포르릉 날아간다.

그가 숨을 크게 쉴 때마다 가슴에 품겨 있는 큰년의 옷감은 계집의 살결 같아 조약돌을 밟는 발가락이 짜르르 울리었다.

"고것 어떡허나."

그는 무의식 간에 입을 쩍 벌리고 무엇을 물어 당길 것처럼 하였다. 지금 큰년이와 마주 섰던 것을 머리에 그려본 것이다. 이제 가서 이 옷감을 들려주면 큰년이는 너무 좋아서 그 가무레한 눈썹 끝에 웃음을 띨 테지. 가슴은 소리를 내고 뛴다.

차츰 동녘 하늘이 바다와 같이 훤해오는데, 난데없는 빗방울이 뚝뚝 떨어진다. 그는 놀라 자꾸 뛰었으나, 비는 더 쏟아지고, 멀리서 비 몰아오는 소리가 참새 무리들 건너듯 했다. 그는 어쩔까 잠시 망설이다가, 빗발에 묻히어 어렴해 보이는 저 동리로 부득이 발길을 옮겼다. 큰년의 옷감이 아니면 이 비를 맞으면서도 가겠으나, 모처럼 끊은 이 옷감이 비에 젖을 것이 안되어 동네로 발길을 옮긴 것이다.

한참 오다가 돌아보니, 신작로가 뚜렷이 보이고, 어쩐지 마음이 수선해서[31] 발길이 딱 붙는 것을 겨우 떼어놓았다.

동네까지 오니, 비에 젖은 밀짚 내 콜콜 올라오고, 변소 옆을 지나는지 거름 내가 코밑에 살살 기고 있다. 그는 어떤 집 처마 아래로 들어섰다. 몸이 오솔오솔 춥고 눈이 피로해서 바싹 벽으로 다가서서 웅크리고 앉았다. 그의 마을 앞의 홰나무가 보이고 큰년이가 나타나고…… 눈을 번쩍 떴다.

빗발 속에 날이 밝았는데, 먼 산이 보이고 또 지붕이 옹기종기 나타나고, 낙숫물 소리 요란하고 그는 용기를 내어 일어나 둘러보았다.

그가 서 있는 이 집이란 돈푼이나 좋이 있는 집 같았다. 우선 벽이 회벽으로 되었고, 지붕은 시커먼 기와로 되었으며 널판자로 짠 문의 규모가 크고 또 주먹 같은 못이 툭툭 박힌 것을 보아 짐작할 수 있었다. 그의 얼었던 마음이 다소 풀리는 듯하였다.

흰 돌로 된 문패가 빗소리 속에 적적한데, 칠성이는 눈썹 끝이 희어지도록 이 문패를 바라보고 생각을 계속하였다. '오냐, 오늘은 내게 무슨 재수가 들어 닿나 보다. 이 집에서 조반이나 톡톡히 얻어먹고, 돈이나 쌀이나 큼직이 얻으리라……' 얼른 눈을 꾹 감아보고, '눈도 먼 체할까. 그러면 더 불쌍하게 봐서 쌀이랑 돈을 더 줄지 모르지.' 애써 눈을 감고 한참을 견디려 했으나, 눈등이 간지럽고 속눈썹이 자꾸만 떨리고 흰 문패가 가로세로 나타나고, 못 견디어 눈을 뜨고 말았다.

어떡허나, 내 옷이 너무 희지, 단숨에 뛰어나와서 흙물에 주저앉았다가, 일어나 섰던 자리로 왔다. 아까보다 더 춥고 입술이 떨린다. 그는 대문 틈에 눈을 대고 안을 엿보려 할 때, 신발 소리가 절벅절벅 나므로, 날래[32] 몸을 움직이어 비껴 섰다. 대문은 요란스런 소리를 내고 열렸다. 언제나처럼 칠성이는 머리를 푹 숙이고 어떤 사람의 시선을 거북스러이 느꼈다.

"웬 사람이야?"

굵직한 음성. 머리를 드니, 사나이는 눈이 길게 찢어졌고, 이 집의 고용인 듯 옷이 캄캄하다.

"한술 얻어먹으러 왔슈."

"오늘은 첫새벽부터야."

사나이는 이렇게 지껄이고 나서 돌아서 들어간다. '이 집의 인심은 후하구나. 다른 집 같으면 으레 한두 번은 가라고 할 터인데' 하고, 어깨가 으쓱해서 안을 보았다.

올려다보이는 퇴 위에 높직이 앉은 방은 사랑인 듯했고, 그 옆으로 조그만 대문이 좀 삐딱해 보이고, 그리고 안 대청마루가 잠깐 보인다. 사랑채 왼편으로 죽 달려 이 문간에 와서 멈춘 방은 얼른 보아 창고인 듯, 앞으로 밀짚 낟가리들이 태산같이 가리어 있다. 밀짚 대에서 빗방울이 다롱다롱 떨어진다. 약간 누런 빛을 띠었다. 뜰이 휘휘하게 넓은데, 빗물이 골이 져서 흘러내린다.

저리로 들어가야 밥술이나 얻어먹을 텐데, 그는 빗발 속에 보이는 안 대문을 바라보고 서먹서먹한 발길을 옮겼다. 중대문에 들어서자, 안 부엌으로부터 개 한 마리가 쏜살같이 달려나온다.

으르릉 하고 달려드므로 그는 개를 얼릴[33] 양으로 주춤 물러서서 혀를 쩍쩍 찼다. 개는 날카로운 이를 내놓고 뛰어오르며 동냥자루를 확 물고 늘어진다. 그는 아찔하여 소리를 지르고 중문 밖으로 튀어나오자, 사랑에 사람이 있나 살피며 개를 꾸짖어줬으면

했으나 잠잠하였다. 개는 눈을 뒤집고서 앞발을 버티고 뛰어오른다. 칠성이는 동냥자루를 입에 물고 몸을 굽혔다 폈다 하다가도 못 이겨서 비슬비슬 쫓겨 나왔다. 개는 여전히 따라 큰 대문에 와서는 칠성이가 용이히 움직이지 않으므로 으르릉 달려들어 잠방이 가랑이를 물고 늘어진다. 그는 악 소리를 지르고 달아 나왔다. 아까 나왔던 사내가 안으로부터 나왔다.

"워리워리."

개는 들은 체하지 않고 삐죽한 주둥이로 자꾸 짖었다. 저놈의 개를 죽일 수가 없을까 하는 마음이 부쩍 일어 그는 휘 돌아서서 노려볼 때 사내는 손짓을 하여 개를 부른다. 그러니 개는 슬금슬금 물러나면서도 칠성에게서 눈을 떼지 않았다.

갑자기 속이 메슥해지고 등허리가 오싹하더니, 온몸에 열이 화끈 오른다. 개를 찾았으나 보이지 않고, 큰 대문만이 보기 싫게 버티고 있었다. 또 가볼까 하는 맘이 다소 머리를 드나, 그 개를 만날 것을 생각하니 진저리가 났다. 해서 단념하고 시죽시죽[34] 걸었다.

비는 바람에 섞이어 모질게 갈겨 치고, 나무 흔들리는 소리 도랑물 흐르는 소리에 귀가 뺑뺑할 지경이다. 붉은 물이 이리 몰리고 저리 몰리는 그 위엔 밀짚이 허옇게 떠 있고, 파랑새 같은 나뭇잎이 뱅글뱅글 떠돌아 간다.

비에 젖은 옷은 사정없이 몸에 착 달라붙고 지동 치듯 부는 바람결에 숨이 흑흑 막혔다. 어쩔까 하고 둘러보았으나, 집집이 문을 꼭 잠그고 아침 연기만 풀풀 피우고 있다. 혹 빈집이나 방앗간 같은 게 없나 했으나 눈에 뜨이지 않고, 무거운 눈엔 그 개가 자꾸만 얼른거리고 또, 뒤에 다우쳐[35] 오는 것 같다. 개에게 찢긴 잠방이 가랑이가 걸음에 따라 너덜너덜하여 그의 누런 다리 마디가 환히 들여다보이고, 푹 눌러쓴 밀짚모자에선 방울져 떨어지는 빗방울이 눈물같이 건건한[36] 것을 입술에 느꼈다. 문득 그는 큰년의 옷감이 젖는구나 생각되자, 소리를 내어 칵 울고 싶었다.

그는 우뚝 섰다. 들은 자욱하여 어디가 산인지 물인지 길인지 분간할 수 없고, 곡식 대들이 미친 듯이 날뛰는 그 속으로 무슨 큰 짐승이 윙윙 우는 듯한 그런 크고도 굵은 소리가 대지를 울린다.

지금 그는 빗발에 따라 〈확확 일어나는 어떤 반항을 전신에 느끼면서〉 마음만은 앞으로 앞으로 가고 싶은데, 발길이 딱 붙고 떨어지지 않는다. 바라보니, 동네도 거반 지나온 셈이요, 앞으로 조그만 집이 두셋이 남아 있다. 그리로 발길을 돌렸으나 들에 미련이나마 남아 있는 듯 자주자주 멍하니 들을 바라보았다.

그가 개에게 쫓긴 것이 이번뿐이 아니요, 때로는 같은 사람한테도 학대와 모욕을 얼마든지 당하였건만, 오늘 일은 웬일인지 견딜 수 없는 분을 일으키게 된다.

"이 친구, 왜 그러구 섰수."

그는 놀라 보니 자기는 어느덧 조그만 집 앞에 섰고, 그 조그만 집은 연자간이라는 것을 알았다. 머리를 넘석하여 내다보는 사내는 얼른 보아 사오십 되었겠고, 자기와 같은 불구자인 거지라는 것을 즉석에서 알았다. 사내는 쭝깃이[37] 웃는다. 그는 이리 찾아오고도 저 사나이를 보니, 들어가고 싶지 않아 머뭇거리다 하는

수 없이 들어갔다. 쌀겨 내 가득히 흐르는 그 속에 말똥 내도 훅훅
품겼다.

"이리 오우, 저 옷이 젖어서 원⋯⋯"

사내는 나무다리를 짚고 일어나서 깔고 앉았던 거적자리를 다
시 펴고 자리를 내놓고 비켜 앉는다. 칠성이는 얼른 히뜩히뜩 센
머리털과 수염을 보고 늙은것이 내 동냥해 온 것을 뺏으려나 하는
겁이 나고 싫어진다.

"그 옷 땜에 칩겠수. 우선 내 센 옷을 입고 벗어서 말리우."

사내는 그의 보따리를 뒤적뒤적하더니, "자, 입소. 이리 오우."

칠성이는 돌아보았다. 시커먼 양복인데 군데군데 기운 것이다.
그 순간 어디서 좋은 옷 얻었는데, 나도 저런 게나 얻었으면 하면
서 이상한 감정에 싸여 사나이의 웃는 눈을 정면으로 보았을 때
동냥자루나 뺏을 사람 같지 않았다. 그는 머리를 숙이고 소매에
서 떨어지는 물방울을 보았다. 사나이는 나무다리를 짚고 이리로
온다.

"왜 이러구 섰수. 자, 입으시우."

"아 아니유."

칠성이는 성큼 물러서서 양복저고리를 보았다. 나서 생전 입어
보지 못한 그 옷 앞에 어쩐지 가슴까지 두근거린다.

"허! 그 친구 고집 대단한데, 그럼, 이리 와 앉기나 해유."

사나이는 그의 손을 끌고 거적자리로 와서 앉힌다. 눈결에 사내
의 뭉툭한 다리를 보고 못 본 것처럼 하였다.

"아침 자셨수."

칠성이는 이자가 내 동냥자루에 아침 얻어 온 줄로 알고 이러는가 하여, 힐금 동냥자루를 보았다. 거기에서도 물이 떨어지고 있다.

"아니유."

사내는 잠잠하였다가, "안되었구려. 뭘 좀 먹어야 할 터인데……"

사내는 또 무슨 생각을 하는 듯하더니, 그의 보따리를 뒤진다.

"자, 이것 적지만 자시유."

신문지에 싼 것을 내들어 펴 보인다. 그 종이엔 노란 조밥이 고실고실 말라가고 있다.

밥을 보니 구미가 버쩍 당기어 부지중에 손을 내밀었으나, 손이 말을 안 듣고 떨리어서 흠칫하였다. 사나이는 이 눈치를 채었음인지, 종이를 그의 입 가까이 갖다 대고,

"적어 안되었수."

부끄럼이 눈썹 끝에 일어 칠성이는 눈을 내리뜨고 애꿎이 코를 들이마시며 종이를 무릎에 놓고 입을 대고 핥아 먹었다. 신문지 내가 이 사이에 나들고 약간 쉰 듯한 밥알이 씹을수록 고소하였다. 입맛을 다실 때마다 좀더 있으면 하는 아수한 마음이 혀끝에 날름거리고 사내 편을 향한 귓바퀴가 어쩐지 가려운 듯 따가움을 느꼈다.

"저것이 원……"

사나이의 이러한 말을 들으며 신문지에서 입을 떼고 히 하고 웃어 보이었다. 사내도 따라 웃고 무심히 칠성의 다리를 보았다.

"어디 다쳤나 보! 피가 나우."

허리를 굽히어 들여다본다. 칠성은 얼른 아픔을 느끼고 들여다보니, 잠방이 가랑에 피가 빨갛게 묻었고 다리엔 방금 선혈이 흐르고 있다. 별안간 속이 무쭉해서[38] 그는 다리를 움츠리고 머리를 들었다. 바람결에 개 비린내 같은 것이 훌씬 끼친다.

"개, 개한테 그리되었지우."

"아, 그 기와집에 가셨수…… 그〈놈네〉개를 길러도 흉악한 개를 기르거든. 흥! 〈돈 있는 놈이라도 모두〉한 놈이 아니우. 어디 이리 내놓우. 개에게 물린 것이 심상히 여길 것이 못 되우."

사내는 그의 다리를 잡아당기었다. 그는 얼른 다리를 치우면서도 〈형용할 수 없는 울분이 젖은 옷에까지 오싹오싹 기어오르고〉코 안이 싸해서 몇 번 코를 움직일 때, 뜻하지 않은 눈물이 주르르 흘러내린다. 사나이는 이 눈치를 채고 허허 웃으면서, 그의 등을 가볍게 두드렸다.

"이 친구 우오. 울기로 하자면…… 허허, 울어선 못쓰오. 〈난 공장에서 생생하던 이 자리가 기계에 물려 이리되었소만, 지금 세상이 어떤 줄 아시우.〉"

칠성이는 머리를 번쩍 들어 사내를 바라보니, 눈에 분노의 빛이 은은하였다. 다시 다리로 시선이 옮겨질 때, 가슴이 턱 막히고 목에 무엇이 가로걸리는 것 같아, 시름없이 머리를 숙이고 무심히 부드러운 먼지를 쥐어 상처에 발랐다.

"어이구! 먼지를 바르면 되우?"

사내는 칠성의 손을 꽉 붙들었다. 칠성이는 어린애같이 히 웃고 나서,

"이러면 나아유."

"아, 원, 그런 일 다시는 하지 마우. 약이 없으면 말지, 그런 일 하면 되우? 더 성해서 앓게 되우."

칠성이는 약간 무안해서 다리를 움츠리고 밖을 바라보았다. 사나이는 또다시 무슨 생각에 깊이 잠기는 것 같다.

바람이 비를 안고 싸싸 밀려들고, 천장에 수없는 거미줄은 끊어져 연기같이 나부꼈다. 바라뵈는 버드나무의 잎은 팔팔 떨고 아래로 시뻘건 물이 좔좔 소리를 내고 흐른다. 어깨 위가 어쩔해서 돌아보면 큰 매통[39]이 쌀겨를 뽀얗게 쓰고서 얼음 같은 서늘한 기를 품품 피우고 있다.

"배 안의 병신이우?"

사나이는 문득 이렇게 물었다. 칠성이는 머리를 숙이고 머뭇머뭇하다가,

"아 아니유."

"그럼 앓다가 그리되었구려…… 약 써봤수?"

칠성이는 또다시 말하기가 힘든 듯이 우물쭈물하고 다리만 보았다. 한참 후에,

"아 아니유, 못 못 썼어유."

"흥! 생다리도 꺾이는 지경인데, 약 못 쓰는 것쯤이야, 허허."

사나이는 허공을 향하여 웃는다. 그 웃음소리에 소름이 오싹 끼쳐 힐금 사나이를 보았다. 눈을 무섭게 뜨고 밖을 내다보는데, 이마엔 퍼런 힘줄이 불쑥 일었고, 입은 꾹 다물고 있다.

"허, 치가 떨려서. 내 왜 그리 어리석었던지. 지금만 같으면 지

금이라면 죽더라도 해볼걸. 왜 그 꼴이었어! 흥!"

칠성이는 귀를 밝혀 이 말을 새겨들으려 했으나 무엇을 의미한 말인지 알 수가 없었다. 사나이는 칠성이를 돌아보았다. 눈 아래 두어 줄의 주름살이 돌아가신 그의 아버지와 흡사했다.

"이 친구, 나도 한 가정을 가졌던 놈이우. 공장에선 모범 공인이었구. 허허 모범 공인!…… 다리가 꺾인 후에 〈돈 한 푼 못 가지고〉 공장에서 나오니, 계집은 달아나고, 어린것들은 배고파 울고, 부모는 근심에 지리[40] 돌아가시구…… 허, 말해서 뭘 하우. 〈우리를 이렇게 못살게 하는 놈이 저 하늘인 줄 아우? 이 땅인 줄 아우?〉"

사내는 칠성이를 딱 쏘아본다. 어쩐지 칠성의 가슴은 까닭 없이 두근거려, 차마 사내를 정면으로 보지 못하고, 꺾인 다리를 보았다. 그리고 사나이의 다리 밑에 황소같이 말 없는 땅을 보았다.

〈"아니우, 결코 아니우. 비록 우리가 이 꼴이 되었는지 알아야 하지 않소…… 내 다리를 꺾게 한 놈두, 친구를 저런 병신으로 되게 한 놈두, 다 누구겠소? 알아들었수? 이 친구."

사나이의 이 같은 말은 칠성의 뼈끝마다 짤짤 저리게 하였고, 애꿎은 하늘과 땅만 저주하던 캄캄한 속에 어떤 번쩍하는 불빛을 던져주는 것 같으면서도 다시 생각하면 아찔해지고 팽팽 돌아간다. 무엇인가 묻고 싶어 머리를 번쩍 들었으나 입이 꽉 붙고 만다. 그는 시름없이 하늘을 물끄러미 보았다.〉

어느덧 밖은 안개비로 자욱하였고 먼 산이 눈물을 머금고, 구불구불 솟아 있으며, 빗소리에 잠겼던 개구리 소리가 그의 동네 앞인가도 싶게 했고, 또한 큰년의 뒷매[41]가 홰나무 아래 얼른거려 보인다. 칠성이는 부스스 일어났다.

"난 난 집에 가겠수."

사내도 따라 일어난다.

"아, 집이 있수? ……가보우."

칠성이는 머리를 드니, 사내가 곁에 와서 밀짚모를 잘 씌워주고 빙긋이 웃는다. 어머니를 대한 것처럼 어딘가 모르게 의지하고 싶은 생각과 믿는 마음이 들었다.

"잘 가우…… 세월 좋으면 또 만나지."

대답 대신으로 그는 마주 웃어 보이고 걸었다. 한참이나 오다가 돌아보니, 사내는 우두커니 서 있다. 주먹으로 눈을 닦고 보고 또 보았다.

길 좌우에 늘어앉은 조밭 수수밭은 이랑마다 물이 충충했고,[42] 조 이삭 수수 이삭이 절반 넘어져 물에 잠겨 있다. 올해도 흉년이구나 할 때 어디서 "맹" 하니 또 어디서 "꽁" 하는 소리가 들렸다. 저 멀리 귀 시끄럽게 우지지는[43] 개구리 소리는 무심한데, 이제 그 어딘가 곁에서 "맹꽁"한 그 소리는 사람의 음성같이 무게가 있었다.

안개비 나실나실 내려온다. 조금 말라오려던 옷이 또 촉촉이 젖고, 눈썹 끝에 안개비 엉키어 마음까지 묵중하고 알 수 없는 의문이 뒤범벅이 되어 돌아간다.

그가 그의 마을까지 왔을 때는 다시 빗발이 굵어지고, 바람이 슬슬 불기 시작하였다. 언제나 시원해 보이는 홰나무도 찡그린 하늘 아래 우울해 있고, 동네 뒤로 나지막이 둘러 있는 산도 빗발에 묻히어 잘 보이지 않았다. 그러나 큰년이가 물동이를 이고 이 비를 맞으면서도 저 산 아래 박우물로 달려가지나 않나 하는 생각이 집집에 울바자며 채마밭에 긴 바자가 차츰 선명히 보일 때 선뜻 들어 그의 발길은 허둥거렸다.

집에까지 오니, 어머니는 눈물이 그득해서 나왔다.

"이놈아, 어미 기다릴 것도 생각지 않고 어딜 그리 다니느냐."

어머니는 동냥자루를 받아 쥐고 쿨쩍쿨쩍 울었다. 칠성이는 잠잠히 방으로 들어오니, 빗물 받는 그릇으로 절반 차지했고, 뚝뚝 듣는 빗소리가 장단 맞춰 났다. 칠성이는 그만 우두커니 서서 어쩔 줄을 몰랐다. 몸은 아까보다 더 춥고 떨리어서 견딜 수가 없다.

칠운이와 아기는 아랫목에 누워 있고, 아기 머리엔 무슨 헝겊으로 허옇게 싸매 있었다. 그들의 그 작은 몸에도 빗방울이 간혹 떨어진다.

"아무 데나 앉으렴. 어쩌겠니…… 에그, 난 어젯밤 널 찾아 읍에 가서 밤새 싸다니다 왔다. 오죽해야 술집 문까지 두드렸겠니? 이놈아, 어딜 가면 간다고 하지 그게 뭐이."

이번에는 소리까지 내어 운다.

남편을 잃은 뒤 그나마 저 병신 아들을 하늘같이 중히 의지해 살아가는 어머니의 맘을 엿볼 수가 있다. 칠운이는 울음소리에 벌떡 일어났다.

"성 왔네! 성 왔네!"

눈을 잔뜩 움켜쥐고 뛰었다. 그 통에 파리는 우구구 끓고, 아기까지 키성키성 보챈다. 칠운이는 두 손으로 눈을 비비치고 형을 보려다는 못 보고 또 비비친다.

"이 새끼야, 고만두라구. 그러니 더 아프지. 에그, 너 없는 새 저것들이 자꾸만 앓아서 죽것다. 거게다 눈까지 더치니, 그런데 이 동리는 웬일이냐. 지금 눈병 때문에 큰일이구나. 아이 어른이 모두 눈병에 걸려 눈을 못 뜬다."

칠성이는 지금 아무 말도 귀에 거치지 않고, 비 새지 않는 곳에 누워 한잠 푹 들고 싶었다. 칠운이는 마침내 응응 울다가 무슨 생각을 하고 뒷문 밖으로 나가더니 오줌을 내뻗치며 그 오줌을 눈에 바른다.

"잘 발라라. 눈등에만 바르지 말고 눈 속에까지 발러…… 저것도 널 보고 반가워서 저리도 눈을 뜨려는구나. 어제는 성아 성아 찾더구나."

어머니는 또 운다. 칠성이는 등에 선뜻 떨어지는 빗방울을 피하여 앉으니, 이번에는 콧등에 떨어져 입술에 흐른다. 그는 콧등을 후려치고 화를 버럭 내었다.

"제 제길!"

"글쎄, 비는 왜 오것니. 바람이나 불지 말아야 할 터인데, 저 바람! 기껏 키운 조는 다 쓰러져 싹이 나겠구나. 아이구, 이 노릇을 어찌해야 좋으냐. 하느님, 맙시사!"

두 손을 곧추[44] 들고 애걸한다. 그의 머리는 비에 젖어 이기어 붙었고, 눈은 눈곱에 탁 엉키었고, 그 속으로 핏줄이 뻘겋게 일어

눈이 시커매서 바라볼 수 없는데, 시커먼 옷에 천장 물이 어룽어
룽 젖었다.

칠성이는 얼른 샛문 턱에 걸터앉아 눈을 딱 감아버렸다. 눈이
자꾸만 피곤하고 그래선지 속눈썹이 가시같이 눈 속을 꼭꼭 찌
른다.

그는 눈을 두어 번 굴렸을 때 문득 방앗간이 떠오른다.

"어제 개똥네 논에 동이 터졌는데 전부 쓸려 나갔다누나. 에구,
무서워. 저게 무슨 바람이냐. 저 바람! 우리 밭은 어쩌나."

어머니는 밖으로 뛰어나간다. 칠운이는 울면서 따르다가 문턱
에 걸려 공중 나가 넘어지고 시재 가르려는 소리를 하였다. 칠성
이는 눈을 부릅떴다.

"저 저놈의 새끼, 주 죽이고 말까 부다."

어머니는 얼른 칠운이를 업고 물러나서 정신없이 밖을 바라보
고, 또 나갔다가 들어왔다. 칠운이를 때리다가 중얼중얼하며 돌
아간다.

칠성이는 이 꼴이 보기 싫어 모로 앉아 눈을 감았다. 무엇에 놀
라 눈을 뜨니, 아랫목에 누워 할딱할딱하는 아기가 일어나려다
쓰러지고 소리 없는 울음을 입으로 운다. 머리를 갈자리에 비비
치다가도 시원치 않은지 손이 올라가서 헝겊을 쥐고 박박 할퀴는
소리란 징그러워 들을 수 없었다.

칠성이는 눈을 안 뜨자 하다가도 어느새 문득 뜨게 되고, 아기
의 저 노란 손가락이 머리를 쥐어뜯는 것을 보게 된다. 조놈의 계
집애는 죽었으면! 하면서 눈을 감는다.

바람은 점점 더 세차게 분다. 살구나무 꺾이는 소리가 뚝뚝 나고, 집 기둥이 쏠리는지 씩꺽 쿵! 하는 소리가 샛문에 울렸다. 칠운이는 방으로 들어와서 눕는다.

"성아, 내일은 눈약두 얻어 오렴. 개똥이는 저 아버지가 읍에 가서 눈약 사 왔다는데, 그 약을 넣으니까, 눈이 낫다더라. 응야."

칠성이는 잠잠히 들으며, 얼른 가슴에 품겨 있는 큰년의 옷감을 생각하였다. 차라리 눈약이나 사 올 것을 하는 마음이 잠깐 들었으나 사라지고, 어떻게 큰년에게 이 옷감을 들려줄까 하였다.

부엌에서 성냥 긋는 소리가 들리더니, 어머니가 들어온다.

"아궁에 물이 가뜩하니 이를 어쩌냐. 저것들도 아무것도 못 먹었는데…… 너두 배고프겠구나."

이런 말을 하고 밖으로 나가더니 곧 뛰어 들어온다.

"큰년네 논두 동이 터졌단다. 그리 튼튼하던 동두, 저를 어쩌니."

칠성이는 눈을 둥그렇게 떴다.

"좀 자려무나. 요 계집애야 왜 자꾸만 머리를 뜯니. 조놈의 계집애는 며칠째 안 자고 새웠단다. 개똥 어머니가 쥐 가죽이 약이라기 쥐를 잡아 저리 붙였는데 자꾸만 떼려구 저러니, 아마 나으려구 가려운 모양인지."

그렇다고 해줘야 어머니는 맘이 놓일 모양이다. 큰년네 말에 칠성이는 눈을 떴는데 딴 푸념을 하니 듣기 싫었다. 하나 꾹 참고,

"그 그래. 큰년네두 논이 떴대?"

"그래! 젖이 안 나니……"

어머니는 연신 애기를 보고 그의 젖을 주물러본다. 명주 고름 끝같이 말큰거린다.[45]

애기는 점점 더 할딱할딱 숨이 차오고 이젠 손을 놀릴 기운도 없는지 손이 귀밑으로 올라가고는 맥을 잃고 다르르 굴러떨어진다. 어머니는 바람 소리를 듣더니,

"이전 우리 조는 못 쓰게 되었겠다! 큰년네 논이 뜨는데 견디겠니…… 참 큰년이는 복 좋아. 글쎄, 이런 꼴 안 보렴인지 어제 시집갔단다."

"큰년이가?"

칠성이는 버럭 소리쳤다. 그의 가슴에 고이 안겨 있던 큰년의 옷감은 돌같이 딱 맞질린다. 어머니는 아들의 태도에 놀라 바라보았다.

"어마이! 저것 봐!"

칠운이는 뛰어 일어나서 응응 운다. 그들은 놀라 일시에 바라보았다. 아기는 언제 그 헝겊을 찢었는지 반쯤 헝겊이 찢어졌고 그리로부터 쌀알 같은 구더기가 설렁설렁 내달아 오고 있다.

"아이구머니. 이게 웬일이야, 응. 이게 웬일이어!"

어머니는 와락 기어가서 헝겊을 잡아 걷으니, 쥐 가죽이 딸려 일어나고 피를 문 구더기가 아글바글 떨어진다.

"아가, 아가, 눈 떠, 눈 떠라, 아가!"

이 같은 어머니의 비명을 들으며, 칠성이는 "엑!" 소리를 지르고 우둥퉁퉁 밖으로 나와버렸다.

비는 좍좍 쏟아지고 바람은 미친 듯 몰아치는데, 가다가 우르

릉 쾅쾅 하고 하늘이 울고 번갯불이 제멋대로 쭉쭉 찢겨 나가고
있다.

칠성이는 묵묵히 저 하늘을 노려보고 있었다.

어둠

톡 솟은 광대뼈 위에 검은빛이 돌도록 움쑥 팬 눈이 슬그머니 외과실(外科室)을 살피다가, 환자가 없음을 알았던지 얼굴을 푹 숙이고 지팡이에 힘을 주어 붕대 한 다리를 철철 끌고 문안으로 들어선다.

오래 깎지 못한 머리카락은 남바위¹나 쓴 듯이 이마를 덮어 꺼칠꺼칠하게 귀밑까지 흘러내렸으며, 땀에 어룽진 옷은 유지같이 싯누래서 몸에 착 달라붙어 뼈마디를 환히 드러내고 있다. 소매로 나타난 수숫대 같은 팔에 갑자기 뭉툭하게 달린 손이 지팡이를 힘껏 다궈쥐었다. 금방 뼈마디가 허옇게 나올 것 같다.

의사는 회전의자에 앉아 의서를 보다가 흘금 돌아보았으나 못 볼 것을 본 것처럼 얼른 머리를 돌리고 검실검실한 긴 눈썹에 싫은 빛을 푸르르 깃들이고서 여전히 책에 열중한 체한다. 저편 침대 곁에서 소곤소곤 지껄이던 간호부들은 입을 다물고 우두커니

서 있다. 그중에 제일 나이 들어 보이는 간호부가 환자를 바라보자, 얼굴이 해쓱해서 '오빠!' 하고 부르렸으나 다시 보니 오빠는 아니었다. 가시로 버티는 듯한 눈을 억지로 내리떴다. 마룻바닥은 캄캄하였다. 귀가 울고 가슴이 달막거린다. 꼭 오빠였다. 조금도 틀림없는 오빠였다. 한데 눈 한번 깜박일 새 그가 제일 싫어하는 무료과에 입원한 환자가 아니었던가. '내가 미쳤나, 소리를 쳤더라면 어쩔 뻔했어' 하고 다시 환자를 바라보았다. 오빠는 저러한 불쌍한 사람을 위하여 목숨까지 바친 셈인가! 이러한 생각이 불쑥 일어나자 그의 조그만 가슴이 화끈 뜨거워진다. 그는 얼른 '알콜 십부'²를 가지고 환자의 곁으로 가서 붕대에 손을 대었다. 오빠는 참으로 이런 사람을 위했음인가? 머리가 어찔해지고 손끝이 포들포들 떨린다. 풀리는 붕대에서는 살 썩은 내가 뭉클뭉클 일어난다. 참말 오빠는 사형을 당하였어, 거짓 소리가 아닐까. 손은 환부를 꾹 눌러 누런 고름을 뽑으면서 맘으로는 이리 분주하였다.

뻘건 피가 고름에 섞여 주루루 흘러내린다. 그는 손에 힘을 주었다. 퉁퉁 부은 환부에 손이 옴쑥 들어가며 다리 뼈마디에 맞찔리운다. 발그레한 손끝에 피와 고름이 선뜻 묻는다. 오빠의 얼굴이 선히 떠오른다. 오빠는 목숨까지 바쳤거든 나는 요만 병자를 대하기도 싫어했구나. 눈이 캄캄해지며 형용할 수 없는 감격이 토실히 부은 그의 눈등에까지 혼혼히³ 올라오고 있다.

고름은 멎고 피만 흐르매 알콜 십부로 환부를 박박 문지르고 핀셋으로 '니바노—루'⁴ 가제를 집어 어웅한⁵ 환부 속을 헤치고 깊이 밀어 넣은 담에 소독한 가제에다 '부로―시[6] 십부'를 싸서 환부에 덮고 노란 유지를 놓아 붕대 해주었다. 환자는 이마에 흐르는 땀을 손등으로 부비치고 나서 지팡이를 집고 일어나 나간다. 땀내에 머리카락 쉰내인 듯한 내가 후끈 끼친다. 그는 물러났다. 적삼 깃을 쓰적이는[7] 환자의 머리털이며 고름을 이겨 붙여 말린 듯한 잠방이 밑, 저는 필시 부모도 처자도 없는 게로구나 하고 돌아서서 스팀 곁에 있는 세면기에 손을 넣었다. 나도 단지 어머님뿐만이 아닌가, '구레조―루'[8] 물이 그의 손에 가볍게 부딪칠 때 이리 생각되었다. 귀밑에 땀이 뽀르르 흘러내린다.

그는 보느라 없이 의사를 보았다. 양미간을 잘간 찌푸린 채 책을 보고 있다. 기분이 좋지 못할 때 언제나 저 모양을 한다. 그런 험한 환자가 다녀간 뒤라 그런지 의서 가운데 난해의 문구가 있어 그런지 딱히 집어 댈 수는 없었다. 그러나 그는 뜻하지 않은 옛일을 회상하고 코웃음 치지 않을 수가 없었다.

십 년 전 의사가 이 병원에 갓 부임했을 때는 모든 일에 열과 피가 움직였다. 특히 빈한한 환자에게 한하여는 수술료 같은 것은 반감하였고, 또는 사정만 하면 한 푼도 받지 않았다. 그래서 원장과도 말다툼이 잦았으며, 한때는 사직한다는 말까지 있어 시민들까지 우려하였던 것이다.

때는 흘렀다. 거기에 따라 인심도 흐른 것인가, 십 년 전 의사와 오늘의 그는 딴 사람인 것처럼 변한 것이다. 하필 의사뿐이랴, 오빠가 떠난 후에 영실의 맘과 몸까지도 엄청나게 달라졌다는 것을 비로소 지금 느끼는 것이다.

216

우리는 없는 놈이니까 같은 없는 놈을 동정하여야 하고 보다도 이러한 생지옥을 벗어나기 위하여는 싸우지 않으면 안 된다, 누이야.

어떤 날 밤중에 길 떠나면서 매달리는 그 누이에게 이르던 오빠의 말, 결국 오빠는 그 길에서 돌아오지 못하고 말았다.

"오빠 너무해, 너무해, 어머니는 어쩌구 저 모양이 되어, 온 세상이 우리 모녀를 없이 보고 해치려는데……"

그는 커튼으로 눈을 옮겼다. 정낮 햇볕에 주홍빛으로 물든 커튼은 눈물에 어리어 뿌하기도 하고 어찌 보면 캄캄도 하였다.

열두 시를 땅땅 친다. 뒤이어 웅 하고 일어나는 저 사이렌 소리. 병원을 즈르릉 울려준다. "너의 오빠는 사형당하였단다. 우웅우웅" 외치는 듯 호소하는 듯 땅을 울리고 하늘에 솟았다 툭 끊어져 버렸다.

의사는 책을 덮어놓고 일변 수건을 내어 얼굴을 씻으면서 일어나 밖으로 나간다. 가죽 슬리퍼 끄는 저 소리, 그는 문득 신발 소리를 따라 귀를 세웠음을 발견하고 스스로 조소하지 않을 수가 없다. 이젠 의사는 그를 잊은 지 오래였고 이미 딴 여자와 약혼까지 하지 않았나. 그런데 왜 자신은 그를 잊지 못하고 입때까지 생각하나. 호! 나오는 한숨을 언제나처럼 꿈쩍 삼키었다가 한참 만에야 가만히 내뿜었다.

믿던 사나이도 변하였고, 행여나 나오면 나오게 되면, 하고 주야로 기다리던 오빠마저 영원히 가버리었다. 오빠가 나오면, 어머님께도 숨긴 이 비밀을 이야기하여 이 억울함을 설치⁹하고자 그 희망조차 툭 끊지 않으면 안 되게 되었다. 번득이는 카제관 (罐)을 바라보자 눈에 핏줄이 따갑게 일어나는 듯해서 눈을 감고 침대에 걸터앉았다. 소매에서 구레조—루 내가 솔솔 품기고 있다.

"아이, 언니, 오빠를 생각하지? 그러지 말아요, 이젠 그리된 것을 아끼라메[10]해야지 어쩐다나."

효숙이가 깨울하여 본다. 눈에 동정의 빛이 짜르르하다. 통통한 볼에 윤기가 돌고 엷은 입술 사이로 담은담은한 이가 구슬같이 동글다.

"어서 소지나 해요."

효숙의 뒤에서 물끄러미 바라보는 나까가와(中川)를 보았다.

"너무 슬퍼하지 말아요, 이 상."

머리를 끄떡해 보인다. 그는 한숨을 후 쉬었다. 말로나마 동무들은 이리 위로하여주건만 정작 위로하여줄 의사만은 입을 다문 채 오히려 모르는 체한다. 이것이 무엇보다도 괘씸하고 분하여서 그 앞에서는 조금도 슬픈 빛을 띠지 않으려 적심을 다 기울이는 것이다.

효숙이는 영실의 눈이 까스스해지는 것을 보고 돌아서서 '바께쓰'를 가지고 수도 곁으로 가서 쏴르르 수도를 틀어놓았다. 머리에 꽂힌 모자는 깨울하였고, 그 밑으로 토실한 목덜미가 나부룩한 머리에 덮이었다. 나까가와는 눈을 껌벅이면서 주사기, 핀셋, 존데 같은 기계를 한 줌 쥐고 소독 가마[消毒釜] 곁으로 와서 나사를 틀어놓으니 물이 쏼쏼 끓고 더운 김이 팡팡 기어오른다. 거기에 기계들을 집어넣고 물러난다. 금시 코밑에 땀이 송알송알 맺히었다.

영실이는 힘없는 다리를 옮겨서 그의 사무 상으로 왔다. 손은 벌써 흐트러진 책상 위를 정돈하는 것이다. 누런 뚜껑을 한 의서에서 호르르 오르는 담배 내와 '가오루'[11] 내, 그는 의사의 숨결을 문득 볼에 느낀다. 일변 눈을 찌푸리고 생각을 돌리려 효숙의 분주한 양을 바라보았다. 약간 푸른 기를 띤 새하얀 간호부복에서 또한 의사의 옷 갈피를 홀연히 발견하는 것이다. 그는 하는 수 없이 천장을 보았다. 오빠는 사형당하였다. 천장에 시커멓게 썩어지는 것을 또한 보게 된다.

효숙이는 걸레로 마루를 닦고 책상, 의자, 도다나[12]를 닦으면서 열심히 조잘거리고 있다. 머리 까딱이는 몸짓하는 게 나까가와보다 훨씬 능란한 것 같다. 나까가와는 푸시시한 머리를 소독 가마에서 오르는 김에 뽀얗게 적시고 서서 기계를 꺼내어 하나하나 탈지면으로 닦으며 "그래" "참말" 하고 효숙의 말을 받고 있다. 그들은 아무 걱정도 없어 보인다.

소제가 끝나자 둘은 머리를 까딱해 보이고 밖으로 통통 뛰어나간다. 이어 점심 종소리가 댕그릉댕그릉 울려온다. 그는 엊저녁부터 굶었건만 밥 먹고 싶지 않았다. 이십여 일 전 의사가 약혼할 당시부터 굶기 시작한 것이 그 후로 한두 끼니는 예사로 굶게 되는 것이다. 보다도 그때로부터 밥맛을 잃어버렸다.

그는 복도로 통한 문을 닫고 '포케트'에 손을 넣었다. 신문이 바스락 만져진다. 몸이 흠칫해지고 솜치[13]가 오스스해진다. 손을 빼어 볼에 대었다. 잘못 본 것이라면 얼마나 좋을까, 혹시 알 수가 있나, 손은 다시 '포케트' 속으로 들어간다. 땀이 뿌찐뿌찐 나고 팔이 후루루 떨린다. 신문을 쥐었다. 놓았다. 망설였다. 와락 끌어내었다. 눈에 칼날이 스치는 듯 산득산득해서 바로 볼 수가 없다. 절반 머그러진 사형수들의 사진 틈에 목이 상큼하게 팬 오빠가 툭 뛰어들었다. 그는 머리를 돌리고 같은 사람도 있지, 이름으로 눈을 옮기자 신문을 와락 집어 던졌다. 순간 철사로 그를 숨 쉴 수 없이 꽁꽁 동였음을 느낀다. 오빠! 어머님께 뭐라고 하라우! 이때까지는 속여왔지만 이제는 뭐라고……

어제 이맘때 의사의 손을 거쳐 떨어지던 이 신문 호외! 얼마나 기막힌 소식이었던가. 그는 당장에 기색하였던[14] 것이다. 그때 아주 피어나지 말았던들 이 아픈 양은 당하지 않을 것을, 그는 부지중에 손등을 꽉 물어 떼었다. 피가 봉긋이 솟아오른다.

"오빠는 나쁜 사람이야. 그 어머님께 죽음을 뵈어. 너무해, 너무해. 어머님께 뭐라구 여쭐까."

그는 벌떡 일어나 빙빙 돌았다. 어머니만 아니면 약이라도 먹고 금방 이 괴롬을 잊고 싶다. 한데 칠순이 다 된 어머니가 있지 않나. 아들이 나오면 만나보겠다고 눈이 깜해서 기다리는 어머니가 있지 않나.

영실아, 우리가 사형 언도를 받은 것은 신문지상으로 벌써 알았겠구나. 하지만 봐라, 결코 우리는 죽지 않는다. 언제든지 나가서 어머니와 너를 대할 날이 있을 터이니 그때를 기다려라. 어머니께는 당분간 숨겨다오, 누이야.

최후심에서 사형 언도를 받는 오빠에게서는 이러한 편지가 왔던 것이다. 온 세상이 뭐라고 떠들든지 그는 오빠의 이 말을 믿고 싶었으며 또한 믿어지던 것이다. 하나 결국은 사형을 당하고야 말지 않았나, 그는 신문을 와락 당기어 올올이 찢어 창밖으로 던졌다.

저편 정원엔 한창인 화단이 눈이 시릴 만큼 번거로웠고, 정원을 둘러싼 비수리나무 울타리는 요새 가지 깎음을 받아 가지런하게 돌아갔다. 거기엔 이제야 봄이 툭툭 쥐어발렸다.

참일까, 거짓이지. 오늘이라도 오빠에게서 편지가 올지 모르지. 그는 시계를 쳐다보았다.

문소리가 났다. 누가 편지를 들고 들어오는 것 같아 왁 울음이 나오는 것을 참고 머리를 돌렸다. 의사가 무심히 들어오다가 흠칫하였으나 태연히 들어와서 의자에 걸터앉는다. 그의 손엔 아무것도 없었다. 일변 담배를 피워 문다.

코끝에까지 울음이 빼듯이 내어 민 것을 억지로 삼키려니 자꾸만 입이 비죽거려지고 숨이 가쁘다. 그러나 눈엔 독이 파랗게 서리고 있다. 혀를 꼭 깨물고 책상을 힘껏 붙들었다. 혀끝에서 피가 나는지 간간한 맛이 머리에까지 따끔따끔 느껴지고 있다. 의사는 성큼 일어나더니 도다나 곁으로 가서 담숙담숙 쌓아놓은 '알콜 십부'를 집어 손을 닦고 있다.

"점심 먹었어?"

이 물음에 영실의 보풀락한 눈등은 찢어질 듯이 팽팽하여졌다.

"왜 대답이 없어?"

말끝에 씩 웃는다. 그의 말버릇이 그렇건만 지금에 있어서는 자신의 처지를 비웃는 웃음 같았다. 더 참을 수 없는 분이 왈칵 내밀치므로 눈을 쏘아보았다.

포마드를 발라 넘긴 머리카락은 보기 싫게 흔들거리고 거무틱틱한 눈에 거만함이 숭글숭글 얽히었다. 의사는 그의 시선을 피하여 열심히 손끝만 보고 부비친다. 전날에 고상해 보이던 그의 인격은 어디로 갔는지 흔적도 찾을 수 없고 머리에서 발끝에까지 야비함이 즈르르[15] 흘러내린다. 저런 사나이에게 귀한 처녀를 빼앗기었나, 보다도 오빠만을 고이 생각던 누이의 맑은 맘을 송두리째 빼앗기었나 하니 자신의 어리석음이 기막히게 분하여진다. 그만 달려가서 저 사나이를 푹푹 찔러 죽이고 싶다.

의사는 그의 눈치를 채었음인지 슬금슬금 나가버린다. 그는 의사가 보이지 않도록 쏘아보다가 일어나 위층 '쯔메쇼(詰所)'[16]로 올라왔다.

활짝 열어제친[17] 창으로 오빠를 잃은 저 하늘이 찰찰 넘쳐 흐르고 책상 위에 두어 송이의 백합이 그 하늘을 개웃이 바라보고 있다. 그는 의자에 털썩 주저앉아 하늘을 멍하니 바라보노라니 층대를 올라오는 신발 소리가 아득히 들린다. 의사인가 싶어 휙 돌아보니 소사인 김 서방이 바쁘게 올라온다. 울어서 부은 눈을 아무에게도 보이기 싫어서 머리를 돌렸다. 한참 후에 무심히 머리를 돌리니 그의 옆에 김 서방이 우뚝 섰지 않느냐. 그는 와락 반가운 맘이 들어 벌떡 일어났다.

"편지 왔소?"

김 서방은 뭣이 들어앉아 쭉 펴지 못하는 그의 굵단 손으로 반백이나 되는 머리를 어색하게 슬슬 어루만지며 차마 영실이를 바라보지 못하고 섰다.

"아니유."

"오늘은 꼭 편지가 와얄 텐데 어쩌나!"

그는 애처로이 김 서방을 보았다. 입을 중긋중긋하던 김 서방은 눈을 번쩍 떠서 마주 본다. 항상 벙글거리던 그 눈에 웃음이 간 곳 없고 슬픈 빛이 뚝뚝 흘러내린다. 저도 알았구나 하자 눈물이 핑그르르 돌아 떨어진다. 그는 흐르는 눈물을 씻으려고도 아니하고 눈을 점점 더 크게 떠서 김 서방을 보았다. 얼굴은 캄캄하게 어리나 왼편으로 깨울히 내려온 흰 수염 끝이 영실의 눈에 가득히 꽂히는 듯하였다.

"너무너무 그렁마슈."

김 서방은 발끝을 굽어보고 이렇게 말하였다. 김 서방! 하고 힘껏 부르렸으나 목이 메어 나가지 않았다.

이 병원에서 가장 오랜 연조[18]를 가진 김 서방과 자신, 가장 가난한 처지에서 헤매는 김 서방과 자기, 그래서 의사와 자기 사이도 아는 것 같고 역시 오빠의 죽음에 대하여도 누구보다도 이해가 깊은 것을 깨달은 것이다.

밤 아홉 시.

효숙이와 '나까가와'는 목욕탕에 들어가고 영실만이 '쯔메쇼'에 남아 있어 체온표(體溫表)에다 입원 환자들의 체온과 맥박을 푸르고 붉은 연필로 그리고 있다. 손은 종이 위에서 넘노나 맘은 자꾸만 구숭숭해오고 초조했다. 무엇보다도 어머니가 오늘쯤은 어디서 이 소식을 듣고 나한테 쫓아오다가 길에서라도 졸도를 하지 않았는지 하는 불안이 시시각각으로 커가기 때문이다. 마침내 그는 체온표를 철썩 덮어놓았다. 연필이 따르르 떨어진다. 숙직 의사에게 말하고 잠깐 다녀오려니 일일이 사정을 늘어놓아야 할 테고 이해 없는 그들 앞에서 구구한 사정이란 기막히는 노릇이다. 이것들이 웬 목욕을 이리 오래 하누 하고 층대 쪽을 바라보았다. 아래층 동구장(憧球場)¹⁹에서는 한참 신이 나서 떠들고 있다. 어쩐지 저들과는 너무나 거리가 먼 곳에 있는 자신이라는 것을 새삼스레 느끼면서 두 손을 볼에 대고 한숨을 푹 쉬었다. '오빠가 사형을…… 거짓말이지. 그럼, 아직 감옥 안에 계시어?' 숨이 답답해지고 대답이 나오지 않는다. '내일까지 아무 소식이 없으면 휴가를 맡아가지고 경성 가봐야지, 그래야지 아무러면 오빠가 그리되었을까, 신문에 난 것은 무어야!' 그럼 그는 가슴이 오짝해서²⁰ 일어나 빙빙 돌았다. 시커먼 사형수들의 사진이 얼씬얼씬 나타나고 있다. '참말일까?' 그는 주위를 두리두리 살피다가 창 앞으로 왔다. 무의식 간에 창문을 와르르 열고, "참말일까요?" 허공을 향하여 소리쳤다. 밖에는 아무도 없다. 그는 따귀나 얻어맞은 것처럼 얼얼하여 우두커니 섰다. 싸늘한 바람이 그의 머리털에 비웃는 듯 조소하는 듯 팔팔 감기고 있다. 어둠을 뚫고 빛나는 전등불이 여기저기 흩어졌고 거기로부터 달려오는 긴 빛이 그의 눈가에 수없이 꽂히어 눈물을 가득히 어리게 한다.

원장의 집 곁에 간호부 기숙사가 있고 그 옆에 부원장인 외과 의사의 저택이 유난히도 빛나는 전등을 문전에 달고 어둠 속에 뚜렷이 앉아 있다. 필시 지금쯤은 약혼한 계집이 찾아왔겠군, 불시에 이런 생각이 들자 불뚝 치달아 올라오는 질투심에 얼굴이 화끈 달았다. 그는 머리를 설레설레 흔들었다. 그러고 창을 등지고 서 버렸다.

영실이, 나는 그대를 떠나서는 한시도 살 수가 없소. 내 손이 가기 전에 그 부드러운 흰 손이 더러운 환부를 깨끗이 씻어주었고, 그래서만 이 내 손은 환부를 꼭 집어 알 수가 있소. 그 손! 그 이쁜 손은 영원히 내 것이오.

이러한 한 구절의 편지가 서늘한 바람을 타고 흘러들어 온다.

"악마!"

그는 부지중에 중얼거렸다. 그리고 창문을 요란스레 닫아버렸다. 이번엔 도다나 속의 수없는 기계들이 의사의 손! 영실의 손! 하고 속삭이는 듯하다.

그는 머리를 푹 숙이었다. 의사의 손과 그의 손을 합하면 어떠한 대수술도 무난히 돌파하지 않았던가. 나부죽한 손톱을 가진 약간 여윈 듯한 의사의 손! 까딱하면 무엇을 요구하는지를 알았고 또한 무슨 기계와 무슨 약을 들려줄 것을 이 손이 알지 않았던가. 그는 얼른 손등을 입에 대었다. 그만 탁 찍어버리고 싶다.

내가 미쳤나? 그는 동구장에서 일어나는 환성에 깜짝 놀라 머리를 들었다. 지금 어머니는 어떻게 되었는지 모르면서. "영식아! 영식아!" 오빠를 부르는 어머니의 음성이 금방 들리는 듯하다.

"언니, 목욕해요."

효숙이와 '나까가와'는 층계를 올라오며 이렇게 말하였다. 그들의 얼굴은 빨갛게 상기되었고 하얀 손끝에서는 크림 냄새가 솔솔 풍기었다.

"저, 나 잠깐만 집에 다녀올게. 병실에서 오거든 엠직만하면 선생님께 알리지 말고 둘이서 처리해요. 저기 주사기랑 약이랑 준비 다 했으니, 응."

영신이는 도다나를 가리키고 나서 황황히 탈의소로 와서 옷을 갈아입고 층계를 내리뛰었다. 긴 복도를 지나 병원을 나왔다.

밖은 새까맣다. 하늘엔 별들이 싸늘해 있고 이따금 가로등만이 뿌연 빛을 땅에 던지고 있다. 웬일인지 발길이 풍풍 빠지는 듯하고 다리 마디가 자꾸만 꺾이려고 하였다. 신발 소리만 나면 어머닌가 하여 살피게 되고, 늘 다니던 이 길이건만 어쩐지 첨 가는 골목 같아 한참이나 돌아보곤 하였다. 너무 숨이 차서 가슴을 쥐고 후 하고 숨을 길게 내쉬면 어둠이 새하얀 연기로 변하여 그의 갈한[21] 목에 휘감기고 있다.

집에 오니 대문은 걸렸다. 얼른 문 사이로 방문을 살피니 불이 희미하고 어머니가 계시구나…… 맘이 다소 놓여서 대문을 가만히 붙들고 호 하고 숨을 몰아쉬었다. 아직까지는 어머니가 모르시는 모양이나 내일이라도 누구에게서 듣고 묻는다면 무어라고 대답할까.

"어머님께는 당분간 숨겨다오, 누이야!"[22]

그는 부지중에 털썩 주저앉았다. 비록 오빠가 감옥에 있다 할지

라도 모든 일을 이리 지시하여주었는데 이제부터는 어떻게 살아
가나. 우선 어머님께는 뭐라구 하나, 하는 생각이 들었던 것이다.
'오빠, 나는 어찌라우.' 그는 발버둥 쳤다. 어젯밤에라도 이리 와
서 어머니는 차마 만나지 못하고 간 것이다. 어머니만 뵈오면 울
음이 탁 나가서 아무리 숨기려야 숨길 수 없음을 깨달은 것이다.
그렇다고 언제까지나 어머님을 만나지 않을 수는 도저히 없는 일
이다. 내가 좀 대담해야지, 좀더 침착해야지 하고 벌떡 일어났다.
대문을 붙들고 어머니! 하고 부르려니 벌써 눈등이 무거워지고
목이 꽉 메어 음성이 나가지 않는다. 그는 눈등을 한번 부비고 얼
결에 대문을 쿵 받았다. 그때 안에서 "누구냐!"

　어머니의 음성이 흘러나온다. 그는 얼른 몸을 피하렸으나 울음
이 왁 나오면서 픽 쓰러졌다. 아득히 들리는 신발 소리. 그는 혀
를 꼭 물고 벌떡 일어났다. 이제야말로 정신을 차려서 어머니를
대하지 않으면 안 되리라 하였다. 대문이 삐꺽 열리면서 어머니
의 흰옷이 새하얗게 보인다. 그는 아뜩하였다. 그러나 두 손에 힘
을 주어 울타리를 꼭 붙들고 "나! 나야, 흑!"

　말끝에 흑 소리가 턱을 차고 내달린다. 얼른 목을 꼭 쥐어 비틀
고 섰노라니 "서울서 소식 없니!" 하고 어머니는 딸의 곁으로 다
가선다. 소르르 건너오는 잎담배 내에 그는 주춤 물러서며 얼굴
을 울타리에 돌려대고 힘껏 부비쳤다. 나무판자 울타리에서 뜨끔
찔리는 볼, 그는 볼에 무엇이 들어박히는 것을 느끼면서도 울음
은 자꾸만 쏠려 나오려고 한다.

　"어젯밤 꿈에 네 오빠가 왔기에 오늘은 무슨 소식이 있는가 해

서 아까 기숙사에 갔더니 오늘 네가 당번이 되어 몹시 바쁘다고 장 간호부가 그냥 가라고 하기에 왔다마는, 소식 없니."

딸의 몸을 어루만지려는 어머니. 비틀하고 어머니에게로 쏠리려는 것을 그는 울타리를 꼭 붙들고 섰으나 자꾸만 쓸어 나오는 울음 땜에 견딜 수 없다. 그래서 그는 휙 돌아서 울타리를 붙들고 걸었다.

"이애야, 너 선생님헌테 무슨 꾸지람을 들었니, 왜 그러니."

쫓아오는 어머니에게 그는 아무 말이라도 하여서 안심시켜야 할 것을 느끼었으나 좀체로 입을 벌릴 수가 없었다. 어머니와 거리가 좀 멀어지자 목을 비틀었던 손을 놓고 입을 벌리고 속으로 울었다.

"이애야, 말이나 시원히 하여."

어둠을 뚫고 들리는 어머니의 음성은 애처로웠다. 그는 멈칫하야 머리를 돌리고 "어머니 들어가라우" 하고 말을 내놓았으나 그 말은 어머니의 귀에까지 들린 것 같지 않았다. 그는 숨을 몰아쉬고 크게 말을 하였으나 울음이 왁 쓸어 나온다. 그는 입을 꼭 다물고 섰다. 귀찮게 흐르는 눈물을 씻고 바라보니 대문 앞에 어머니가 그냥 서 있듯, 어머니의 흰옷이 보이는 것 같다.

"어머니, 어쩔까!"

그는 울음 섞어 이렇게 부르자 와락 어머니에게로 달려가고 싶어진다. 그러나 꾹 참고 걷다가 돌아보면 어머니는 아직도 섰는 듯, 그만 우두커니 섰다. 그러다 어머니가 그를 쫓아 병원으로 오든지 그렇지 않으면 마을이라도 가려나 하는 맘이 자꾸만 들었던 것이다.

그는 살금살금 그의 집을 바라보고 걸었다. 대문 앞에 오니 어머니는 들어가신 듯 아무것도 보이지 않는다. 그때에야 그가 잘못 본 것으로 알고 다소 안심을 하고 돌아서 걸었다. 한참 오다가 보니 또 어머닌 듯 흰 그림자 어둠 속에 뚜렷하였다. 그는 눈을 두어 번 부비치고 나서 다시 한번 와보리라 하고 뛰어온다. 구두가 자꾸만 엎어지려고 해서 구두를 벗어 들고 그의 대문 앞에 와서 문틈에 눈을 대었다. 방에는 아까보다 불빛이 환하다. 들어가서 어머니를 안심시킬까 하니 벌써 울음이 다투어 기어 나오고 있다. 그는 눈을 두어 번 부비고 나서 돌아섰다.

그가 보통학교 앞에 오니 숨이 차서 견딜 수가 없다. 그래, 잠깐 멍하니 섰노라니 어둠 속에 시꺼멓게 솟아 있는 중앙학교가 맘에까지 소복히 스며드는 것 같았다. 또다시 가슴이 화끈해지며 오빠와 그가 손을 맞잡고 이 길로 학교에 드나들던 것이 어제인 듯 생각된다.

노닥노닥 기운 옷에 가방 한 개도 못 가지고 목수건 하나도 없이 어머니가 일본 집에서 얻어온 구멍이 송송 난 메린스[23] 책보를 들고 그 몇 번이나 오르내렸던고.

어머니는 눈만 뜨면 일터로 가기 때문에 그는 언제나 오빠 옆에 붙어 있었다. 오빠에게서 하나 둘을 배웠고 또한 오빠의 등에서 오줌똥을 싼 것이다. 그러다 자라서 이 학교에 다니게 되니 오빠는 언제나 그의 손을 꼭 잡고 교실에까지 바래다주고 그의 교실로 들어가던 것이다. 몸이 아파도 오빠에게 하소하였고 동무들과 쌈을 하고도 오빠에게 고하였던 것이다. 그렇던 오빠! 이젠 다시 오지 못할 길을 떠난 것이다. '오빠! 난 어쩌라우.' 그는 어린애같이 발을 동동 굴렀다.

그러고 털썩 주저앉았다. 이러고 나니 홀연 옛날이 또 생각난다.

어느 날 하학을 하고 나오니 눈이 와서 성같이 쌓였다. 오빠는 그를 둘러업고 눈 속을 빠져 집으로 온다.

"눈 꼭 감어."

눈 속을 헤엄치는 오빠는 이렇게 말하고 뛰었다. 눈이 얼굴에 부딪히어서는 녹아 얼굴을 쓰라리게 하고 목덜미에 스며들어 꼭꼭 찌른다. 그는 마침내 앙앙 울었다. 집에 오니 어머니는 아직도 안 돌아왔고 눈바람에 문풍지가 다 뜯긴 방 안은 밖에보다 더 추운 것 같았다. 오빠는 그의 몸에 눈을 떨어주고 얼굴을 소매로 닦아주면서, "이제 어머니가 과자 얻어 온다. 울지 말아야" 이렇게 얼리면서도 오빠도 쿨쩍쿨쩍 울고 문만 바라보다 바람에 문풍지만 울려도 어머닌가, 옆집에서 무슨 소리만 나도 오누이는 달려 일어나, "어머니" 하고 문을 열어 잡으면 밖에는 눈만 내리고 그는 발악을 하고 어머니한테 가자고 하면 오빠는 그를 업고 방 안을 빙빙 돌면서 훌쩍훌쩍 울던 일…… 그는 벌떡 일어나 걸었다. 그 이상 더 옛날을 더듬을 수는 없었다. 목이 찢어지는 듯 가슴이 막혀서 견딜 수 없었던 것이다. 그는 타박타박 걸었다. 이 길 위에 오빠의 신발 자국이 어딘가 남아 있을 것 같다. 그는 또 주저앉는다. 휘끈 돌아보니 저편에서 사람이 오는 것 같아 그는 화닥닥 일어나니 꼭 어머니인 듯한 여인이 이리로 온다. 그는 서슴지 않고, "어머니야" 하고 쫓아가니, 어떤 낯모를 여인이 저즘저즘하다가 지나친다. 그 여인이 보이지 않도록 바라보면서 어머니가 지금쯤은 주무실까, 한 번 더 가보고 싶어서 발길을 돌리니 몸이 비틀하고 꼬이면서 집에까지 갔다가 돌아올 수가 없을 것 같았다. 그는 구두를 신었다. 높이 솟은 병원 창문으로 빨갛게 흘러나오는 불빛을 보고 얼른 손에 든 구두 생각이 났고 맨발이 부끄러웠던 것이다.

기미년 토벌 난에 아버지를 잃어, 또 오빠를 이 모양으로 잃어, 우리 집안은 무슨 못된 운수인가, 그는 돌연 이러한 생각을 하며 병원 현관에 들어서니 병원 안이 떠들썩하였다. 수술 환자가 왔는가 하는 불안에 머리를 들어 두루두루 살피니, 저편 수술실에는 전등불이 환하고 수술복을 입은 의사며 조수들 간호부들까지 한참 분주한 가운데 있다. 어쩌나, 그는 잠깐 망설였으나 급히 위층 '쯔메쇼'로 올라왔다.

"언니! 어서어서 내려가요, 맹장염 환자가 왔다우, 빨리. 선생님이 자꾸만 부르시어. 우리는 혼났어. 그래서 사실대로 여쭈었더니 아주 성이 났어요, 얼른."

효숙이는 공중 뛰어와서 영실이를 탈의소로 잡아끌고 일변 옷을 바꾸어 입히느라 색색거린다. 크림 내가 숨결에 따라 몽클몽클 그의 볼에 부딪치고 있다. 그는 맘은 급하지만 몸은 딴 사람의 것같이 임의로 움직여지지를 않는다. 그래서 효숙이 하는 대로 내맡기었다.

효숙이는 그를 끌고 내려와서 수술실 문을 조용히 열고 등을 밀었다. 방 안은 화끈하고 더운 김이 그의 머리털에까지 훈훈히 서리고 있다. 갑자기 그는 현기증이 칵 일어 앞이 아득해지므로 벽을 붙들고 멍하니 섰다.

벌써 환자는 수술대에 높이 뉘어놨고 호——히(包被)[24]로 푹 덮어놨으며, 오직 오른편에만은 장방형으로 나타나게 하였고 그 옆에 의사가 서서 주사를 놓고 있다.

두 사람의 조수가 좌우 옆에 갈라섰고 아래위에로 간호부가 서서 병자를 붙들고 있다. 의사의 바로 옆에 수술복에 새하얀 수건을 쓴 나까가와가 수갑 낀 손에 핀셋을 쥐고 테이블에 늘어놓은 온갖 기계들을 차례로 섬기고 있다. 그나마의[25] 간호부들은 세면기에 물을 떠가지고 간혹 들어온 불나비를 잡느라 쫓아다니고, 혹 의사의 이마에 흐르는 땀이며 조수들의 땀을 씻어주고, 발이 시원해지라 냉수를 시멘트 바닥에 주르르 하고 붓기도 한다. 저편 구석에 환자의 친족인 듯한 사십 가까워 보이는 중년 부인이 눈이 뒤집히어 입을 헤벌리고 서 있다.

의사는 영실이를 힐끗 보자 눈이 희뜩 올라가고 푸른 입술에 비웃음을 삐죽이 흘린다. 영실이는 이것을 보자 미안하던 맘이 홀랑 달아나고 어디선지 악이 바짝 치달아온다. 그래서 얼른 세면기 앞으로 와서 브러시로 손을 닦기 시작하였다. 따끔 부딪치는 브러시를 따라 휭휭 돌던 머리가 딱 멈추어지고 맘이 꽁꽁 얼어붙는 것 같았다.

"아구! 아구!"

환자는 외마디 소리를 냅다 지르고 다리를 함부로 내젓는다. 간호부들은 머리와 다리를 꼭 누르니 환자는 더 죽는 소리를 내었다. 힐끗 돌아보니 의사는 방금 칼로 피부를 갈라놓았고 흐르는 피 속에 지방이 희뜩희뜩 나타났으며, 혈관을 집은 고히루(止血繊子)[26]가 두어 개 꽂히어 영실의 눈을 꼭 찌르는 듯하였다. 눈송이 같은 가제가 나까가와의 손에서 의사의 피 묻은 손에 쥐어 있는 핀셋으로 옮아와서 수술처에 들어가자마자 빨갛게 핏덩이가 된다.

영실이는 손을 다 씻고 나서 나까가와의 곁으로 갔다.

"미안하게 되었소."

"이 상!"

나까가와는 머리를 돌린다. 이마엔 구슬땀이 방울방울 맺히었고 얼굴이 빨갛게 되어 영실이를 보자 시원하다는 듯이 핀셋을 내주고 머리를 설렁설렁 들어 땀을 떨구면서 물러났다. 수갑 낀 손에 쥐어지는 이 핀셋— 매끈하고도 듬직한 감을 주며 무엇이나 집고 싶어지는 이 감촉. 손에 기운이 버쩍 나고 맘이 든든해진다.

눈 감고라도 이 핀셋만 쥐면 어떠한 기계라도 능란히 섬길 수가 있는 것이다.

"후꾸마꾸간즈(腹膜繊子)!"[27]

의사는 이렇게 부르고 피 묻은 수갑 낀 손을 내밀다가 힐끔 영실이를 보고 눈이 꺼칠해서 나까가와를 돌아보았다.

"왜 물러났어. 누가 시키는 게야."

소리를 냅다 지르고 영실이가 들어주는 기계를 홱 뿌리치고 나서 손수 테이블에서 기계를 집어 간다. 나까가와는 울상을 하고 영실의 손에서 핀셋을 빼앗다시피 하여가지고 그를 밀고 테이블 앞에 다가선다.

영원히 그의 손에서 핀셋을 빼앗는 듯한 이 아픔! 손끝에 짜르르 울리고 뜨끔 찔리어 온 전신에 따갑게 퍼지고 있다. 그는 멍하니 섰다.

의사는 말할 것도 없고, 평소에 그를 존경하는 간호부들이며 조수들까지 경멸히 여기는 듯 누구 한 사람 눈여겨보는 이 없다.

그만 울음이 탁 나오려는 것을 혀를 깨물어 참고 의사를 바라보았다. 한참 수술에 열중한 저 의사, 한 손에 칼을 들고 또 한 손에 핀셋을 쥐고 가제를 굴려가며 칼을 움직이는 저 의사, 누구보다도 저를 믿었고 그래서 일생을 의탁고자 아니했던가.

"아쿠! 아쿠!"

살을 지나 뼈를 할퀴는 듯한 환자의 비명에 그는 얼른 머리를 돌렸다.

환자에게서 툭 튀어 오르는 오빠! 순간 그 비명이 오빠의 음성 같아 그는 깜짝 놀랐다. 다음 순간에 착각임을 알았으나 가슴이 뛰고 온몸이 부르르 떨린다. 그래서 그는 얼른 이 방을 나가리라 하고 한 발걸음 옮기었을 때 구역질이 욱 하고 내달린다. 그는 입술을 꼭 물었다. 목이 찢어지는 듯하더니 코로 주먹 같은 무엇이 칵 내달리며 아뜩하여진다. 그 순간의 눈에[28] 번득 빛났다.

그 칼이 오빠를 향하여 살대같이 날아오는 것을 보았다.

"아이머니! 저놈이 사람을 죽여!"

영실이는 눈을 뒤집고 나는 듯이 의사에게로 달려드니, 의사는 얼결에 주춤 물러서다가 발길로 탁 차버렸다. 영실이는 시멘트 바닥에 자빠졌으나 단숨에 일어나 달려든다. 입술과 코가 터져 온 얼굴은 피투성이가 되어버렸다.

"이놈, 이놈! 오빠를 죽여. 아구, 오빠, 오빠, 호호호, 저놈."

간담이 서늘하게 부르짖는다. 방 안은 그제서야 영실이가 미친 것을 알았다. 조수는 달려들어 영실의 손을 낚아챘다.

"김 서방! 이 미친년 끌어내!"

의사는 발을 구르며 호통하였다. 밖에서 수술자를 담아내려고 들것을 준비하던 김 서방은 너무나 큰 소리에 놀라 들것을 든 채 황황히 달려오려다가, 조수들에게 끌리어 나오는 영실이를 보고 그만 딱 서버렸다.

"미쳤어, 저리 내가, 내가."

조수 하나가 급급히 소리치고 나서 영실이를 김 서방에게 맡겨 버리고 수술실 문을 요란스레 닫아버린다. 김 서방은 어쩔 줄을 몰라 영실이를 뒤집어 업었다. 그는 김 서방을 쥐어뜯고 몸부림 친다.

"이놈, 오빠. 아구아구, 어머니, 양말만 깁지 말고 빨리 나와요. 하하하, 저놈이!"

김 서방은 격리 병실로 뛰다가 몇 호실로 가란 말인고 아뜩하여 생각나지 않았다.

이번엔 위층 병실로 뛰어오며 생각하니 역시 아뜩하였다. 그만 다시 수술실 문 앞으로 오다가 그도 모르게 욱 치밀어오는 감정에 층층 밖으로 뛰어나왔다. 밖은 어둡다.

마약 麻藥

"나는 등록하였수!"

보득 아버지는 벌떡 일어나며 외쳤다.

"무슨 딴 수작야, 계집을 죽인 놈이. 가자. 너 같은 놈은 법이 용서를 못 해."

순사는 달려들어 보득 아버지의 멱살을 쥐어 내몰았다.

"네?…… 계집을, 계집을……?"

보득 아버지는 정신이 버쩍 들어 순사를 쳐다보았으나, 나는 듯이 달려드는 매손에 머리를 푹 숙여버렸다. 볼을 움켜쥔 그는 기막히게 순사의 입술을 바라볼 때, 불이 붙는 듯 우는 보득이가 눈에 콱 부딪친다.

"엄마, 엄마."

어디선가 아내가 꼭 뛰어들 듯한 저 음성, 널찍한 미간 좌우에 근심에 젖은 꺼무스름한 아내의 눈이 툭 튀어 오른다. '여보, 보득일 울지 않게 허우.' 가슴에서 울컥 내달리는 말, 돌아보니 아내는 없고 풀어진 고름끈을 밟고 쓰러질 듯이 서서 우는 저 어린것뿐이다. 발딱거리는 저 가슴, 아내의 손때에 까맣게 누웠던 저 머리털, 밤새에 포르르 일어섰다.

"이놈아, 가."

구둣발에 채여 보득 아버지는 뜰 아래로 굴러떨어졌다.

어둠이 호수 속처럼 퐁그릉 차 있는 여기, 촉촉히 부딪치는 풀잎, 이슬. 쳐다보니 수림이 꽉 엉키었고, 소복이 드리우는 별빛. 갑자기 뒤따르는 남편의 신발 소리가 이상해 돌아보는 찰나, 무서워 어쓸해진다. '대체 이 산골로 뭘 하러 들어올까, 왜 그리 보득일 재워 눕히라 성화였나, 이리 멀리 올 줄을 짐작했다면 꼭 업고 올 것을. 또 한 번 물어봐.' 목이 활짝 달아오른다. 급한 때면 언제나처럼 열리지 않는 입술, 두 번 묻기가 어렵게 성내는 남편의 성질, 오물거리는 혀끝을 지긋이 눌렀다. 발끝이 거칫하고[1] 잠깐 다녀올 데가 있다던 남편의 말이 거짓말인 양, 눈물이 핑 돈다.

조르르 소르르 어깨 위를 스쳐가는 것이 솔잎인 듯, 송진내 솔그러미 피어 흐르고 깜박깜박 나타나는 별빛이 보득의 그 눈 같아 문득 서게 된다. 남편의 호통에 안 일어나고는 못 배길 것이매 이리 따라나섰고 또한 멀리 올 것을 모르고 보득일 재워 누이고 온 것을 생각하니 남편의 말이라면 너무나 믿고 어려워하는 자신이 새삼스레 미워진다. 꼭 보득의 숨소리 같은 벌레 소리가 치마길에 가득히 스친다.

'날 죽이고 그가 죽으려고 이리 오나.' 거미줄 같은 별빛에서 뛰어오는 생각, 이 년 전 뒤뜰 살구나무에 목매어 늘어졌던 남편의 꼴이 검실검실² 나타난다. 소름이 오싹 끼친다. '그래도 죽으려는 것을 못 죽게 하니까 이번엔 날부텀 죽이고 죽으렴인가, 보득일 어쩔꼬.' 팔싹 주저앉고 싶은 것을 간신히 걷는다. 허리를 도는 바람결에 놓지 않으려던 보득의 혀끝이 젖꼭지에 오믈오믈 기어간다. 그는 돌아섰다. 솔잎이 뺨을 찰싹 후려친다.

"보 보득이가 깨었겠는데 이전³ 돌아가요."

암말 없이 그의 등을 미는 남편, 한층 더 무섭고 고함을 쳐 누구를 부르고 싶은 맘, 타박타박 비탈길을 올라간다. 이 고개를 넘으면! 무릎이 툭 꺾이려 하고 남편이 그를 끌고 저 산속으로 들어갈 듯, 푸들푸들⁴ 떨면서 산마루에 올라서니 왁 울고 싶게 마을의 등불이 날아온다.

"여긴 험하네. 내 앞서리."

돌연히 남편은 이런 말을 하고 그의 앞을 서서 걸었다. '악' 소리치고 싶은 무서움이 머리끝을 스치고 지난 뒤 오히려 저 등불에서 무서움이 덜리기 시작한다. '저기 누구를 찾아가는 게지, 그래서 쌀 말이나 얻어 오려고 날 데리고 오는 게지' 하자, 아편을 하기 시작하면서부터 공연히 남편을 의심하고 무서워하는 버릇이 생기었음을 새삼스레 느끼면서, 실직 후에 고민을 이기다 못해 자살하려던 남편, 재일이와 밀려다니다가 아편을 입에 대고 고함쳐 울던 그 모양, 엊그제 동네 여편네들이 비웃던 말이 격지격지⁵ 일어나는 것이다. 어떤 상점에서 무엇인가 도적하다가 들키어 몹시 매를 맞더라는 남편. '미친년들 아무려면 그가 그런 짓을 했을까.' 그러나 남편의 얼굴에 퍼렇게 멍이 진 자죽[6]을 생각하니 목이 짝[7] 메인다.

비탈길을 내리니 보득일 업고 뛰고 싶게 길이 평탄하다. 수수하는 바람 소리에 머리를 돌리니 앵 하는 내 애기의 울음소리가 밀려 나가는 저 바람에 따르는 듯, '보득이가 울 텐데 어쩌까.' 그는 이리 중얼거리지 않고는 견디지 못하였다.

시가에 온 그들은 어떤 포목 상점 앞에 섰다. 간혹 지나가고 오는 사람은 있으나마, 거리는 조용하였다. 남편이 상점 안으로 들어가니 주인인 듯한 중국인이 반색을 하여 맞아준다.

"이제 왔어, 우리 기대려서."[8]

이리 말하고 웃으면서 밖을 살피는 툭 불거진 눈, 얼른 발발이 눈을 연상시키고 이마에 흉터가 별루 번질거린다. 빛 잃은 맥고모[9]를 푹 눌러쓴 채 금방 쓰러질 듯이 서서 있는 남편, 혈색이 좋은 중국인에 비하여 너무나 창백한지, 어느 때는 되놈 같은 것은 사람으로 인정치 않았건만…… 푸르고 붉은 주단빛이 안개가 되어 상점 방을 폭 덮어주는 것이다. 남편이 머리를 돌려 끄덕끄덕할 제, 그는 아편 인이 몰려와 저러는가 하여 화닥닥 놀라는 순간, 다음에 어서 들어오라는 뜻임을 어렴풋이 깨달았지만 허둥허둥 들어가면서 얼굴이 확 달아오른다. 뚫어져라 하고 그를 살편 중국인은 앞을 서서 비죽비죽 걸었다. 그도 남편의 뒤를 따라섰다. 사뿐히 스치는 주단 냄새에 보득의 저고릿감이라도 얻으면 싶고 문득 남편의 후줄근한 아랫도리를 살피면서 타분한[10] 냄새를 피우는 뜰로 내려섰다. 먼 길을 걸었음일까 아편 인이 몰려옴일까 남편은 비칠비칠하였다. 불행히 이 거동을 중국인이 눈치챌까 그의 가슴은 달막거리고 몇 번이나 손을 내밀어 붙들까 붙들까 하였다. 빨간 문 앞에서 남편과 중국인은 무어라고 수근거리더니,

"이 방에 들어가 있수. 나 잠깐 볼일 보고 올 테니."

문을 열고 그의 등을 밀어 넣다시피 한다. '필경 아편 인이 몰려온 것이다' 직각한 그는 암말도 못하고 방으로 들어왔으나 어둠속으로 사라지는 남편의 신발 소리를 놓치지 않으려 문을 홱 열어 잡았다. 상점 문이 드르륵 닫겨버린다. '곧 오라고 할걸' 하며 문에 몸을 기대섰으려니 홀연 그의 집 방문턱에 기어오르는 보득의 얼굴이 불쑥 나타나고 어느 날 보득이가 문턱을 넘어 굴러떨어지던 것이 가슴에 철썩 부딪친다. '어쩔까, 어쩔까.' 그는 빙빙 돌았다.

한참 후에 이리 오는 신발 소리가 있으므로 달려 나왔다.

"보득이가 깨었어요."

목이 메어 중얼거리고 보니 뜻밖에 중국인만이 아니냐. 겁결에[11] 발을 세우고, "여보!"

진 서방 뒤를 살피니 있으려니 한 남편은 없고 어둠이 충충할 뿐이다. 머리끝이 쭈뼛해진다. 단박에 진 서방은 그의 손을 덥석 쥐고, "변 서방 말야. 그 사람 집에 가서."[12]

날래게 손을 뿌리치고 난 그는 이 말에 왕 울음이 솟구치려는 것을 겨우 참으면서 나는 듯이 몸을 빼치려 하였다. 치마폭이 후

둑 따진다.

"보득 아버지!"

막아서는 진 서방의 가슴을 냅다 받았다. 진 서방은 씨근거리면서 달려들어 그를 안아가지고 방으로 들어와서 이어 문을 절거덕 걸어버린다.

"여보, 이놈 봐요. 여보!"

마치 단 가마 속에 든 것 같고 어쩐 일인가 아뜩 생각되지 않는다. 그저 이 방을 뛰쳐나가려는 것으로 미칠 것 같았다. 몇 번 소리는 치지 않았건만 목이 탁 갈라지고 목에서 겨불내[13]가 훅훅 뿜어진다. 진 서방은 차차 그 눈에 독을 피우고 함부로 그를 쥐어박아 쓸어안고 넘어지려고 한다.

"사람 살려요, 살려요."

그는 벽을 쿵쿵 받으며 고함쳤으나 음성은 찢기어 잘 나가지지 않는다. 이 방 안은 도무지 울리지 않고 입술에까지 화기만 버쩍 올라타고 있다. 진 서방은 그의 입술을 막아 소리를 치지 못하게 한다. 땀이 쯔르르 흐르는 손에서 누린내가 숨을 통하지 못하게 쓸어 드므로 깍 물어 흔들었다. 벼락같이 쥐어박는 주먹이 우지끈 소리를 내고 피가 쭈르르 흘러 목을 적신다. 진 서방은 눈이 등잔 통 같아져서 무어라고 중국말로 투덜거리더니 시커먼 걸레로 입을 깍 막아버린다. 온 입안은 가시를 문 듯, 그 끝이 코에까지 꿰어 올라온 듯, 흑! 흑! 턱을 채었다. 진 서방은 허리띠를 끌러 미친 듯이 돌아가는 손과 발을 동인 뒤 이마 땀을 씻으며 빙그레 웃었다. 핏줄이 섞인 저 개 눈깔 같은 눈엔 야수성이 득실거리고 씩씩거리는 숨결에 개 비린내가 훅훅 뿜긴다. 퍼런 바지는 미끄러져 뱃살이 징글스레 드러났고 누런 침을 똑똑 흘리고 있다. 그는 이 꼴을 보지 않으려 눈을 감으니 들썩 높은 남편의 콧등이 까프름 지나가고 비칠거리는 그 걸음발이 방금 보이면서 이제야 어디서 아편을 하고 이리로 달려오는 모양이 가물가물하였다.

"여보! 여보!"

문을 바라보고 힘껏 소리쳤으나 그 음성은 신음 소리로 변할 뿐이었다.

이튿날도 진 서방은 깜짝 아니하고 그의 곁에 앉아 활활 다는 그의 머리에 수건을 대어주었다. 이미 몸을 더럽힌지라 진정하고자 하나 그만큼 열이 오르고 부러진 이가 쑤시는 것이다. 곁에 보득이만 있다면 되는대로 지내리란 생각도 때로는 든다. 새벽부터 남편이 자기를 이 되놈에게 팔았는가 하고 의문이 들었던 것이다. 하나 그것은 잠깐이고 어젯밤에 남편이 정녕 집에 갔는지, 여기 어디서 죽지나 않았는지, 만일 갔다더라도 보득일 데리고 얼마나 애를 태울까 하는 걱정이 다투어 일어난다. 주르르 수건 짜는 소리에 놀라 그는 머리를 들었다. 진 서방이 누런 이를 내놓고 웃는다. '보득의 오줌 소리 같았건만!' 흑, 하고 배 속에서 치달아 오는 울음 때문에 눈을 꼭 감아버렸다.

"생각이 잘이 해. 우리 금가락지, 비단옷 해줬어, 히."

진 서방은 웃는다. 그는 수건을 제치고 돌아누우니 성났던 젖에서 대살과 같이 뻗치는 젖, 젖을 꼭 쥐는 손가락은 바르르 떨리었다. 이어 보득의 촐촐 마른 젖내 몰크름 나는 입김이 볼에 후끈 타오르고, 엄마를 부르고 온 방 안을 헤매다가 갈자리 가시에 그 조그만 발과 무릎이 상하여 피가 뚝뚝 흐르는 것이 눈에 또렷하였다.

"보득 아버지 어제 집에 갔어?"

그는 불쑥 물었다. 진 서방은 반가워서, "갔어. 돈이 가지고 갔어."

돈이란 말에 그는 울음이 왕 터져 나왔다.

이렇듯 하루해를 넘기고 밤을 맞는 보득 어머니는 이 밤에 모든 희망을 부치고 축 늘어져 있었다. 될 수 있으면 진 서방으로 하여 안심하게 하도록 눈치를 돌리곤 하였다. 여간 좋은 기색을 그 눈에 지질히[14] 띤 진 서방은 엉덩이를 들석들석 추키면서 상점 방에도 나갔다 오고, 먹을 것을 사들이고, 약을 사다 이에 바르라는 둥 부산하였다. 그러나 밖에 나가서 단 십 분을 있지 않고 들어와서는 힐긋힐긋 그의 눈치를 보았다. 그 눈에 흰자위가 몸서리나도록 싫었다. 왜 이리 불은 때었을까, 방 안은 점점[15] 끓었다. 누런 손으로 과일을 벗기는 저 진 서방 이마에 콩기름 같은 땀이 흘러 양 볼에 번지르르하다. 제 딴은 온갖 성의를 다 보이느라 한다. 하도 여러 번째에 못 이기는 체 그 속을 눙쳐주려는[16] 꾀에서 한쪽 받아 입에 무니 이가 딱 맞질리고, '내 애기는 지금 뭘 먹노!' 잇새에 남은 과일 쪽은 보득의 살인 듯 그는 투 뱉어버렸다. 피가 쭈르르 흘러내린다.

정밤[17]이 훨씬 지나 그는 머리를 넘석하였다. 다행히 진 서방이 잠이 든 까닭이다. 그는 숨을 죽이고 몸을 조금씩 일으키면서 연방 진 서방을 주의한다. 혹 잠이 안 들고서 저러나 하는 불안이 방 안을 가득 싸고돌고, 시계 소리, 어디서 우는 벌레 소리, 희끄무레하게 보이는 문, 뭉클 스치는 과일 내까지도 사람의 숨결일까 놀라게 된다. 바시시 이불에서 몸을 빼칠 제 후끈 일어나는 땀내에 보득의 기저귀 한끝이 너풀 코끝에 스치는 듯. 이제 가서 보득일 꼭 껴안을 것이 가슴에 번듯거린다. 그는 용기를 얻어 곁의 옷을 집어 들고 사분사분 뒷문으로 왔다. 가만히 문을 열고 나오니 다리팔이 소리를 낼 듯이 떨리고 가슴이 씽씽 뛰어 어쩔 수가 없다. "이년, 어디 가니?" 소리치는 듯 귀는 헛소리로 가득 차버린다. 허둥허둥 변소로 와서 우선 동정을 살핀다. 앞으로 나가려니 상점 방이 있고 부득이 울타리를 넘어 나가는 수밖에. 울타리 위에는 쇠줄이 얽혀 있는 것을 낮에부터 유심히 바라본 것이다. 더구나 이 변소에서 넘는 것이 가장 헐하리라 한 것이다. 귀를 세워 안방을 주의하고 상점 방을 조심한다. '이렇게 망설이다가 진 서방이 깨게 되면 어쩔까.' 발딱 일어나 옷을 울 밖으로 던진 후에 껑충, 울타리에 매달렸다. 무엇이 발을 꽉 붙잡는 듯 몸은 푸들푸들 떨리고 마음은 어서 나가려는 조바심으로 미칠 것 같다. 쭈르르 미끄러지고 얼굴이 쇠줄에 선뜻 찔린다. 그러나 이를 악물고 철사를 힘껏 붙든 채 바둥거린다. 이 줄을 놓으면, 내 애기 내 남편은 못 만나볼 듯, 어쩐지 그리 생각되기 때문이다. 쇠줄 소리는 요란스레 난다. 이번에야말로 진 서방이 내달아 오는 듯 발광을 하여 몸을 솟구친다. 아뜩하여 가만히 살피니 그의 몸이 거꾸로 울 밖에 달려 맨 것을 직각한 그는 쇠줄에 속옷 갈래와 발이 끼어 있음을 알았다. 그는 마구 속옷 갈래를 쥐여다리고[18] 발을 뽑을 때 철썩하고 땅에 떨어졌다. 이어 딱 하고 무엇이 후려치므로 진서방이구나 하고 힘껏 저항하려다 만지니 돌에 머리가 맞친 것을 알았다. 단숨에 뛰어 일어난 그는 미친 듯이 뛰었다. 으드드 떨리게스리 터져 나오려는 이 환희! 어둠 속을 뚫고 폭풍우같이 몰아치는 듯 나는 듯이 시가를 벗어난 그는 산비탈을 끼고 올라간다. 주르르 흘러오는 산바람이 그의 몸에 휘감기자 내 애기의 음성이 가까이 들리는 듯, 까뭇 그의 집이 나타나고, 우는 보득이 눈에 고드름같이 매달린 눈물, 귀엽고도 불쌍한 눈물…… 그의 눈에 함빡 스며 옮아오는 듯 거칫 쓰러진다. 발끝에서 확 일어나는 불길은 쓰러지려는 그의 몸을 바로잡아준다. 그는 �뛴다. 보득의 옆에 쓰러진 남편, 아편에 취하여 있을 그, 이제 가면 붙들고 실컷 울고 싶다. 원망도 아무것도 사라지고 오직 반갑고 슬픔만이 이락이락 일어나는 것이다. 응당 남편도 그를 붙들고 사죄할 것 같다. 꼭 아편도 뗄 것 같다. 조수같이 밀려 나오는 감격에 아뜩[19] 쓰러진다. '여보' 소리를 지르고 일어나 달린다. 흑흑 차오는 숨 좀 돌리려고 하면 멋없이 쓰러지게 되고 다시 뛰면 숨이 꼴깍 넘어가는 듯 기절할 지경이다. 이마에선 땀인가 무엇인가 쉴 새 없이 흘러 눈을 괴롭히고 목덜미로 새어 흐른다. 비가 오는가 했으나 그것을 살필 여유가 없고 진가가 따르는가 돌아보게 된다. 씽씽! 철삿줄 소리가 머리 위를 달리는 것이다. 그는 후닥닥 몸을 솟구치다가 맹 하고 쓰러진다. 아직도 그가 철삿줄을 붙들고 섰는가 싶었던 것이다. 다시 정신을 돌리고 나면 '이번에야 떼지, 그래. 우리 보득일 잘 키워야 하지.' 울면서 일어나 닫는다. 마지막 사라지려는 마을의 등불은 불에 단 철산가 싶게 길게 비친다. 뒤따르는 놈이 있다면 어렵지 않게 죽일 맘이 저 불에서 번쩍한다.

별빛만이 실실이 드리운 수림 속을 걷는 보득 어머니, 남편과 보득일 만날 희망으로 미칠 것 같다. 거칫하면 쓰러지고 쓰러지면 일어나 뛴다. 입에 먼지가 쓸어 들고 불을 붙인 것처럼 얼굴은 따갑다. 몸에서 피비린내가 진동하고 또 젖비린내가 뜨끈뜨끈히 떨쳐 머리털 끝에까지 넘쳐흐른다. 솨르르 수림을 흔드는 바람, 그 바람이 머리끝에 춤출 때, "이번엔 떼야 해요, 떼야 해요." 부지중 그는 이리 중얼거리고 픽 쓰러진다. 발광을 하여 일어나려고 하나 깜짝할 수가 없다. 문득 이마를 만지니 상처가 짚이고 그리로 피가 흐르는 것을 직각한 그는 속옷 갈래를 찢으려다 기진하여 머리를 땅에 박고 만다. 이번엔 적삼을 어루만지려니 발가벗은 몸이고 아까 울 밖으로 옷을 던진 채 깜박 잊고 온 것을 짐작한다. 다시 속옷 갈래를 찢으며 애를 쓴다. 헛기운만 헙헙 나올 뿐 손은 맥을 잃고 만다. 떼야! 떼야! 정신이 깜뚜루루해서[20] 이렇게 부르짖다가 펄쩍 정신이 들 때에 일어나렸으나, 몸이 천 근인 듯 무겁다. 팔을 세우면 다리가 말을 안 듣고, 머리를 들면 헛구역질만 나온다. '내가 죽어가는 셈일까, 우리 보득일 어쩌고.' 벌떡 일어났으나 그만 쓰러지고 만다.

"아가, 아가!"

먼지를 한입 문 입을 벌려 이렇게 부른다. 응 하는 대답이 있을 듯하건만 그는 땅에 귀를 부비치고 내 애기의 음성을 들으려 숨을 죽인다. 이번엔 목을 비끄러매는²¹ 듯이 혀를 힘껏 빼물고 "아가" 불렀으나 아무 소리도 들리지 않는다. 머리를 번쩍 든다. 보득일 업은 남편이 저기 어디 비칠거리고 그를 찾아올 것만 같다. 깜짝 일어났으나 그만 쓰러지게 된다. 대체 왜 이리 쓰러지는지, 그는 아뜩하였다. 손가락을 아짝²² 씹는다. 불이 눈에 불끈 일어 감기려던 눈이 환해진다.

"아가, 여기 젖 있다, 머."

그는 허공을 향하여 부르짖었다. 숲속에 드리운 저 허공, 남편의 초라한 옷자락인가 봐 펄쩍 정신이 든다. 허나 아니었다. 그는 응 하고 울었다. 그리고 기어라도 볼까, 다리팔을 움직이다 그만 쓰러진다.

아가, 아가…… 어쭉 일어나봐…… 홍 제, 남편은 어찌 될 줄 알고. 이제 등록한 아편쟁이가 될지 어떨지…… 고요히 숨이 끊어지고 만다.

| 주 |

파금

* 『조선일보』, 1931년 1월 27일~2월 3일. '독자 투고' 형식으로 발표되었다.

1 파금(破琴) 만돌린을 깨뜨리다.

2 래왕(來往) '오고 감'이라는 뜻의 북한어.

3 연돌(煙突) 불을 땔 때에, 연기가 밖으로 빠져나가도록 만든 구조물.

4 행구(行具) 여행할 때 쓰는 물건과 차림.

5 쌈판 샘팬sampan. 항구 안에서 사람이나 짐을 실어 나르는 중국식의 작은 돛단배.

6 울울(鬱鬱)하다 나무가 빽빽하게 들어서 매우 무성하다.

7 전폭(全幅) 피륙이나 종이 따위의 본디 그대로의 폭.

8 아글아글 '눈이나 얼굴의 생김새가 생기가 있고 시원스러운 모양'이라는 뜻의 북한어.

9 구실구실 '털 따위가 기름기가 거의 없이 몹시 무질서하게 고부라져 있는 모양'이라는 뜻의 북한어.

10 부리우다 여기서는 '부림을 당하다'의 뜻으로 쓰였다.

11 ㅁ울 '싸울'로 추측된다.

12 ㅁ워야 '싸워야'로 추측된다.

13 채잡다 일을 하는 데 중심이 되거나 주도권을 잡다.

14 오라기 실, 헝겊, 종이, 새끼 따위의 길고 가느다란 조각.

15 가칠하다 야위거나 메말라 살갗이나 털이 윤기가 없고 좀 거칠다.

16 일소대 한 소대.

17 피봉(皮封) 봉투의 겉면.

18 거체(巨體) 거대한 몸집.

19 칩다 '춥다'의 방언.

20 방춘(芳春) 꽃이 한창 피는 아름다운 봄.

21 훌훌 가벼운 물체가 바람에 날리는 모양.

22 삿잎 갈댓잎.

그 여자

*『삼천리』, 1932년 9월.

1 일떠나다 기운차게 일어나다.

2 소곡(小曲) 작은 규모의 곡.

3 재사(才士) 재주가 뛰어난 사람.

4 연제(演題) 연설이나 강연 따위의 제목.

5 소래 굽이 없는 접시 모양으로 생긴 넓은 질그릇.

6 멧산자보 멧산재 보따리. '괴나리봇짐'의 평안북도 방언.

7 구럭 새끼를 드물게 떠서 물건을 담을 수 있도록 만든 그릇.

8 멱 짚으로 날을 촘촘히 결어서 만든 그릇의 하나. 주로 곡식을 담는 데 쓰인다.

9 탕패(蕩敗)하다 재물 따위를 다 써서 없애다.

10 끄림직하다 '꺼림칙하다'의 강원도 방언.

11 반공(半空) 땅으로부터 그리 높지 아니한 허공.

12 코진재리 '코딱지'의 평안도·중국 요령성 방언.

13 흥켜내고 문맥상 '훔치고'로 보인다.

14 채마(菜麻) 먹을거리나 입을 거리로 심어서 가꾸는 식물.

15 배채 '배추'의 평안도·함경도 방언.

16 휘끈 갑자기 돌거나 넘어가는 모양.

17 잠잣하다 '시끄럽다가 갑자기 뚝 그치며 조용하다'라는 뜻의 북한어.

18 백어(白魚) 뱅엇과의 민물고기.

19 시재(時在) 지금. 현재.

20 선듯 '갑자기 조금 찬 느낌이 있는 모양'이라는 뜻의 북한어.

21 쓸어치다 '무엇이 가슴에 마구 몰려들다'라는 뜻의 북한어.

채전

*『신가정』, 1933년 9월.

1 배껏 배의 양이 찰 만큼.

2 부침 논밭을 갈아서 농사를 짓는 일.

3 지정(地釘) 집터 따위의 바닥을 단단히 하려고 박는 통나무 토막이나 콘크리트 기둥.

4 저윽이 '적이'의 북한어. 어지간한 정도로.

5 비꺽 '비꺼덕'의 북한어. 단단한 물건이 서로 닿아서 느리게 갈릴 때 나는 소리.

6 올라가는 문맥상 '올리는'으로 보인다.

7 직각(直覺)하다 보거나 듣는 즉시 곧바로 깨닫다.

8 개웃이 고개나 몸 따위를 한쪽으로 귀엽게 조금 기울이는 모양.

9 울울(鬱鬱)하다 마음이 상쾌하지 않고 매우 답답하다.

10 매손 '맷손'의 북한어. 매질할 때에 매의 세고 여린 정도.

11 어실어실하다 '어슴푸레하다'의 북한어.

12 넘석하다 '넘성하다'의 북한어. 한번 넘어다보다.

13 설거질 '설거지'의 방언.

14 솥치 '누룽지'의 황해도 방언.

15 눅다 값싸다.

16 광이 '괭이'의 방언.

17 왜그르르 단단한 물건이 우수수 떨어지는 모양.

18 돋혀 '돋쳐'의 비표준어.

19 생각히우다 '생각나다'의 북한어.

20 왜죽왜죽 팔을 홰홰 내저으며 경망스럽게 계속 빨리 걸어가는 모양.

21 후(後)담 '다음번'의 북한어.

22 아부(亞父) '계부'를 달리 이르는 말.

23 대서방(代書房) 남을 대신하여 관청 행정이나 법률행위에 필요한 서류를 작성하는 곳.

유무

*『신가정』, 1934년 2월.

1 우두머니 우두커니.

2 아수하다 '아깝고 서운하다'라는 뜻의 북한어.

3 찔리우다 '찔리다'의 북한어.

4 거불거불 가볍게 흔들려 자꾸 움직이는 모양.

소금

*『신가정』, 1934년 5~10월.

1 수목 낡은 솜으로 실을 켜서 짠 무명.

2 자X단(自X團) 자위단(自衛團). 만주 지역의 독립운동가 색출, 항일운동 탄압, 치안 유지 등을 위해 일제가 만든 무장 조직으로, 주로 친일 한인으로 구성되었다.

3 보위단(保衛團) 경찰력이 미치지 않는 지역에서 마적 등에 대응하기 위한 목적으로 설치된 중국의 무장 자위단. 중국인이나 중국에 귀화한 한인 청년으로 구성되었다. 일제 군경에 협력하여 정보를 제공하는 한편, 일제의 세력 확장을 견제하는 역할도 담당하였다.

4 건너마을 '건넛마을'의 북한어.

5 농량(農糧) 농사짓는 동안 먹을 양식.

6 다방솔 '다복솔'의 방언. 가지가 탐스럽고 소복하게 많이 퍼진 어린 소나무.

7 갈자리 '삿자리'의 비표준어. 갈대를 엮어서 만든 자리.

8 바구미 '바구니'의 방언.

9 반공일(半空日) 오전만 일을 하고 오후에는 쉬는 날.

10 마대(麻袋) 굵고 거친 삼실로 짠 커다란 자루.

11 고마이 고맙게.

12 월여(月餘) 달포. 한 달이 조금 넘는 기간.

13 캉(炕) 중국 북방 지대의 살림집에 놓는 방의 구들.

14 가화(假花) 종이, 천 등을 재료로 하여 인공적으로 만든 꽃.

15 권연(卷煙) '궐련'의 원말. 담배.

16 논귀 논의 귀퉁이.

17 채치다 일을 재촉하여 다그치다.

18 깡깡이 '해금'을 속되게 이르는 말.

19 해 것. 그 사람의 소유물.

20 잡아다리다 '잡아당기다'의 방언.

21 어성(語聲) 말하는 목소리.

22 쏟치다 '쏟다'를 강조하여 이르는 말.

23 삭수(朔數) 개월 수.

24 치마주름 '치맛주름'의 북한어.

25 원본에는 "친쵀"로 되어 있으나 여러 선집에서는 "친척"으로 표기하고 있다.
     '공산당과 친해서는(관련이 있어서는) 안 된다' 정도의 뜻으로 추측된다.

26 국자가(局子街) 현 연길(延吉)의 옛 지명.

27 이팝 '이밥'의 방언. 입쌀로 지은 밥.

28 헤우다 '헹구다'의 방언.

29 우쩍 조금 단단하고 연한 것을 세게 깨물어 씹는 소리.

30 자착자착 자작자작. 어린아이가 처음 걷기 시작할 때처럼 발을 짧게 내디디며
     위태롭게 걷는 모양.

31 나스스하다 '털이나 천 따위가 차분하다'라는 뜻의 북한어.

32 바자 대, 갈대, 수수깡, 싸리 따위로 발처럼 엮거나 결어서 울타리로 만든 물건.

33 우쩍우쩍 거침없이 기세 좋게 나아가거나 세력 따위가 왕성하게 일어서는 모양.

34 각일각(刻─刻) 시시각각.

35 물큰 냄새가 한꺼번에 확 풍기는 모양.

36 포단(蒲團) 잘 때 몸을 덮기 위하여 만든 침구.

37 치마길 '치마꼬리'의 북한어.

38 애수하다 '놓치기 아깝고 서운하다'라는 뜻의 방언.

39 해(海)감탕(湯) '흙과 유기물이 썩어서 이루어진 진흙탕'이라는 뜻의 북한어.

40 모두다 '모으다'의 방언.

41 저마끔 '저마다'의 북한어.

42 꺼끗하다 '바람에 날리어 매우 빠르고 세게 움직이다'라는 뜻의 북한어.

43 원로(遠路) 먼 길.

44 검열로 인해 붓질로 지워진 부분이다. 국문학자 한만수는 고려대 중앙도서관
에 소장된 판본을 저본으로 하여, 국립과학수사연구소 문서감식실의 협조를
통해 지워진 글자를 복원하였다. "공산당들□야 □□□만은 바른 사람들".
〔강경애, 『강경애 전집』, 이상경 엮음, 소명출판, 2002(수정증보판), p. 535;
한만수, 「강경애 「소금」의 복자 복원과 검열우회로서의 '나눠쓰기'」, 한국문
학연구 제31호, 동국대학교 한국문학연구소, 2006, p. 6〕 첫 부분의 "공산당
들"은 이상경의 『강경애 전집』에서 복원된 글자를 참고한 것이라 한다.

45 빠치다 '빠뜨리다'의 비표준어.

46 시르르 사르르.

47 관염(官鹽) 관청에서 제조하고 판매하거나 관청의 허가를 얻어 제조하여 판매
하던 소금.

48 검열로 인해 붓질로 지워진 부분이다. 한만수의 논문에 따르면 글자 수는
219~222자로, 띄어쓰기 공백 및 문장부호 개수를 포함한다. 본문에는 '□'를
219개 입력하였고, 나머지는 소괄호(( ))로 묶었다.

이상경의 책과 한만수의 논문을 참고하여 표기를 다듬은 뒤 복원한 내용은 다
음과 같다.

"별안간 그의 몸은 화끈 달며 어젯밤 산마루에서 무심히, 아니 얄밉게 들었
던 그들의 말이 □□ 떠오른다. "당신네들은 우리의 동무입니다! 언제나 우
리와 당신네들이 합심하는 데서만이 우리들의 적인 돈 많은 놈들을 대□할
수 있습니다!" □□한 어둠 속에서 □어지던 이 말! 그는 가슴이 으적하였
다. '소금 자루를 뺏지 않던 그들 □□(2~3자 불명) 그들이 지금 곁에 있으
면 자기를 도와 싸울 것 같다. 아니, 꼭 싸워줄 것이고 □□□(3~4자 불명)
내 소금을 빼앗은 것은 돈 많은 놈이었구나!' 그는 부지중에 이렇게 고□□
□(3~4자 불명) 이때까지 참고 눌렀던 불평이 불길같이 솟아올랐다. 그는 벌

떡 일어났다." (강경애, 같은 책, 이상경 엮음, pp. 537~38; 한만수, 같은 논문, pp. 6~7)

모자

*『개벽』, 1935년 1월.

1 부절(不絶)히 끊이지 아니하고 계속.

2 뺑끼칠 '페인트칠'의 비표준어.

3 까라지다 기운이 빠져 늘어지다.

4 행길 '한길'의 방언.

5 궁경(窮境) 생활이 몹시 어려운 지경. 매우 곤란하고 어려운 일을 당한 처지.

6 비비치다 '비비다'를 강조하여 이르는 말.

7 허방지방 정신을 차릴 수 없을 만큼 갈팡질팡하며 다급하게 서두르는 모양.

원고료 이백 원

*『신가정』, 1935년 2월.

1 간번(番) '지난번'의 비표준어.

2 순경(順境) 모든 일이 순조로운 환경.

3 명일(名日)빔 명절 때 차려입는 새 옷.

4 달막거리다 마음이 자꾸 조금 설레다.

5 세루 서지serge. 모직물 중 하나.

6 가이 문맥상 '간(肝)이'로 보인다.

7 쟁치다 풀을 먹인 명주나 모시 따위를, 재양틀에 매거나 재양판에 붙이고 반반하게 펴서 말리거나 다리다.

8 홰눙년 '화냥년'의 방언.

9 성상(星霜) 별은 일 년에 한 바퀴를 돌고 서리는 매해 추우면 내린다는 뜻으로, 한 해 동안의 세월이라는 뜻.

10 너머나 '너무나'의 방언.

11 퍼친 문맥상 '퍼진'으로 보인다.

12 넙쩍넙쩍 넙적넙적. 말대답을 하거나 무엇을 받아먹을 때 입을 자꾸 벌렸다 닫

왔다 하는 모양.

13 도리혀 '도리어'의 방언.

번뇌

* 『신가정』, 1935년 6~7월.

1 보톨 보토리. '홀아비'의 방언.

2 「사께와 나미다가(酒は淚か)」 「술은 눈물인가」.

3 멋들다 멋있다.

4 초보(哨堡) 적의 동태를 살피기 위하여 쌓은 보루.

5 포케트 포켓pocket.

6 한겻 한나절의 반.

7 아지노모도(味の素) 화학조미료의 상표명.

8 달려다니다 '긴장한 태도로 서둘러 다니며 활동하다'라는 뜻의 북한어.

9 토필(土筆) 칠판에 글씨를 쓰는 필기구.

10 따굽다 '따갑다'의 방언.

11 실실이 실처럼 가는 가지마다.

12 연연(娟娟)하다 빛이 엷고 산뜻하며 곱다.

13 망슬망슬 망설망설.

14 부루루 '부르르'의 방언.

15 호야 석유를 넣은 그릇의 심지에 불을 붙이고 유리로 만든 등피를 끼운 등.

16 어무르다 '헤무르다'의 비표준어. 맺고 끊음이 분명하지 못하고 무르다.

17 가께아시[かけあし, 駆(け)足] 구보.

지하촌

* 『조선일보』, 1936년 3월 12일~4월 3일; 『여류단편걸작집』, 조선일보사, 1939년. 이 작품은 1936년 『조선일보』에 연재된 후 1939년 『여류단편걸작집』에 수록되었다. 여기서는 『여류단편걸작집』에 수록된 것을 저본으로 하되, 신문 연재본과 비교하여 검열에 의해 삭제당한 것이 분명한 부분은 이상경의 『강경애 전집』과 마찬가지로 〈 〉 속에 적었다.

1 가지 '금방'이라는 뜻의 북한어.

2 지척 지척지척. 힘없이 다리를 끌면서 억지로 걷는 모양.

3 너울 '놀'의 방언.

4 감실감실 사람이나 물체, 빛 따위가 먼 곳에서 어렴풋이 움직이는 모양.

5 쐐기 애벌레.

6 얼벌벌하다 '얼얼하고 뻐근하다'라는 뜻의 북한어.

7 년출 길게 뻗어 나가 늘어진 식물의 줄기.

8 어루쓸다 '어루더듬다'의 비표준어.

9 쾌미(快味) 상쾌하고 즐거운 느낌.

10 덤석 덥석.

11 잠뱅이 '잠방이'의 방언. 가랑이가 무릎까지 내려오도록 짧게 만든 홑바지.

12 밥바리 '밥그릇'의 북한어.

13 말갛다 산뜻하게 맑다. 눈이 맑고 생기가 있다.

14 조모락조모락 '조몰락조몰락'의 북한어.

15 오시럽다 '걱정스럽다'라는 뜻의 함경도 방언.

16 봉당 '뜰'이라는 뜻의 방언.

17 진자리 아이를 갓 낳은 자리.

18 경풍(驚風) 어린아이에게 나타나는 증상의 하나로 풍(風)으로 인해 갑자기 의식을 잃고 경련하는 병.

19 담북 '담뿍'의 방언. 많거나 넉넉한 모양.

20 잘강잘강 질긴 물건을 잘게 자꾸 씹는 모양.

21 품기다 '풍기다'의 옛말.

22 서드레일 '허드렛일'의 방언.

23 싸물싸물 '사물사물'의 북한어. 살갗에 작은 벌레가 기어가는 것처럼 간질간질한 느낌.

24 등어리 '등'의 방언.

25 야물야물 입을 귀엽거나 경망스럽게 움직이는 모양.

26 가무레하다 엷게 가무스름하다.

27 궁량 마음속으로 이리저리 따져보는 깊은 생각.

28 끼웃이 조금 기울어지게.

29 자개돌 '조약돌'의 북한어.

30 연락부절(連絡不絕) 왕래가 잦아 소식이 끊이지 아니함.

31 수선하다 마음이 뒤숭숭하여 갈피를 잡을 수 없다.

32 날래 '빨리'의 방언.

33 얼리다 '어르다'의 방언.

34 시죽시죽 시적시적. 느릿느릿한 모양.

35 다우치다 '다그치다'의 북한어.

36 건건하다 감칠맛 없이 조금 짜다.

37 쭝깃이 '쫑긋이'의 북한어. 입술을 삐죽 내미는 모양.

38 무쭉하다 '묵직하다'의 방언.

39 매통 곡물의 껍질을 벗기는 농기구.

40 지리 '지레'의 방언.

41 뒷매 뒤로 드러난 모양새.

42 충충하다 물이나 빛깔 따위가 맑지 않고 흐리고 침침하다.

43 우지다 '우짖다'의 옛말.

44 곧추 곧게.

45 말큰거리다 '연하고 부드러운 느낌이 날 정도로 말랑하다'라는 뜻의 북한어.

어둠

* 『여성』, 1937년 1~2월. 이 작품은 『여성』에 발표된 직후 『현대조선여류문학선집』(조선일보사 출판부, 1937)에 재수록되었다. 여기서는 잡지에 발표된 것을 저본으로 삼았다.

1 남바위 추위를 막기 위하여 머리에 쓰는 쓰개.

2 십부 습포(濕布). 젖은 찜질을 할 때 쓰는 헝겊.

3 혼혼하다 훈기를 느낄 만큼 따스하다.

4 니바노ー루(ニバレノール) 니발레놀nivalenol. 화학약품 중 하나.

5 어웅하다 구멍 따위가 움푹 들어가 침침하다.

6 부로ー시(ブラシ) 브러시brush.

7   쓰적이다 물건이 서로 맞닿아 비벼지는 소리가 나다.

8   구레조-루(クレゾール) 크레졸cresol.

9   설치(雪恥) 치욕을 씻어 푸는 일.

10   아끼라메(あきらめ, 諦め) 체념.

11   가오루(かおる, 香る) 향기 나다. 여기서는 '향수'의 뜻으로 쓰였다.

12   도다나(とだな, 戶棚) 찬장.

13   솜치 '소름'의 방언.

14   기색(氣塞)하다 심한 흥분이나 충격으로 호흡이 일시적으로 멎다.

15   즈르르 '주르르'의 북한어. 물기나 기름기, 윤기 따위가 흘러 번지르르한 모양.

16   쯔메쇼(詰所)(つめしょ) 대기실.

17   열어제치다 '열어젖히다'의 비표준어.

18   연조(年條) 어떠한 일에 종사한 햇수.

19   동구장(憧球場) 당구장.

20   오짝하다 오싹하다.

21   갈(渴)하다 목이 타고 마른 듯하다.

22   누이야! 원본에는 "누구냐!"로 되어 있으나 문맥상 "누이야!"가 적절하여 고쳐
     두었다.

23   메린스(メリンス) 모슬린mousseline. 얇고 부드럽게 짠 모직물.

24   호-히(包被) 포피(包皮). 표면을 싼 가죽. '被'는 '皮'의 오기이다.

25   그나마의 문맥상 '그 나머지의'로 보인다.

26   고히루(止血繊子) 지혈 겸자(しけつかんし, 止血鉗子). '繊'는 '鉗'의 오기이다. '지
     혈 겸자'의 실제 일본어 발음과 '고히루'는 차이가 있다.

27   후꾸마꾸간즈(腹膜繊子) 복막 겸자(ふくまくかんし, 腹膜鉗子). '繊'은 '鉗'의 오기
     이다.

28   『현대조선여류문학선집전경』에는 "그 순간 의사가 쥔 칼이 다음에"라고 되어
     있다.

마약

* 『여성』, 1937년 11월.

1 거칠하다 살갗 따위에 자꾸 닿아 걸리다. 순조롭지 못하게 방해가 되다.

2 검실검실 사람이나 물건, 빛 따위가 먼 곳에서 어렴풋이 움직이는 모양.

3 이전 이제는.

4 푸들푸들 '부들부들'보다 거센말. 몸을 크게 부르르 떠는 모양.

5 격지격지 켜켜이.

6 자죽 '자국'의 방언.

7 짝 문맥상 '가득 차거나 막힌 모양'을 뜻하는 '꽉'으로 보인다.

8 기대려서 기다렸어.

9 맥고모(麥藁帽) 밀짚이나 보릿짚으로 만든 모자.

10 타분하다 음식의 맛이나 냄새가 신선하지 못하다.

11 겁결에 갑자기 겁이 나서 어쩔 줄 몰라 당황하여.

12 가서 갔어.

13 겨불내 '겻불내'의 북한어. 겨가 탈 때 나는 매캐한 냄새.

14 지질히 보잘것없고 변변하지 못하게.

15 점점 문맥상 '절절'로 보인다.

16 눙치다 마음을 풀어 누그러지게 하다.

17 정(正)밤 '한밤중'의 북한어.

18 쥐여다리다 쥐어 당기다.

19 아뜩 갑자기 어지러워 정신을 잃고 까무러칠 듯.

20 깜뚜루루하다 까무룩하다.

21 비끄러매다 줄이나 끈 따위로 서로 떨어지지 못하게 붙잡아 매다.

22 아짝 '아작'보다 거센말. 물건을 깨물어 바스러뜨릴 때 나는 소리.

식민 시대 여성주의 리얼리즘의 성취

김양선

1.

식민지 시대 대표적 장편 노동소설 『인간 문제』, 여성·아이·장애인 등 사회적 약자의 궁핍과 수난을 그린 자연주의 리얼리즘 소설 「지하촌」, 항일무장운동이 쇠퇴한 후 간도 이주민의 상황을 모성과 결합하여 형상화하면서 사회주의의 전망을 제시한 「소금」. 1930년대 중반 작가 강경애가 식민지 시기 한국 근대문학(사)에 남긴 주요 작품들의 목록이다.

강경애는 1906년 4월 20일 황해도 송화에서 가난한 농민의 딸로 태어나 장연에서 서울로, 다시 장연으로, 그리고 작가 생활의 대부분을 지낸 간도로 이동과 이주를 거듭하였다. 강경애가 그린 궤적은 경성·지식인 남성 중심의 문학장에서 인적 네트워크를 가지지 못한, 학력 자본과 문화 자본이 지극히 열악했던 여성이 어떻게 이 네트워크의 바깥에서 식민지 현실을 여성-젠더의 입장에서 일관되게 비판했는지를 의미심장하게 보여준다.

강경애의 작품 활동은 「파금」(1931)에서 시작되었지만 앞서 언급한 대표작들을 비롯, 간도 정세와 민중들의 삶을 핍진하게 그린 작품들은 1934년부터 1937년까지 집중적으로 발표되었다. 그의 작품들은 남성들의 성적 억압에 희생당하거나 저항하는 여성, 남성 부재의 현실을 강인한 생명력으로 버티는 여성, 지식인으로서의 사회적 역할을 자각하고 성찰하는 여성을 지속적으로 형상화했다. 이런 특성 때문에 강경애의 작품은 식민지 시기 여성의 현실과 그 형상화 수준을 한 단계 끌어올렸다고 평가받아왔다.

간도 현실과 여성이 체험한 식민 현실이라는 강경애 작품 세계의 두 축은 지리적·성적으로 권력에서 배제된 존재들의 삶을 바탕으로 형성되었다. 강경애는 이 배제된 존재들이 마주한 참혹한 현실을 글쓰기로 재현하는 것의 어려움을 토로하면서도 작가로서의 소명 의식을 잊지 않으려 했다.

차라리 이 붓대를 꺾어버리자. 내가 쓴다는 것은 무엇이었느냐. 나는 이때껏 배운 것이 그런 것이었기 때문에 내 붓끝에 씌어지는 것은 모두가 이런 종류에서 좁쌀 한 알만큼, 아니 실오라기만큼 그만큼도 벗어나지 못하였다. 그저 한 판에 박은 듯하였다.

—「간도를 등지면서」(『동광』, 1932. 8)

병 치료차 일시적으로 간도를 떠나 고국으로 돌아오면서 쓴 위 수필에는 이런 작가의 고투가 선명하게 기록되어 있다. 「파금」에서 미완작 「검둥이」까지 7~8년 남짓한 기간 동안 발표된 작품 세계를 살펴보자.

2.

1931년 1월 『조선일보』 부인문예란에 독자 투고 형식으로 발표된 첫 단편 「파금」은 식민지 인텔리겐치아인 형철과 혜경의 연애와 식민지 지식인이 겪는 번민을 다루는 것 같지만 사실 좀더 묵직한 주제를 내포하고 있다. 일본의 군사주의 통치가 본격화되는 상황, 식민지 농업 정책으로 인해 빈농뿐만 아니라 중소농민까지 몰락하여 만주로 떠나가는 현실을 주인공 형철이라는 대표 재현을 통해 제시하고 있기 때문이다. 형철이 서울 거리에서 목격하는 것은 "일본군들이 낫, 창을 총 끝에 끼워 메고 일소대가량 저벅저벅 발걸음을 맞추어 지나"(p. 15)가는 병영화된 현실이다. 형철의 가족은 '대농가'였지만 빚과 저곡가 정책으로 몰락하였다.

사회주의 이론가도 혁명운동가도 아니었던 형철은 이런 현실을 겪으면서 고등문관이나 변호사 같은 안정적인 직업을 포기하고 항일운동에 투신한다. 소설은 형철이 모종의 사건으로 총살을 당하고 혜경 역시 투옥 중인 것으로 끝난다. 작가나 인물의 말을 통해 '대중과 하나가 되어 같이 싸우겠다'는 목적의식을 직접적으로 드러내어 문학적 형상화에 한계가 있을지언정 일본의 식민 통치에 대한 정확한 인식과 식민지 민중의 간도 이주가 시작된 이유를 보여주었다는 점에서 강경애 소설의 출발점을 알린 작품이라 할 수 있다.

본격적으로 간도를 지리적 배경으로 한 「채전」(1933)은 수방이라는 어린아이의 눈을 통해, 자신이 만든 노동의 산물로부터 분리된 민중의 현실을 그리고 있다. 수방은 "바바와 같이 마마와 같이 노는 사람이 좋은 사람일까"라는 의문을 품으며 "일하는 사람이 좋은 사람들"(p. 44)이어야 한다고 생각한다. 이 소박한 소녀의 생각에는 작가의 세계관이 반영되어 있다. 허드렛일을 하는 맹 서방과의 연대로 얻어낸 작은 성과, 즉 '함부로 일꾼을 내보내지 말 것' '옷 한 벌씩 해줄 것'이라는 계약의 체결과 수방의 갑작스러운 죽음이 교차하면서 어린아이의 순진성을 여지없이 파괴하는 식민지 농촌 현실이 드러나는 것이다.

이처럼 강경애는 초기작부터 식민지 현실과 이를 타개할 연대와 투쟁의 필요성을 아이와 청년을 통해 제시하였다. 이후 그의 치열한 문제의식은 '간도'로 공간적 배경을 옮겨 확장되고 깊어진다.

3.

등단작 「파금」과 장편 『어머니와 딸』을 제외하면 강경애의 소설 대부분은 작가가 간도로 이주한 뒤에 씌어진 것이다. 강경애의 작품에서 이주(移住)와 이산(離散)은 여성들의 의지와는 무관하게 주어진 현실이지만, 한편으로는 그녀들이 민족적·성적 정체성을 심문하고 재구성하도록 이끄는 조건이다.

강경애의 간도 배경 소설들은 식민지 민중의 현실, 계급적·성적·민족적 모순이 중첩된 민중 여성의 상황을 '빈곤의 모성화'를 통해 보여준다. 여기서 '빈곤의 모성화'란 식민지 현실로 인해 여성들이 성적·계급적·민족적으로 겪는 어려움, 특히 부재하거나 취약한 가부장을 대신해 가족을 거두고 보살피는 기혼 여성들의 처지를 일컫는 말이다. 「소금」(1934) 「모자」(1935) 「지하촌」(1936) 「마약」(1937)은 만주사변(1931), 항일 무장 세력 토벌(1936), 중일전쟁(1937)과 같은 만주와 간도의 정세 변화를 소설의 배경으로 하면서, 이를 남편이나 아버지가 부재한 상황에서 극한적인 가난과 씨름하는 어머니와 아이들의 위기로 그리고 있다.

「소금」은 봉염 어머니라는 민중 여성의 계급적·민족적 각성 과정을 그린 소설이자, 당시 간도 정세 변화로 인해 운명이 바뀐 여성의 일대기를 다룬 소설이다. 이 작품에서 봉염 어머니의 일대기는 기본적인 생존 조건조차 갖추지 못했던 이주 농촌 여성들의 현실을 대표 재현하고 있다. 작품에서 소금이 부족한 상황은 간도 이주민들의 물질적·정신적 결핍을 상징한다. 또한 봉염 어머니가 생존의 막다른 길에서 소금 밀수에 나서는 결말까지 고려하면 서사를 이끄는 동력이기도 하다.

특히 「소금」의 '유랑'에서는 한 여성의 이동에 내포된 민족적·계급적·성적 의미를 자세히 기술하고 있다. 중국인 지주 팡둥을 만나러 갔던 봉염 아버지는 공산당의 손에 죽고, 아들 봉식은 가출해서 공산당에 입당했다가 잡혀 총살당한다. 이 하층 계급 가족의 해체 역시 강경애의 후기 소설들과 유사하게 간도의 정치적·사회적 정세 변화에 따른 것임을 알 수 있다. 가족 해체 이후 모녀 가정 앞에 닥친 절박한 상황은 지주의 성폭력으로 인한 임신과 출산 등 여성 섹슈얼리티의 훼손으로 나타난다.

무엇보다도 이 소설은 모성의 현실적 국면을 잘 포착하고 있다. "전신을 통하여 짜르르 흐르는 모성애"(p. 87) 때문에 출산한 아이를 죽이지 못하고 오열하는 모습, 자식들과 살아남기 위해 유모로 들어간 후 "남의 새끼 키우느라 제 새끼를 죽인"(p. 98) 어미로서의 자책감과 젖어미로서 키운 명수에 대한 그리움 사이에서 갈등하는 모습은 육체적 친밀감을 기저로 형성된 모성의 현실적 국면을 드러낸다. 작품은 출산과 양육을 신비화하거나 여성의 보편적인 자질로 추상화하지 않는다. 가부장제 이데올로기가 덧씌운 이상적인 어머니 노릇, 주어진 모성성에 대한 통념을 우회적으로 비판하는 것이다.

「소금」에서 여성의 처지는 '이산'과 연결되어 있다. 봉염 어머니는 고향 땅─지금 터전(간도)─지주 팡둥 집(용정)─해란강 변 헛간으로 끊임없이 이동한다. 아이들만 있는 셋방과 젖어미로 들어간 집 사이를 오가는가 하면, 아이들이 죽은 후에는 소금 밀수를 하러 갔다가 다시 용정으로 돌아온다. 이처럼 거듭되는 유랑은 농토의 뺏김, 남편과 아들의 죽음, 지주의 성적 유린, 출산, 아이들의 죽음과 같은 수난에 기인한다. 작가는 이런 수난의 원인을 지주와 소작인의 갈등, 간도에서 이주민으로 살아갔던 우리 민족의 현실에서 찾고 있다. 이후의 소설들과는 달리 사회주의적 전망을 포기하지 않은 「소금」은 1934년의 시점에서 시대의 '어둠'을 돌파하려는 작가 의식을 보여준다.

작품 결말에서 봉염 어머니는 일본 순사에게 소금 자루를 빼앗긴다. 이 부분은 검열로 거의 모든 문장이 지워져 있다. 이상경과 한만수의 연구를 참고하여 복원한 결말의 내용은 봉염 어머니가 "우리와 당신네들이 합심하는 데서만이 우리들의 적인 돈 많은 놈들을 대□할 수 있습니다!"(p. 253, 주 48 참고)라는 항일유격대 대원의 연설을 떠올리고 투쟁 의지를 다지는 것이다. 요컨대 무산자 계급의 단결과 연대를 강조하고 있는 것이다.

하지만 몇 개월 뒤 발표된 「모자」와 1937년의 「마약」은 이런 전망마저도 구현할 수 없는 상황에서 인간이 어떻게 무기력하게 전락하는지, 여성과 아이들은 어떻게 희생당하는지를 그리는 데 집중한다. 두 소설에서 남편은 부재하거나 마약중독자요 아내를 팔만큼 도덕적 마비 상태에 이른 인물이다. 그로 인해 여성은 아이와의 동반 죽음(「모자」), 인신매매와 죽음(「마약」)이라는 극한 상황으로 내몰린다. 그런데 이 모자가 위험에 처한 이유를 남편의 무능력이나 도덕적 불감증 때문으로만 볼 수는 없다. 「모자」의 남편은 항일운동을 하다 산속에서 목숨을 잃고, 「마약」의 남편은 농민으로 소작료를 떼인 후 마약에 탐닉한다. 이를 보건대 남성의 부재나 무능력은 당시 간도 정세 변화에 기인한 것이다. 국가와 가부장이 여성이나 아이와 같은 취약한 개인을 지키지 못하는 무력한 상황을 작가는 모성(성)의 위기로 표현한다.

「모자」에서 승호 어머니는 죽음에 직면해서도 본능적인 모성애를 보인다. 그런데 그녀의 모성애는 "아버지가 못다 한 사업을 이 아들로 완성하게 하리라"(p. 130)라는 다짐처럼 계급 투쟁이 '부계'로 이어질 것이라는 다짐을 담고 있다. 현실의 '어둠'을 초월하기 위하여 상징적인 아버지를 복원시키는 것이다. 하지만 「마약」에 오면 이런 상징적 아버지/남편마저도 사라지고, 아이와 살아남아야 하는 절박한 모성만 남는다. 「마약」에서 보득 어머니는 마약 때문에 아내를 판 남편을 원망하기보다는 모성애를 발휘하여 죽음을 무릅쓰고 탈출한다. "입에 먼지가 쓸어 들고 불을 붙인 것처럼 얼굴은 따갑다. 몸에서 피비린내가 진동하고 또 젖비린내가 뜨끈뜨끈히 떨쳐 머리털 끝에까지 넘쳐흐른다"(p. 246)와 같은 구절에서 드러나듯 그녀는 피비린내와 젖비린내에 뒤섞인 채 죽어간다. 죽기 직전에도 아기에게 젖을 먹이는 환영을 볼 만큼 자신과 아이를 하나의 몸으로 여긴다. 그녀의 사고는 자신과 아이를 분리해서 생각하지 않고 관계 지향적으로 보는 모성적 사고의 전형이다. 이처럼 두 소설은 빈곤이나 사회적 전망 상실과 같은 현실의 어려움을 모성의 위기로 형상화함으로써 현실성을 확보한다.

식민지 시기 빈궁문학의 수작으로 평가받는 「지하촌」은 칠성, 큰년과 같이 장애가 있는 아이들, 이러한 아이를 낳을 수밖에 없는 극도의 궁핍한 현실, 가사 노동과 농사일이라는 이중의 노동에 시달려야 하는 농촌 여성의 현실을 그리고 있다. 가장은 부재하거나 경제적 능력이 없어 아내나 딸을 팔아 생계를 유지하는 무력한 인물인 반면, 여성들은 모성애와 끈질긴 생명력의 소유자이다. 그러나 이들의 모성은 역설적이게도 뒤틀린 육체, 불임이거나 사산하는 육체로 재현된다. 그녀들은 가난과 고된 노동으로 인해 사산하거나 불구자를 낳을 수밖에 없다. 아이들은 칠성, 큰년처럼 장애가 있거나 제대로 약을 못 써 또는 먹을 것이 없어 병들고 굶주리며, 태어나자마자 죽기도 한다. '지하촌'이라는 제목에 상응하는 비위생적이고 궁핍한 주거 공간, 여성과 아이, 신체적 기형과 같은 주변성의 요소들이 중첩되면서 식민지 현실이 가감 없이 드러나는 것이다. 그 중심에 여성의 현실, 어머니의 현실이 있다. "해종일 김매기에 그 몸이 고달팠겠고, 더구나 산에 가서 나무를 해 오려기에 그 몸이 지칠 대로 지쳤으련만, 또 아기에게서라도 시달림을 받으니, 오늘 날이라도 잠만 들면 깨지 못할 것 같"(p. 185)은 칠성 어머니의 모습은 농사일과 가사 노동, 육아까지 전담하는 돌봄 노동자로서의 어머니 모습을 핍진하게 포착한 것이다. 거듭되는 임신과 출산에도 몸조리를 제대로 하지 못해 아래가 축 늘어져 물이 줄줄 흐르고 염증으로 고약스러운 악취가 나는 어머니의 몸, 개에게 물려 피가 흐르는 칠성의 다리, 아기 머리의 상처에 덧댄 쥐 가죽을 벗기자 쏟아져 떨어지는 구더기 떼는 이 취약한 존재들의 위기를 그로테스크한 묘사를 통해 생생하게 폭로한다.

강경애의 후기 작품은 이처럼 현실에 대한 낙관적 전망이 사라진 후에도 여성의 몸과 죽음을 파편적으로 그리거나 자연주의적으로 묘사함으로써 현실의 문제를 여전히 드러내고자 했다. 민족과 계급의 문제는 여성의 몸을 경유하고 교차하면서 실감을 얻게 되고, 이 점이 바로 강경애 소설의 고유한 특성이다. 그렇다면 현실을 견디며 사는 구여성도 어머니도 아닌, 식민지 현실을 살아가는 또 다른 여성들을 강경애의 소설은 어떻게 그리고 있을까? 이를 소위 '모던 걸'로 호명되었던 신여성, 그리고 작가로 여겨지는 지식인 여성의 성찰성을 중심으로 살펴보자.

4.

「그 여자」(1932)는 신여성에 대한 작가의 신랄한 비판 의식이 드러난 풍자소설이다. 마리아는 신문이나 잡지 문예란에서 본 대로 몇 번 장난 비슷이 글을 지어보다가 일약 '여류 문사'가 된 인물이다. "여자로서는 글 쓰는 사람이 적은 것만큼 자기 한 사람에게만이 가능하다고 인정됨으로써"(p. 26)라는 구절은 작품성보다는 여성이라는 희소성에 기대 문단에 등장한 근대 초기 여성 작가들을 우회적으로 비판한 것으로 볼 수도 있다. 하지만 이 소설의 속뜻은 여성 작가에 대한 비판보다는 소위 부르주아 계층 여성의 허위성을 폭로하는 데 있다.

마리아는 "농부들보다도 농촌의 자연미를 구경하는 호기심 그것에서 어떤 명작이나 하나 얻을까 하는 바람"(p. 29)으로 용정 마을에 강연을 나가게 된다. 그녀의 눈에 비친 용정 사람들은 "이마에는 기름기가 번질번질, 손톱은 매 발톱처럼 비쭉"(pp. 30~31)하고, "누런 이"(p. 31)를 내놓는 비위생적인 야만인이다. 그녀는 강연장에 모인 농부들을 '흑인종'이라는 인종적 비유를 가져와 타자화한다. 하지만 농부들의 눈에 마리아는 "열과 피가 없고 말하자면 어떤 어여쁜 인형이 기계적으로 말하는 듯"하며, "폐병자의 초기 같은 그의 얼굴빛이며 짙게 그린 눈썹 아래로 깜박이는 눈만이 살은 듯"한 감정이 없는 존재로 비춰진다. 입으로만 "노동자 농민을 부르짖고 현대 조선 사회상"(p. 33)을 들추어내는 그녀의 모습은 농민들의 반감을 자아낸다. 소설의 풍자적 성격 때문에 신여성은 '미라' '흡혈귀'와 같은 그로테스크한 이미지로 제시되거나 미모에만 신경 쓰는 부정적인 인물로 묘사된다. 부르주아의 허울뿐인 민족주의와 계급적 한계를 농민의 집단적 각성과 대비해가며 비판하고 있다는 점에서 이 작품은 강경애 문학의 지향점을 예고하고 있다.

초기 소설에서 모던 걸과 여성 지식인의 문제점을 신랄하게 비판했던 강경애의 중후기 소설은 민족주의와 계급 운동이 퇴조한 후 전망이 사라진 간도의 현실을 '동지'에 대한 서사로 풀어낸다. 이 '동지'에 대한 서사가 당시 조선(내부)의 남성-전향소설과 다른 점은 항일운동의 최전선에 선 남성이 아닌, 이들의 가족이 처한 상황을 지켜보는 지식인 여성의 성찰적 시선을 취하고 있다는 것이다. 간도 현실에 대한 신여성의 성찰성은 전망이 부재한 상태에서도 연대의 끈을 놓지 않고 자기 계급의 한계를 내부에서 고발하려는 진정성에서 나온 것이다.

작가의 자전소설인 「원고료 이백 원」(1935)은 신여성의 부정적 행태를 남편의 입을 빌려 비판하고 있다.

너도 요새 소위 모던껄이라는 두리해눙년이 되고 싶은 게구나. 아, 일류 문인으로서 그리해야 하는 게지. 허허, 난 그런 일류 문인의 사내 될 자격은 못 가졌다. 머리를 지지고 볶고, 상판에 밀가루 칠을 하구, 금시계에 금강석 반지에 털외투를 입고, 입으로만 아! 무산자여 하고 부르짖는 그런 문인이 되고 싶단 말이지. 당장 나가라! (p. 137)

"돈이 생긴 오늘에 그것도 남편이 번 것도 아니요, 내 손으로 번 돈을 가지고 평생의 원이던 반지나 혹은 구두나를 선선히 해 신으라는 것이 떳떳한 일"(p. 136)이라 생각하면서도 남편의 동지가 곧 자신의 동지이므로 감옥에 간 동지의 가족을 위해 돈을 쓰기로 마음먹는 '나'의 모습은 자기 욕망과 공동체의 대의 사이에서 갈등하는 지식인 여성의 내면과 연대의 당위성을 섬세하게 보여 준다. 간도의 정세 악화 역시 갈등을 야기하는 주요한 요인으로 작용한다. 고향을 등진 채 만주로 온 이주민 여성들이 요릿집이나 부호의 첩으로 팔려 가는 현실, "토벌단이 들어 밀리어서 지금 한창 총소리와 칼소리에 전 대중이 공포에 떨고" "목숨이나 구해 볼까 하여 비교적 안전지대인 용정시와 국자가 같은 도시로 몰려 드"(p. 141)는 엄혹한 현실 앞에서 사회적 가치를 추구하는 작가적 소명을 무시할 수는 없기 때문이다. 따라서 작가의 자기반성이 남편을 매개로 이루어지는 것을 두고 페미니즘적 시각이 미흡하다고 보는 것은 당시 현실의 엄혹함을 놓친 일면적 해석이다.

「유무」(1934)와 「번뇌」(1935) 역시 여성-지식인의 입장에서 항일무장투쟁이 퇴조한 후 살아남은 가족들이나 동지의 아내인 구 여성에 대한 연민과 애정을 드러내고 있다. 「유무」에서는 이웃에 세를 얻어 살던 복순 아버지의 이야기를 지식인 여성 '나'가 듣는다. '무식한 노동자'로만 알았던 복순 아버지는 사실 항일운동가였다. 그는 항일운동에 나섰던 운동가들이 투옥되어 고문을 당하거나 죽어가고 있다고 말한다. 그는 B들로 지칭되는 일본군이 아기나 양민들을 학살하는 장면이나 자기가 처형당하는 장면을 환상 내지 환각으로 본다. 기실 꿈의 한 장면이라 했으나, 당시 검열을 위한 장치임을 짐작할 수 있다. 복순 아버지는 '나'가 글을 쓰는 지식인 여성이기 때문에 자신의 내력을 털어놓기로 했다고 고백한다. 이 말을 듣고 나는 "이때까지 놀린 나의 붓끝이란 참말 인생의 그 어느 한 부분이라도 진지하게 그려보았던가?" 반문하면서 "나의 붓끝이란 허위와 가장이 많았"(p. 54)다고 반성한다. 작가로서 이 현실을 재현하고 바꾸는 데 한계가 있음을 자각하는 것이다.

이런 서사 구도는 「번뇌」에서도 나타난다. 「번뇌」에서는 8년간 감옥에 있다 나온 R이 정세의 악화 속에서 겪은 일을 지식인 여성 '나'가 듣는다. 이 작품은 항일무장투쟁의 진행과 실패라는 역사적 사건을 배경으로 혁명과 동지애가 어떻게 개인의 사적인 감정인 사랑과 충돌하는지 그리고 있다. 후일담의 핵심은 아직까지 감옥에 있는 동지의 부인에 대한 애정이 싹트면서 겪는 내적 갈등과 극복에 있다. 동지의 부인인 계순에게 R이 연정을 느끼는 이유는 그녀가 구여성의 긍정적 자질을 지니고 있기 때문이다. 그녀는 "박꽃처럼 희고 부드러우며 비누와 양잿물 내가 일절 없고 맑은 샘물 내가 몰씬"(pp. 150~51) 나도록 빨래를 하며, 밥을 정갈하게 짓고 구수한 맛이 나는 반찬을 해낸다. 그는 그녀에 대해 "어린애가 어머니를 신임하듯 하는 감정"(p. 152)을 품는다. 가사노동으로 표현되는 계순의 품성이 여성적인 자질에 기인함을 알 수 있는 대목이다. 하지만 동지의 아내를 향한 그의 감정은 억제해야 할 어떤 것이다. 아직까지 계순의 남편인 동지는 감옥에 있고, 혁명은 실패했기 때문이다. 때문에 그의 애정이 어떻게 귀결되는지는 열린 결말로 흐릿하게 처리된다. 이성애와 동지에 대한 신의 사이에서 갈등하는 그와 그의 후일담을 듣는 소극적 청자인 '나'를 통해 인간의 감정이나 열정이 허락되지 않았던 식민 말기의 풍경을 우회적으로 포착할 수 있는 것이다.

「어둠」(1937)은 「원고료 이백 원」「유무」「번뇌」에서 일관되게 그렸던 항일운동가와 그 가족의 고통을 '분노'와 '광기' 같은 정동을 통해 드러낸다. 상황이 악화되면서 동지애와 연대의 가능성이 아예 막혀버렸기 때문이다. 그래서인지 「어둠」은 지식인 여성의 목소리를 취하지 않고, 동지도 오빠도 그리고 애인도 잃어버린 젊은 여성의 운명을 서사화한다.

발표 직후 『현대조선여류문학선집』(조선일보사 출판부, 1937)에도 수록된 바 있는 「어둠」은 이상경이 자세히 밝힌 바와 같이 4차

간도공산당 사건에 연루된 사람들이 수년간 감옥살이를 하다가 형 확정 판결을 받은 뒤 전격 사형당한 일을 제재로 한다. 강경애는 이 사건과 급격히 악화된 간도의 상황을 젊은 여성의 시각으로 그리고 있다. 소설은 용정의 한 병원에서 간호부로 일하는 영실이 오빠가 반만항일투쟁에 참가했다가 일제 경찰에게 체포된 뒤 투옥되어 사형당했다는 소식을 듣고 괴로워하던 차에, 한때 동지이자 연인이었던 의사마저 변심하자 그를 공격하다가 미친 여자로 몰려 병원에서 쫓겨난다는 이야기를 담고 있다. 『인간 문제』의 간난이와 선비 같은 젊은 여성들이, 그리고 「소금」의 봉염 어머니가 사회주의나 집합적 주체의 저항에서 현실을 돌파할 방법을 찾았던 반면, 이 소설의 개인, 즉 동지를 잃어버린 여성은 작품의 제목처럼 '어둠'뿐인 현실에 대해 분노와 광기를 표출한다. 오빠의 사형 집행 보도 기사를 접한 영실의 반응은 "땀이 뿌찐뿌찐 나고 팔이 후루루 떨린다" "눈에 칼날이 스치는 듯 산득산득해서 바로 볼 수가 없다" "순간 철사로 그를 숨 쉴 수 없이 꽁꽁 동였음을 느낀다"(p. 220)와 같은 육체적 이상 징후로 나타난다. 이성에 기반한 합리적 문제 해결이 더 이상 통하지 않는 병리적 현실, 전망이 보이지 않는 '어둠'의 현실에서 간호부의 전문성이나 지성은 문제를 해결하고 돌파할 방안이 되지 못한다. 1937년 강경애가 간도에서 마주한 현실은 「어둠」이나 「마약」에서처럼 동지의 배신과 중독자 남편의 배신으로 살아남은 자들이 축출되고 죽어나가는 비정상성이 통치하는 세계였던 것이다.

「어둠」의 발표 당시 창작 배경을 알고 있던 식민지 시대 사회주의 여성 평론가 임순득은 평론 「여류작가 재인식론」(『조선일보』, 1938)에서, 이 작품이 역사적 사건을 소재로 하여 작가의 투철한 작가 정신을 보여주며 여성문학의 영역을 확장했다고 평가하면서도 남성에게 의존적인 여성을 그렸다고 한계를 지적했다. 하지만 영실이 '투쟁'이 아닌 '광기'로 자신의 분노를 표출하는 것은 국가나 가족과 같은 보호물이 아예 없는 상황, 항쟁의 열기가 식었을 뿐만 아니라 과거의 동지마저 돌아선 상황에서 취약한 개인이 보일 수 있는 당연한 정서적 반응이다. 여성 작가들이 현실에 대한 항의와 저항의 방식으로 광기와 분노의 정동을 표출해왔던 사례를 떠올린다면, 「어둠」 역시 감정 서사로 재평가될 수 있다.

5.

성장 과정에서의 가난, 학창 시절 민족주의운동 경험, 근우회 활동, 간도 이주 등은 강경애가 소설가이자 운동가, 여성으로서의 정체성을 정립하는 데 중요한 역할을 했다. 강경애는 이런 개인적 체험을 식민지 여성 현실에 대한 서사로 확장했다. 작품 활동 내내 성과 계급, 민족 모순이 어떻게 겹치고 교차하는지 의식하면서 이런 교차성을 리얼리즘으로 형상화했다. 작가가 성취한 여성주의적 리얼리즘은 이주와 이산의 공간 간도에서 식민지 시대 민족과 하층 계급의 현실을 직시하고, 그것이 여성의 삶과 분리될 수 없다는 인식을 견지했기에 가능했다.

우리는 강경애 소설의 현재적 의미를 여기서 찾을 수 있다. 민족 국가의 보호를 받지 못하는 이주민·하층민·여성·아동의 비참한 현실을 지속적으로 그린 그의 소설들은 특히나 이주가 일상화되고 여성의 돌봄 노동이 사회적 의제로 대두하고 있는, 또 취약한 타자들에 대한 연민과 연대가 모색되는 이즈음의 현실에서 소설이, 그리고 글쓰기가 무엇을 할 수 있으며 무엇을 해야 하는지 되묻게 한다. 일제강점기 가난과 질병에 고통받던 한 소설가가 쓴 여성 생존의 서사, 어머니와 자매의 서사를 탈식민 시대 독자들이 문학사의 장에서 건져 올려 읽어야 하는 이유이다.

1906년(1세) 4월 20일 황해도 송화군 송화에서 가난한 농민의 딸로 태
어남.

1909년(4세) 겨울 아버지 사망.

1910년(5세) 아버지 사망 후 어머니가 황해도 장연군 최 도감의 후처로
들어가면서, 어머니를 따라 장연으로 이주하여 성장.

1913년(8세) 의붓아버지 최 도감(혹은 신교육을 받은 그의 아들)이 보
다가 둔 『춘향전』에서 한글을 깨쳐 '구소설'을 독파, 동네
할아버지 할머니들이 '도토리 소설쟁이'라는 별명을 지어
붙여주었다 함.

1915년(10세) 장연여자청년학교를 거쳐 장연보통학교에 입학. 월사금,
학용품값을 마련하기 어려울 정도로 가난한 환경에서 학교
를 다님.

1921년(16세) 형부의 도움으로 평양 숭의여학교에 입학.

1923년(18세) 봄 장연 태생의 동경 유학생이던 양주동을 만남. 10월경 숭

의여학교 3학년에 다니던 중 학생들의 동맹 휴학과 관련, 퇴학을 당함. 이후 양주동과 함께 서울로 와서 청진동 72번지에서 동거하며 동덕여교보 3학년에 편입, 1년간 공부.

1924년(19세) 5월 양주동이 주재하던 『금성』지에 필명 '강가마'로 「책 한 권」이라는 짤막한 시를 발표. 9월 초 양주동과 헤어진 후 장연으로 돌아와 언니가 경영하던 서산여관에서 지냄.

1925년(20세) 11월 『조선문단』에 시 「가을」을 발표. 1920년대 후반에는 주로 장연에 거주하면서 문학 공부를 하는 한편, 무산 아동을 위한 '흥풍야학교'를 개설하고 학생들을 가르침. 1년 반 정도 간도 용정 일대에서 지내다가 다시 장연으로 돌아옴.

1929년(24세) 10월 『조선일보』에 독자 투고로 「염상섭 씨의 논설 「명일의 길」을 읽고」를 발표. 소개에 근우회 장연 지회 회원이라고 밝힘.

1930년(25세) 11월 『조선일보』 부인문예란에 독자 투고 형식으로 「조선 여성의 밟을 길」을 발표.

1931년(26세) 1월 『조선일보』 부인문예란에 독자 투고 형식으로 단편소설 「파금」을 발표. 작가의 첫 소설임. 장연 군청에 고원으로 부임한 황해도 황주 사람 장하일과 결혼. 6월경 간도로 이주. 장하일은 간도 용정의 동흥중학교 교사로 있으면서 항일무장투쟁 세력에 연루되었던 것으로 추정됨. 강경애는 남편과 간혹 싸우기는 했으나 「원고료 이백 원」「번뇌」 등의 소설로 미루어볼 때 기본적으로는 동지적 관계를 유지한 것으로 보임. 8월부터 1932년 10월까지 『혜성』에 장편소설 『어머니와 딸』을 연재.

1932년(27세) 6월경 일본군의 간도 토벌과 중이염 때문에 용정을 떠나 서울에서 치료를 받다가 9월경에 다시 간도로 감. 『동광』에 수필 「간도를 등지면서」(8월) 「간도야 잘 있거라」(10월)를 발표하며 간도를 떠나는 감회를 피력. 이후 간혹 서울이나 장연을 왕래하지만 주로 간도에 거주하면서 집안일과 작품 활동을 병행. 9월 『삼천리』에 소설 「그 여자」를 발표.

1933년(28세) 3월 『제일선』에 고향 근처 몽금포의 어촌을 배경으로 한 소설 「부자」를 발표. 그 외에도 수필을 거의 매달 한 편씩 발표. 『신가정』에 간도를 배경으로 한 소설 「채전」(9월) 「축구전」(12월)을 발표.

1934년(29세) 단편소설 「유무」(『신가정』, 2월) 「동정」(『청년조선』, 10월)과 중편소설 「소금」(『신가정』, 5~10월)을 발표. 8월부터 12월까지 『동아일보』에 식민지 시대 최고의 리얼리즘 소설이자 노동소설의 하나로 평가받는 장편소설 『인간 문제』를 120회 연재.

1935년(30세) 소설 「모자」(『개벽』, 1월) 「원고료 이백 원」(『신가정』, 2월) 「해고」(『신동아』, 3월) 「번뇌」(『신가정』, 6~7월)를 연달아 발표. 간도 용정에서 안수길, 박영준 등이 주도한 '북향(北鄉)'의 동인으로 가담. 12월 동인지 『북향』 1호에 시 「이 땅의 봄」을 발표. 하지만 이때부터 건강이 안 좋아져 적극적으로 활동하지는 못함.

1936년(31세) 1월 『북향』 2호에 시 「단상」, 3월 『조선일보』에 소설 「지하촌」, 8월 『신동아』에 소설 「산남」을 발표. 『오사카매일신문(大阪每日新聞)』 조선판에 황해도 몽금포의 작은 어촌을 배경으로 하여 일본인 노동자와 식민지 조선 노동자의 연대 문제를 일본어로 쓴 소설 「장산곶」을 발표.

1937년(32세) 『여성』 1~2월호에 소설 「어둠」, 11월호에 「마약」 발표.

1938년(33세) 5월 『삼천리』에 소설 「검둥이」(미완) 발표.

1939년(34세) 『조선일보』 간도 지국장 역임. 약 3년 전부터 얻은 병이 악화되어 고향인 장연으로 돌아옴.

1940년(35세) 2월 상경하여 경성제대병원에서 치료를 받기도 하고 삼방 약수터에 치료차 가기도 함.

1944년(36세) 4월 26일 병이 악화되어 사망.

1949년 장하일이 부주필로 있던 노동신문사에서 『인간 문제』 단행본이 나옴.

1. 소설

작품명	발표지	발표 연월일	비고
파금	조선일보	1931. 1. 27~2. 3	
어머니와 딸	혜성('제일선'으로 개제)	1931. 8~1932. 10	장편 연재
그 여자	삼천리	1932. 9	
월사금	신동아	1933. 2	콩트
부자	제일선	1933. 3	
젊은 어머니	신가정	1933. 4	1회 박화성, 2회 송계월, 3회 최정희, 4회 강경애, 5회 김자혜 순으로 연재된 연작 소설(1933. 1~5)
채전	신가정	1933. 9	
축구전	신가정	1933. 12	

작품명	발표지	발표 연월일	비고
유무	신가정	1934. 2	
소금	신가정	1934. 5~10	중편
인간 문제	동아일보	1934. 8. 1~12. 22	장편 연재
동정	청년조선	1934. 10	
모자	개벽	1935. 1	
원고료 이백 원	신가정	1935. 2	
해고	신동아	1935. 3	
번뇌	신가정	1935. 6~7	
지하촌	조선일보	1936. 3. 12~4. 3	
파경	신가정	1936. 5	1회 박화성, 2회 엄흥섭, 3회 한인택, 4회 이무영, 5회 강경애, 6회 조벽암 순으로 연재된 연작 장편소설(1936. 4~9)
장산곶	오사카매일 신문	1936. 6. 6~6. 10	일본어 소설
산남	신동아	1936. 8	
어둠	여성	1937. 1~2	
마약	여성	1937. 11	
검둥이	삼천리	1938. 5~?	미완

2. 평론·수필

작품명	발표지	발표 연월일	비고
염상섭 씨의 논설 「명일의 길」을 읽고	조선일보	1929. 10. 3~7	
조선 여성들의 밟을 길	조선일보	1930. 11. 28~29	
양주동 군의 신춘 평론 — 반박을 위한 반박	조선일보	1931. 2. 11	
간도를 등지면서	동광	1932. 8	
간도야 잘 있거라	동광	1932. 10	
꽃송이 같은 첫눈	신동아	1932. 12	
커다란 문제 하나	신여성	1933. 1	
간도의 봄— 심금을 울린 문인의 이 봄	동아일보	1933. 4. 23	
나의 유년 시절	신동아	1933. 5	
원고 첫 낭독	신가정	1933. 6	
여름밤 농촌의 풍경 점점	신가정	1933. 7	
이역의 달밤	신동아	1933. 12	
송년사	신가정	1933. 12	
간도	조선중앙일보	1934. 5. 8	
표모의 마음	신가정	1934. 6	
작자의 말	동아일보	1934. 7. 27	
두만강 예찬	신동아	1934. 7	
고향의 창공	신가정	1935. 5	
장혁주 선생에게	신동아	1935. 7	
어촌 점묘	조선중앙일보	1935. 9. 1~6	

작품명	발표지	발표 연월일	비고
불타산 C군에게 —그리운 고향	동아일보	1936. 6. 30	
작가 작품 연대표	삼천리	1937. 1	
기억에 남은 몽금포	여성	1937. 8	
봄을 맞는 우리 집 창 문	삼천리	1938. 5	
자서소전	여류단편 걸작집	1939	
내가 좋아하는 솔	신세기	1940. 4	
약수	인문평론	1940. 7	

3. 시

작품명	발표지	발표 연월일	비고
책 한 권	금성	1924. 5	
가을	조선문단	1925. 11	
다림불	조선일보	1926. 8. 18	
오빠의 편지 회답	신여성	1931. 12	
참된 어머니가 되어 주소서	신여성	1932. 12	
숲속의 농부	신동아	1933. 6	
오늘 문득	신가정	1934. 12	
이 땅의 봄	북향	1935. 12	
단상	북향	1936. 1	

| 참고 문헌 |

구재진, 「이산문학으로서의 강경애 소설과 서발턴 여성」, 『민족문학사연
　　　구』 제34호, 민족문학사학회, 2007.

김복순, 「강경애의 '프로−여성적 플롯'의 특징」, 『한국현대문학연구』 제25
　　　호, 한국현대문학회, 2008.

김양선, 「강경애── 간도 체험과 지식인 여성의 자기반성」, 『역사비평』
　　　1996년 여름호.

───── 「강경애 후기 소설과 체험의 윤리학── 이산과 모성 체험을 중심
　　　으로」, 『여성문학연구』 제11호, 한국여성문학학회, 2004.

박혜경, 「강경애의 작품에 나타난 여성인식의 문제」, 『민족문학사연구』
　　　제23호, 민족문학사연구소, 2003.

서정자, 「체험의 소설화, 강경애의 글쓰기 방식」, 『여성문학연구』 제13
　　　호, 한국여성문학학회, 2005.

송인화, 「'모던 걸'의 공포와 '동지'의 수사학──『인간문제』에 나타난 강
　　　경애 사회주의 여성의식 재고(再考)」, 『여성문학연구』 제47호,

한국여성문학학회, 2018.

이경림, 「식민지 시기 계급주의 문학 내 여성 폭력의 표상 한계—강경애 소설을 중심으로」, 『현대소설연구』 제75호, 한국현대소설학회, 2019.

이상경, 『강경애—문학에서의 성과 계급』, 건국대학교출판부, 1997.

───── 「1930년대 후반 여성문학사의 재구성—강경애의 「어둠」을 중심으로」, 『페미니즘연구』 제5호, 한국여성연구소, 2005.

───── 「강경애 문학의 국제주의의 원천으로서의 만주 체험—북만 해림 체험을 중심으로」, 『현대소설연구』 제66호, 한국현대소설학회, 2017.

최병구, 「프로문학의 감성과 여성, 공/사 경계 재구축의 구조—강경애 문학을 중심으로」, 『구보학보』 제23호, 구보학회, 2019.

최현희, 「강경애 문학에 나타난 간도적 글쓰기—지방성과 여성성의 문제를 중심으로」, 『현대소설연구』 제65호, 한국현대소설학회, 2017.

한만수, 「강경애 「소금」의 복자 복원과 검열우회로서의 '나눠쓰기'」, 『한국문학연구』 제31호, 동국대학교 한국문학연구소, 2006.

한국문학전집을 펴내며

오늘의 한국문학은 다양한 경험과 자산에서 비롯된 것이지만, 그 중에서도 우리 앞선 세대의 문학작품에서 가장 큰 유산을 물려받고 있다. 그럼에도 우리는 가끔 우리의 문학 유산을 잊거나 도외시한다. 마치 그것 없이는 살아갈 수 없는 소중한 물을 쉽게 잊고 사는 것처럼 그동안 우리는 우리가 이루어놓은 자산들을 너무 쉽게 잊어버리고 있었는지도 모르겠다. 인기 있는 외국 작품들이 거의 동시에 번역 출판되고, 새로운 기획과 번역으로 전 세계의 문학작품들이 짜임새 있게 출판되고 있는 요즈음, 정작 한국문학 작품들을 체계적으로 정리하지 못하고 있었다는 점을 최근에 우리는 깊이 반성하게 되었다. 그리고 이러한 때늦은 반성을 곧바로 '한국문학전집'을 기획하는 힘으로 전환하였다.

오늘의 시점에서 '한국문학전집'을 기획한다는 것은, 우선 그동안 양적으로나 질적으로 괄목할 만한 수준에 이른 한국문학 연구 수준을 반영하는 새로운 시각이 전제되어야 할 것이다. 그리고 '우리 것을 지키자'는 순진한 의도에서가 아니라, 한국문학이 바로 세계문학이 되는 질적 확장을 위해, 세계문학 속에서의 한국문학의 정체성을 찾는 일을 간과해서는 안 될 것이다.

이번 기획에서 우리가 가장 크게 신경 썼던 점은 크게 두 가지이다. 하나는, 그동안 거의 관습적으로 굳어져왔던 작품에 대한 천편일률적인 평가를 피하고 그동안의 평가에 대한 비판적 평가와 더불어 새로운 평가로 인한 숨은 작품의 발굴이었다. 그리하여 한국문학사를 시기별로 구분하여 축적된 연구 성과들 위에서 나름대로 중요한 작품들을 선별하는 목록 작업에 가장 큰 공을 들였다. 나머지 하나는, 그동안 여러 상이한 판본의 난립으로 인해 원전 텍스트가 침해되고 있는 심각한 상황을 고려하여 각각의 작가에게 가장 뛰어난 연구자들을 초빙하여 혼신을 다해 원전 텍스트를 확정하였다는 점이다.

장구한 우리 문학사의 주옥같은 작품들을 한자리에 모아, 세대를 넘고 시대를 넘어 그 이름과 위상에 값할 수 있는 대표적인 한국문학전집을 내놓는다. 이번에 출간되는 한국문학전집은 변화된 상황과 가치를 반영하는 내실 있고 권위를 갖춘 내용으로 꾸며질 것이며, 우리 문학의 정본 전집으로서 자리매김해 한국문학의 전통을 계승하고 발전시키는 데 기여하고자 한다. 이 기획이 한국문학의 자산들을 온전하게 되살려, 끊임없이 현재성을 가지는 살아 있는 작품들로, 항상 독자들의 옆에 있게 되기를 기대한다.

㈜**문학과지성사**

01 감자 김동인 단편선

최시한(숙명여대) 책임 편집

수록 작품 약한 자의 슬픔/배따라기/태형/눈을 겨우 뜰 때/감자/광염 소나타/배회/발가락이 닮았다/붉은 산/광화사/김연실전/곰네

극단적인 상황과 비극적 운명에 빠진 인물 군상들을 냉정하게 서술해낸 한국 근대 단편 문학의 선구자 김동인의 대표 단편 12편 수록. 인간과 환경에 대한 근대적 인식을 빼어난 문체와 서술로 형상화한 김동인의 주옥같은 작품들을 만날 수 있다.

02 탈출기 최서해 단편선

곽근(동국대) 책임 편집

수록 작품 고국/탈출기/박돌의 죽음/기아와 살육/큰물 진 뒤/백금/해돋이/그 밤/전아사/홍염/갈등/먼동이 틀 때/무명

식민 치하 빈궁 문학을 대표하는 최서해의 단편 13편 수록. 식민 치하의 참담한 사회적 현실을 사실적으로 전해주는 작품들. 우리 민족의 궁핍한 현실에 맞선 인물들의 저항 정신과 민족 감정의 감동과 울림을 전한다.

03 삼대 염상섭 장편소설

정호웅(홍익대) 책임 편집

우리 소설 가운데 서울말을 가장 풍부하게 살려 쓴 작품이자, 복합성·중층성의 세계를 구축하여 한국 근대 장편소설의 대표작으로 꼽히는 염상섭의 『삼대』. 1930년 대 서울의 중산층 가족사를 통해 들여다본 우리 근대의 자화상이다.

04 레디메이드 인생 채만식 단편선

한형구(서울시립대) 책임 편집

수록 작품 논 이야기/레디메이드 인생/미스터 방/민족의 죄인/치숙/낙조/쑥국새/당랑의 전설

역설과 반어의 작가 채만식의 대표 단편 8편 수록. 1920~30년대의 자본주의적 현실 원리와 민중의 삶을 풍자적으로 포착하는 데 탁월했던 채만식. 사실주의와 풍자의 절묘한 조합으로 완성한 단편 문학의 묘미를 즐길 수 있다.

05 비 오는 길 최명익 단편선

신형기(연세대) 책임 편집

수록 작품 폐어인/비 오는 길/무성격자/역설/봄과 신작로/심문/장삼이사/맥령

시대를 앞섰던 모더니스트 최명익의 대표 단편 8편 수록. 병과 죽음으로 고통받는 인물 군상들을 통해 자신이 예감한 황폐한 현대의 징후를 소설화한 작가 최명익. 무나 현대적이어서, 당시에는 제대로 평가받을 수 없었던 탁월한 단편소설들을 만난다.

06 사하촌 김정한 단편선

강진호(성신여대) 책임 편집

수록 작품 그물/사하촌/항진기/추산당과 곁사람들/모래톱 이야기/제3병동/수라도/인간
단지/위치/오끼나와에서 온 편지/슬픈 해후

리얼리즘 문학과 민족 문학을 대표하는 김정한의 대표 단편 11편 수록. 민중들의 삶을
통해 누구보다 먼저 '근대화의 문제'를 문학적으로 제기하고 예리하게 포착한 작가
김정한의 진면목을 본다.

07 무녀도 김동리 단편선

이동하(서울시립대) 책임 편집

수록 작품 화랑의 후예/산화/바위/무녀도/황토기/찔레꽃/동구 앞길/혼구/혈거부족/달/
역마/광풍 속에서

한국적이고 토착적인 전통 세계의 소설화에 앞장선 김동리의 초기 대표작 12편 수록.
민중의 삶 속에 뿌리 내린 토착적 전통의 세계를 정확한 묘사와 풍부한 서정으로
형상화했던 김동리 문학 세계를 엿본다.

08 독 짓는 늙은이 황순원 단편선

박혜경(인하대) 책임 편집

수록 작품 소나기/별/겨울 개나리/산골 아이/목넘이마을의 개/황소들/집/사마귀/소리/닭제/
학/목장수/뿌리/내 고향 사람들/원색오뚝이/곡예사/독 짓는 늙은이/황노인/늪/허수아비

한국 산문 문체의 모범으로 평가되는 황순원의 대표 단편 20편 수록. 엄격한 지적
절제와 미학적 균형으로 함축적인 소설 미학을 완성시킨 작가 황순원. 극적인 사건
전개 대신 정적이고 서정적인 울림의 미학으로 깊은 감동을 전한다.

09 만세전 염상섭 중편선

김경수(서강대) 책임 편집

수록 작품 만세전/해바라기/미해결/두 출발

한국 근대 소설의 기념비적 작품인 「만세전」, 조선 최초의 여류화가인 나혜석의 삶을
소설화한 「해바라기」, 그리고 식민지 조선의 현실을 담아내고 나름의 저항의식을
형상화하기 위한 소설적 수련의 과정을 단적으로 보여주는 「미해결」과 「두 출발」
수록. 장편소설의 작가로만 알려진 염상섭의 독특한 소설 미학의 세계를 감상한다.

10 천변풍경 박태원 장편소설

장수익(한남대) 책임 편집

모더니스트 박태원이 펼쳐 보이는 1930년대 서울의 파노라마식 풍경화. 근대
자본주의 사회의 이데올로기와 일상성에 대한 비판에 몰두하던 박태원 초기 작품의
모더니즘 경향과 리얼리즘 미학의 경계를 넘나드는 역작. 식민지라는 파행적
상황에서 기형적으로 실현되던 근대화의 양상을 기층 민중의 생활에 초점을 맞춰
본격화한 작품이다.

11 태평천하 채만식 장편소설

이주형(경북대) 책임 편집

부정적인 상황들이 난무하는 시대 현실을 독자적인 문학적 기법과 비판의식으로 그려냄으로써 '문학적 미'를 추구했던 채만식의 대표작. 판소리 사설의 반어, 자기 폭로, 비유, 과장, 희화화 등의 표현법에 사투리까지 섞은 요설로, 창을 듣는 듯한 느낌과 재미를 선사하는 작품. 세태풍자소설의 장을 열었던 채만식이 쓴 가족사 소설의 전형에 해당한다.

12 비 오는 날 손창섭 단편선

조현일(홍익대) 책임 편집

수록 작품 공휴일/사연기/비 오는 날/생활적/혈서/피해자/미해결의 장/인간동물원/유실몽/설중행/광야/희생/잉여인간/신의 희작

가장 문제적인 전후 소설가 손창섭의 대표 단편 14작품 수록. 병적이고 불구적인 인간 군상들을 통해 전후 사회 현실에서의 '절망'의 표현에 주력했던 손창섭. 전쟁 그리고 전쟁 이후의 비일상적 사태를 가장 근원적인 차원에서 표현한 빼어난 작품들을 선별했다.

13 등신불 김동리 단편선

이동하(서울시립대) 책임 편집

수록 작품 인간동의/흥남철수/밀다원시대/용/목공 요셉/등신불/송추에서/까치 소리/저승새

「무녀도」의 작가 김동리가 1950년대 이후에 내놓은 단편 9편 수록. 전기 작품에 이어서 탁월한 문체의 매력, 빈틈없는 구성의 묘미, 인상적인 인물상의 창조, 인간에 대한 깊이 있는 통찰이라는 김동리 단편의 미학을 다시 한 번 경험할 수 있는 기회이다.

14 동백꽃 김유정 단편선

유인순(강원대) 책임 편집

수록 작품 심청/산골 나그네/총각과 맹꽁이/소낙비/솥/만무방/노다지/금/금 따는 콩밭/떡/산골/봄·봄/안해/봄과 따라지/따라지/가을/두꺼비/동백꽃/야앵/옥토끼/정조/땡볕/형

고단한 삶을 살아가는 순박한 촌부에서 사기꾼에 이르기까지 다양한 삶의 모습을 문학 속에 그대로 재현한 김유정의 주옥같은 단편 23편 수록. 인물의 토속성과 해학성, 생생한 삶의 언어와 우리 소리, 그 속에 충만한 생명감을 불어넣은 김유정 문학의 정수를 맛본다.

15 소설가 구보씨의 일일 박태원 단편선

천정환(성균관대) 책임 편집

수록 작품 수염/낙조/소설가 구보씨의 일일/애욕/길은 어둡고/거리/방란장 주인/비량/진통/탄재/골목 안/음우/재운

한국 소설사상 가장 두드러진 모더니즘 작품으로 인정받는 「소설가 구보씨의 일일」을 비롯한 박태원의 대표 단편 13편 수록. 한글로 씌어진 가장 파격적이고 실험적인 작품으로 주목 받은 박태원. 서울 주변부 중산층의 삶이라는 자기만의 튼실한 현실 공간을 구축하여 새로운 소설 기법과 예술가소설로서의 보편성을 획득한 작품들이다.

16 날개 이상 단편선

김주현(경북대) 책임 편집

수록 작품 12월 12일/지도의 암실/지팡이 역사/황소와 도깨비/공포의 기록/지주회시/
동해/날개/봉별기/실화/종생기

근대와 맞닥뜨린 당대 식민지 조선의 기념비요 자화상 역할을 하는 이상의 대표 단편
11편 수록. '천재'와 '광인'이라는 꼬리표와 함께 전위적이고 해체적인 글쓰기로
한국의 모더니즘 문학사를 개척한 작가 이상. 자유연상, 내적 독백 등의 실험적
구성과 문체로 식민지 근대와 그것에 촉발된 당대인의 내면을 예리하게 포착해낸
이상의 문제작들을 한데 모았다.

17 흙 이광수 장편소설

이경훈(연세대) 책임 편집

한국 최초의 근대 장편소설 『무정』을 발표하면서 한국 소설 문학의 역사를 새롭게 쓴
이광수. 『흙』은 이광수의 계몽 사상이 가장 짙게 깔린 작품으로 심훈의 『상록수』와
함께 한국 농촌계몽소설의 전위에 속한다. 한국 근대 문학사상 가장 많이 연구되고
있는 작가의 대표작답게 『흙』은 민족주의, 계몽주의, 농민문학, 친일문학, 등장
인물론, 작가론, 문학사 등의 학문적·비평적 논의의 중심에 있는 작품이다.

18 상록수 심훈 장편소설

박헌호(성균관대) 책임 편집

이광수의 장편 『흙』과 더불어 한국 농촌계몽소설의 쌍벽을 이루는 『상록수』. 심훈의
문명(文名)을 크게 떨치게 한 대표작이다. 1930년대 당시 지식인의 관념적 농촌
운동과 일제의 경제 침탈사를 고발·비판함으로써, 문학이 취할 수 있는 현실 정세에
대한 직접적인 대응 그리고 극복의 상상력이란 두 가지 요소를 나름의 한계 속에서
실천해냈고, 대중적으로도 큰 호응을 불러일으킨 작품이다.

19 무정 이광수 장편소설

김철(연세대) 책임 편집

20세기 이래 한국인이 가장 많이 읽고 가장 자주 출간돼온 작품, 그리고 근현대 문학
가운데 가장 많이 연구의 대상이 된 작가 이광수의 대표작 『무정』. 씌어진 지 한
세기가 가까워오도록 여전히 읽히고 있고 또 학문적 논쟁의 중심에 서 있는 『무정』을
책임 편집자의 교정을 충실하게 반영한 최고의 선본(善本)으로 만난다.

20 고향 이기영 장편소설

이상경(KAIST) 책임 편집

'프로문학의 정점'이자 우리 근대 문학사의 리얼리즘의 확립을 결정적으로 보여주는
이기영의 『고향』. 이기영은 1920년대 중반 원터라는 충청도의 한 농촌 마을을
배경으로 봉건 사회의 잔재를 지닌 채 식민지 자본주의화가 진행되어가는 우리 근대
초기를 뛰어난 관찰로 묘파한다. 일제 식민 치하 근대화에 대한 문학적·비판적
성찰과 지식인의 고뇌를 반영한 수작이다.

²¹ 까마귀 이태준 단편선

김윤식(명지대) 책임 편집

수록 작품 불우 선생/달밤/까마귀/장마/복덕방/패강랭/농군/밤길/토끼 이야기/해방 전후
'한국 근대소설의 완성자' '단편문학'의 명수. 이태준은 우리 근대 문학의 전개 과정에서 결코 간과할 수 없는 역할을 담당했던 작가 가운데 한 사람이다. 문학의 자율성과 예술성을 상실하지 않으면서도 현실 문제에 각별한 관심을 보여주었던 그의 단편은 한국소설사에서 1930년대를 대표하는 것으로 인정받고 있다.

²² 두 파산 염상섭 단편선

김경수(서강대) 책임 편집

수록 작품 표본실의 청개구리/암야/제야/E선생/윤전기/숙기기/해방의 아들/양과자갑/두 파산/절곡/얼룩진 시대 풍경
한국 근대사를 증언하고 있는 횡보 염상섭의 단편소설 11편 수록. 지식인 망국민으로서의 허무적인 자기 진단, 구체적인 사회 인식, 해방 후와 전후 시기에 대한 사실적 증언과 문제 제기를 포함한 대표작들을 통해 횡보의 단편 미학을 감상한다.

²³ 카인의 후예 황순원 소설선

김종회(경희대) 책임 편집

수록 작품 카인의 후예/너와 나만의 시간/나무들 비탈에 서다
인간의 정신적 순수성과 고귀한 존엄성을 문학의 제일 원칙으로 삼았던 작가 황순원. 그의 대표작 가운데 독자들의 가장 많은 사랑을 받은 장편소설들을 모았다. 한국 전쟁을 온몸으로 체득하면서 특유의 절제되고 간결한 문장으로 예술적 서사성을 완성한 황순원은 단편에서와 마찬가지로 변함없는 감동의 세계를 열어놓는다.

²⁴ 소년의 비애 이광수 단편선

김영민(연세대) 책임 편집

수록 작품 무정/소년의 비애/어린 벗에게/방황/가실/거룩한 죽음/무명/꿈
한국 근대소설사와 이광수 개인의 문학 세계에서 중요한 의미를 갖는 단편 8편 수록. 이광수가 우리말로 쓴 최초의 창작 단편 「무정」, 당시 사회의 인습과 제도를 비판한 「소년의 비애」, 우리나라 최초의 서간체 소설인 「어린 벗에게」, 지식인의 내면적 갈등과 자아 탐구의 과정을 담은 「방황」, 춘원의 옥중 체험을 바탕으로 씌어진 「무명」 등 한국 근대문학의 장르와 소재, 주제 탐구 면에서 꼼꼼히 고찰해야 할 작품들이다.

²⁵ 불꽃 선우휘 단편선

이익성(충북대) 책임 편집

수록 작품 테러리스트/불꽃/거울/오리와 계급장/단독강화/깃발 없는 기수/망향
8·15 해방과 분단, 6·25전쟁으로 이어지는 한국 근현대사의 열병을 깊이 있게 고찰한 선우휘의 대표작 7편 수록. 평판작 「불꽃」과 「깃발 없는 기수」를 비롯해 한국 근현대사의 역동성과 이를 바라보는 냉철한 작가의식이 빚어낸 수작들을 한데 모았다.

26 맥 김남천 단편선

채호석(한국외대) 책임 편집

수록 작품 공장 신문/공우회/남편 그의 동지/물/남매/소년행/처를 때리고/무자리/녹성당/
길 위에서/경영/맥/등불/꿀

카프와 명맥을 같이하며 창작과 비평에서 두드러진 족적을 남긴 작가 김남천. 1930년
대 초, 예술운동의 볼세비키화론 주장과 궤를 같이하는 「공장 신문」 「공우회」, 카프
해산 직후 그의 고발문학론을 담은 「처를 때리고」 「소년행」 「남매」, 전향문학의
백미로 꼽히는 「경영」 「맥」 등 그의 치열했던 문학 세계의 변화를 일별할 수 있는
대표작 14편 수록.

27 인간 문제 강경애 장편소설

최원식(인하대) 책임 편집

한국 근대 여성문학의 제일선에 위치하는 강경애의 대표작. 일제 치하의 1930년대
조선, 자본가와 농민·노동자의 대립 구조 속에서 농민과 도시노동자가 현실의 문제를
해결하고자 하는 주체로 성장하는 과정과 그들의 조직적 투쟁을 현실성 있게 그려낸
작품. 이기영의 『고향』과 더불어 우리 근대 소설사에서 리얼리즘 소설의 수작으로
꼽힌다.

28 민촌 이기영 단편선

조남현(서울대) 책임 편집

수록 작품 농부 정도룡/민촌/아사/호외/해후/종이 뜨는 사람들/부역/김군과 나와 그의
아내/변절자의 아내/서화/맥추/수석/봉황산

카프와 프로문학의 대표 작가 이기영. 그가 발표한 수십 편의 단편소설들 가운데
사회사나 사상운동사로서의 자료적 가치가 높으면서 또 소설 양식으로서의 구조미를
제대로 보여주는 14편을 선별했다.

29 혈의 누 이인직 소설선

권영민(서울대) 책임 편집

수록 작품 혈의 누/귀의 성/은세계

급진적이고 충동적인 한국 근대의 풍경 속에 신소설이라는 새로운 서사 양식을
창조해낸 이인직. 책임 편집자의 꼼꼼한 텍스트 확정과 자세한 비평적 해설을 통해,
신소설의 서사 구조와 그 담론적 특성을 밝히고 당시 개화·계몽 시대를 대표하는
서사 양식에 내재화된 일본적 식민주의 담론을 꼬집는다.

30 추월색 이해조 안국선 최찬식 소설선

권영민(서울대) 책임 편집

수록 작품 금수회의록/자유종/구마검/추월색

개화·계몽시대의 대표적인 신소설 작가 3인의 대표작. 여성과 신교육으로 집약되는
토론의 모습을 서사 방식으로 활용한 「자유종」, 구시대적 인습을 신랄하게 비판한
「구마검」, 가장 대중적인 신소설 가운데 하나로 꼽히는 「추월색」, 그리고 '꿈'이라는
우화적 공간을 설정하여 현실 비판의 풍자적 색채가 강한 「금수회의록」까지 당대의
사회적 풍속과 세태의 변화를 민감하게 반영한 작품들을 수록했다.

31 젊은 느티나무 강신재 소설선

김미현(이화여대) 책임 편집

수록 작품 안개/해방촌 가는 길/절벽/젊은 느티나무/양관/황량한 날의 동화/파도/이브 변신/강물이 있는 풍경/점액질

1950, 60년대를 대표하는 여성 작가 강신재의 중단편 10편을 엄선했다. 특유의 서정적인 문체와 관조적 시선, 지적인 분석력으로 '비누 냄새' 나는 풋풋한 사랑 이야기에서 끈끈한 '점액질'의 어두운 욕망에 이르기까지, 운명의 폭력성과 존재론적 한계를 줄기차게 탐문한 강신재 소설의 여정을 한눈에 볼 수 있는 기회다.

32 오발탄 이범선 단편선

김외곤(서원대) 책임 편집

수록 작품 일요일/학마을 사람들/사망 보류/몸 전체로/갈매기/오발탄/자살당한 개/살모사/천당 간 사나이/청대문집 개/표구된 휴지/고장난 문/두메의 어벙이/미친 녀석

손창섭·장용학 등과 함께 대표적인 전후 작가로 꼽히는 이범선의 대표작 14편 수록. 한국 현대사의 비극에 대한 묘사를 바탕으로 하면서도 잃어버린 고향, 동양적 이상향에 대한 동경을 담았던 초기작들과 전후의 물질적 궁핍상을 전통적 사실주의에 기초해 그리면서 현실 비판적 성격을 강하게 드러낸 문제작들을 고루 수록했다.

33 메밀꽃 필 무렵 이효석 단편선

서준섭(강원대) 책임 편집

수록 작품 도시와 유령/깨뜨려지는 홍등/마작철학/프레류드/돈/계절/산/들/석류/메밀꽃 무렵/삽화/개살구/장미 병들다/공상구락부/해바라기/여수/하얼빈산협/풀입/낙엽을 태우면서

근대 작가의 문화적 정체성이 끊임없이 흔들렸던 식민지 시대, 경성제대 출신의 지식 인 작가로서 그 문화적 혼란기를 소설 언어를 통해 구성하고 지속적으로 모색했던 이효석의 대표작 20편 수록.

34 운수 좋은 날 현진건 중단편선

김동식(인하대) 책임 편집

수록 작품 희생화/빈처/술 권하는 사회/유린/피아노/할머니의 죽음/우편국에서/까막잡기/ 그리운 흘긴 눈/운수 좋은 날/발/불/B사감과 러브 레터/사립정신병원장/고향/동정/정조와 약가/신문지와 철창/서투른 도적/연애의 청산/타락자

한국 근대 단편소설의 형식적 미학을 구축하고 근대적 사실주의 문학의 머릿돌을 놓은 작가 현진건의 대표작 21편 수록. 서구 중심의 근대성과 조선 사회의 식민성 사이에서 방황하는 지식인의 내면 풍경뿐만 아니라, 식민지 조선의 일상을 예리하게 관찰함으로써 '조선의 얼굴'을 담아낸 작가 현진건의 면모를 두루 살폈다.

35 사랑 이광수 장편소설

한승옥(숭실대) 책임 편집

춘원의 첫 전작 장편소설. 신문 연재물의 제약에서 벗어나 좀더 자유롭고 솔직한 그의 인생관이 담겨 있다. 이른바 그의 어떤 장편소설보다도 나아간 자유 연애, 사랑에 관한 작가의 생각을 엿볼 수 있는 작품. 작가의 나이 지천명에 이르러 불교와 『주역』 등 동양고전에 심취하여 우주의 철리와 종교적 깨달음에 가닿은 시점에서 집필된, 춘원의 모든 것.

36 화수분 전영택 중단편선

김만수(인하대) 책임 편집

수록 작품 천치?/천재?/운명/생명의 봄/독약을 마시는 여인/화수분/후회/여자도 사람인가/하늘을 바라보는 여인/소/김탄실과 그 아들/금붕어/차돌멩이/크리스마스 전야의 풍경/말 없는 사람

1920년대 초반 자연주의, 사실주의적 색채가 강한 작품 세계로 주목받았던 작가 전영택의 대표작선. 이들 작품에서 작가는, 일제 초기의 만세운동, 일제 강점기하의 극심한 궁핍, 해방 직후의 사회적 혼돈, 산업화 초창기의 사회적 퇴폐상에 대한 자신의 경험을 소박한 형식 속에 담고 있다.

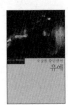

37 유예 오상원 중단편선

한수영(동아대) 책임 편집

수록 작품 황선지대/유예/균열/죽어살이/모반/부동기/보수/현실/훈장/실기

한국 전후 세대 문학의 대표 작가 오상원의 주요작 10편을 묶었다. '실존'과 '행동'에 초점을 맞춘 그의 작품은, 한결같이 극한 상황에 처한 인간 존재의 의미를 묻는 데 천착하면서 효과적인 주제 전달을 위해 낯설고 다양한 소설적 실험을 보여준다.

38 제1과 제1장 이무영 단편선

전영태(중앙대) 책임 편집

수록 작품 제1과 제1장/흙의 노예/문 서방/농부전 초/청개구리/모우지도/유모/용자소전/이단자/B녀의 소묘/O형의 인간/들메/며느리

한국 농민문학의 선구자로 평가받는 이무영의 주요 단편 13편 수록. 이들 작품에서 작가는, 농민을 계몽의 대상이 아닌, 흙을 일구는 그들의 삶을 통해서 진실한 깨달음을 얻는 자족적 대상으로 바라본다. 이무영의 농민소설은 인간을 향한 긍정적 시선과 삶의 부조리한 면을 파헤치는 지식인의 냉엄한 비판 의식이 공존하고 있다.

39 꺼삐딴 리 전광용 단편선

김종욱(세종대) 책임 편집

수록 작품 흑산도/진개권/지층/해도초/GMC/사수/크라운장/충매화/초혼곡/면허장/꺼삐딴 리/곽 서방/남궁 박사/죽음의 자세/세끼미

1950년대 전후 사회와 60년대의 척박한 삶의 리얼리티를 '구도의 치밀성'과 '묘사의 정확성'을 통해 형상화한 작가 전광용의 대표 단편 15편 모음집. 휴머니즘적 주제 의식, 전통적인 서사 형식, 객관적이고 냉철한 묘사 태도, 짧고 건조한 문체 등으로 집약되는 전광용의 작품 세계를 한눈에 살필 수 있는 계기.

40 과도기 한설야 단편선

서경석(한양대) 책임 편집

수록 작품 동경/그릇된 동경/합숙소의 밤/과도기/씨름/사방공사/교차선/추수 후/태양/ 임금/딸/철로 교차점/부역/산촌/이녕/모자/혈로

식민지 시대 신경향파·카프 계열 작가로서 사회주의 리얼리즘 문학을 추구한 작가 한설야의 문학적 특징을 잘 드러내는 단편 17편을 수록했다. 시대적 대세에 편승하며 작품의 경향을 바꾸었던 다른 카프 작가들과는 달리 한설야는, 주체적인 노동자로서의 삶을 택한 「과도기」의 '창선'이 그러하듯, 이 주제를 자신의 평생 과제로 삼아 창작에 몰두했다.

⁴¹ 사랑손님과 어머니 주요섭 중단편선

장영우(동국대) 책임 편집

수록 작품 추운 밤/인력거꾼/살인/첫사랑 값/개밥/사랑손님과 어머니/아네모네의 마담/북소리 두둥둥/봉천역 식당/낙랑고분의 비밀

주요섭이 남녀 간의 애정 문제를 주로 다룬 통속 작가로 인식되어온 것은 교정되어야 마땅하다. 그는 빈민 계층의 고단하고 무망(無望)한 삶을 사실적으로 재현하는 데 탁월한 기량을 보였으며, 날카로운 현실인식과 객관적 묘사의 한 전범을 보여주었고 환상성을 수용함으로써 보다 탄력적인 소설미학을 실험하기도 하였다.

⁴² 탁류 채만식 장편소설

우찬제(서강대) 책임 편집

채만식은 시대의 어둠을 문학의 빛으로 밝히며 일제 강점기와 해방기의 우리 소설 사를 빛낸 작가다. 그는 작품 활동 전반에 걸쳐 열정적인 창작열과 리얼리즘 정신으로 당대의 현실상을 매우 예리하게 형상화했다. 특히 『탁류』는 여주인공 초봉의 기구한 운명의 족적을 금강 물이 점점 탁해지는 현상에 비유하면서 타락한 당대의 세계상을 여실하게 드러내주고 있다.

⁴³ 벙어리 삼룡이 나도향 중단편선

우찬제(서강대) 책임 편집

수록 작품 젊은이의 시절/별을 안거든 우지나 말걸/옛날 꿈은 창백하더이다/여이발사/행랑 자식/벙어리 삼룡이/물레방아/꿈/뽕/지형근/청춘

위험한 시대에 매우 불안하게 살았던 작가. 그러나 나도향은 불안에 강박되기보다 불안한 자유의 상태를 즐기는 방식으로 소설을 택한 작가였다. 낭만적 환멸의 풍경이나 낭만적 동경의 형식 등은 불안에 대한 나도향 식 문학적 향유의 풍경으로 다가온다.

⁴⁴ 잔등 허준 중단편선

권성우(숙명여대) 책임 편집

수록 작품 탁류/습작실에서/잔등/속습작실에서/평대저울

한국 근대소설사에서 허준만큼 진보적 지식인의 진지한 자기 성찰을 깊이 형상화한 작가는 없었다. 혁명의 연성을 기꺼이 인정하면서도 혁명과 해방으로 인해 궁지와 비참에 몰린 사람들에 대해 깊은 연민과 따뜻한 공감의 눈길을 던진 그의 대표작 다섯 편을 한데 모았다.

⁴⁵ 한국 현대희곡선

김우진 김명순 유치진 함세덕 오영진 차범석 이근삼 최인훈 이현화 이강백

이상우(고려대) 책임 편집

수록 작품 토막/산허구리/살아 있는 이중생 각하/불모지/국물 있사옵니다/옛날 옛적에 훠어이 훠이/카덴자/봄날/오구―죽음의 형식/심청이는 왜 두 번 인당수에 몸을 던졌는가

한국 현대희곡 100년사를 대표하는 작품 10편. 1930년대부터 1990년대까지 각 시기의 시대정신과 연극 경향을 대표할 만한 희곡들을 골고루 선별하였고, 사실주의 희곡과 비사실주의희곡의 균형을 맞추어 안배하였다.

46 혼명에서 백신애 중단편선

서영인 책임 편집

수록 작품 나의 어머니/꺼래이/복선이/채색교/적빈/낙오/악부자/정현수/학사/호도/어느 전원의 풍경―일명·법률/광인수기/소독부/일여인/혼명에서/아름다운 노을

일제강점기 한국문학을 대표하는 여성 작가이자 사회운동가인 백신애의 주요 작품 16 편. 극심한 가난과 봉건적 인습의 굴레에 갇힌 여성들의 비극, 또는 거기서 벗어나려는 의지를 치열한 문제의식으로 그려냈다. '봉건적 가족제도와 여성의 욕망'이라는 주제가 오늘날 여전히 풀리지 않는 과제로 존재하고 있음을 알게 된다.

47 근대여성작가선 김명순 나혜석 김일엽 이선희 임순득

이상경(KAIST) 책임 편집

수록 작품 의심의 소녀/선례/돌아다볼 때/탄실이와 주영이/경희/현숙/어머니와 딸/청상의 생활―희생된 일생/자각/계산서/매소부/탕자/일요일/이름 짓기/딸과 어머니와

일제강점기 한국문학을 대표하는 여성 작가들의 주요 작품 15편을 한 권에 묶었다. 근대 여성의 목소리로서 여성문학은 봉건적 가부장제에서 벗어나고자 개인으로서 여성의 자유로운 선택을 가로막는 온갖 질곡에 저항해왔다. 여성이 봉건적 공동체를 벗어나 개성을 찾아 나서는 길은 많은 경우 가출, 자살, 일탈 등으로 귀결되었지만, 그럼에도 여성 자신의 힘을 믿으면서 공동체의 인습에 저항하고 새로운 공동체를 지향하는 노력이 있었다. 여기에 식민지라는 조건 속에서 민족의 해방은 더 큰 과제이기도 했다. 이 책에 실린 여성 작가의 작품들은 신여성의 이러한 꿈과 현실, 한계를 여실히 드러내 보여준다.

48 불신시대 박경리 중단편선

강지희(한신대) 책임 편집

수록 작품 계산/흑흑백백/암흑시대/불신시대/벽지/환상의 시기/약으로도 못 고치는 병

여성의 전쟁 수난사를 가장 탁월하게 그려낸 작가 박경리의 대표 중단편 7편 수록. 고독과 절망의 시대를 살아내면서도 현실과 타협하지 못하는 결벽성으로 인간의 존엄을 고민했던 작가의 흔적이 역력한 수작들이 담겼다.

49 지하촌 강경애 중단편선

김양선(한림대) 책임 편집

수록 작품 파금/그 여자/채전/유무/소금/모자/원고료 이백 원/번뇌/지하촌/어둠/마약

한국 근대 여성문학사에서 중요한 위치를 점하는 작가 강경애의 대표 작품 11편을 한데 묶었다. 이주와 이산의 공간이었던 간도 현실, 여성으로서 체험하는 식민 현실을 핍진하게 담아낸 강경애의 작품들은 비참하고 곤궁했던 일제강점기 민중의 삶을 다양한 여성의 얼굴로 형상화하고 있다.

계속 출간됩니다.